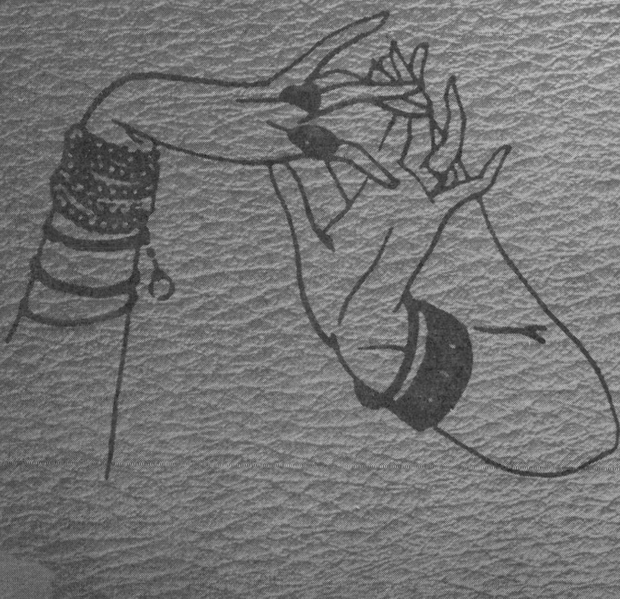

手的十种语言

墨白／著

作家出版社

风像一头奔跑的雄狮

从女人的身体里呼啸而过

——江媛：《愤怒》

佛不需证明自己

只用慈目阅尘世

——墨白：《境界》

目　录

死　者

3月5日18时左右，一个渔夫，在锦城中州路颍河大桥东侧的河道里，发现了一具尸体。那时，我正在120公里之外的另一起命案现场。这一年的农历正月十五，也就是2005年2月23日，人们还沉浸在爆竹硝烟气息里的时候，沈县官会镇胡村，发生了一起命案：有一姓胡的农民，五十多岁，在颍河的河套里，盖了两间平房，看守他家的蔬菜大棚。结果被人杀害后焚尸。我们专案组的帐篷，就支在案发现场颍河大堤南岸的一个树林边，我和我的副支队长王钰，坐在画面有些波纹的电视机前正等着看天气预报，我的手机响了。借着帐篷摇晃的灯光我看到，那是我们局长江明友的电话。

一个半小时后，也就是3月5日21时，当我匆匆忙忙，一身风寒走进锦城颍河管理处会议室的时候，在椭圆形的会议桌周围，已经聚齐了锦城警方侦破这起命案的有关人员。让我感到意外的是，在他们当中，还有省公安厅刑侦总队的袁佐凡。从发现尸体到眼下，仅有三个小时，总队长能从繁杂的事务中脱身驱车两百多公里赶到这里，可见这个案件不同寻常。

袁佐凡，身体高大，一脸白净，五十多岁的人了还被我们公安系统戏称金童。可这会儿，我们的金童坐在那儿却一脸的阴沉，像驱邪的钟馗，脸上日常的白净，荡然无存。在袁佐凡右侧，是我们局长江明友；左侧，是分管我们刑侦队的副局长乔学海。接下来，分别是市局刑警支队的赵支队长、锦城川汇区公安局的许局长、川汇区公安局刑侦大队的郭队长。还有我们刑侦支队的侦察员小范、法医丁声树和管后勤的罗处长。其余两位，很有可能是案发现场所属地派出所的负责人。果然，如我猜测，他们中间那位身材略胖皮肤较黑的，就是川汇区大闸派出所的秦所长。乔副局长没等我坐稳，就开始介绍与会人员。在介绍完之后，他说，“3·5”命案侦破指挥部正式组成。指挥长由江市长担任，我和方立言支队长任副指挥长。下面请江市长作指示。

因为江明友同时担任着我们锦城分管政法的副市长，所以，除去一些重要场合，或者是在文件上显示的时候，我们都会把市长前面那个“副”字省略掉。这样一是叫着顺口，二是符合官场的潜规则，图个吉祥。以此类推，在适当的时候，我们也可以把乔副局长前面的那个“副”字去掉。当然，在我们公安内部，我们仍然称他为局长。江局长在乔局长说完之后，轻轻地咳嗽了一下。然后，用他特有的沙哑声音说，先看现场照片。

江局长话音一落，我们所有坐在他对面的人，都把身子转过来，朝向小范早已挂在墙壁上的银幕。在光线暗淡下来之后，投射到银幕上的是一具水淋淋的、躺在河岸边的尸体。看着那照片，我感觉到一丝带有鱼腥气息的寒冷从尸体里蔓延出来。

随着鼠标的移动，随着从不同角度拍摄的对尸体画面的切换，出现的是法医丁声树有些缓慢的话语：

一、死者上身，外穿一件棉布军大衣，内穿银灰色三角领恒源祥纯毛线衣，柒牌白色衬衣；

二、死者下身，外穿一件波顿牌牛仔裤，右后兜内，有一个鳄鱼牌钱夹；

三、钱夹内，除去身份证和一张交通银行卡外，还有现金100元面额的十六张，50元面额的一张；左后兜内，有现金50元面额的五张，10元面额的一张；

四、死者左脚，穿42码棕色老人头牌皮鞋，右脚上的皮鞋丢失；

五、死者头部，脑颅后侧头皮破裂，有轻微出血，可能是跌倒时撞击在硬物上，比如水泥路面、墙壁等物所致，不排除轻微的钝器击打；

六、牙齿，无缺损；

七、颈部肌层无出血，颈椎，无骨折及脱位；

八、四肢，无异常；

九、死者全身皮肤，外表无明显损伤，胸腹部肌层，无出血；

十、肋骨、胸骨、锁骨等无骨折；

十一、死者生前阴囊膨大，阴茎充血膨大；

十二、死者胸腹腔，生前无明显异常……

丁声树停顿了一下又接着说，由于死者胸腹腔部正常，他可能是在正常的情况下，突然跌入水中。正常人的咽喉部，会对冷水的刺激比较敏感。一遇冷水，立即会产生反射性的喉头痉挛，或者水肿，造成喉头堵塞，不能通气，这样就会造成“呛死”。死者死后，如果肺和气管内没有水，尸体自然不会下沉。死者尸体下沉，可能是身上的棉军大衣吸水的原因。由于现在还没有解剖尸体，我们只能从死者的眼角膜、皮肤的浸泡程度、手指和足趾关节的僵硬程度来推算，死者死亡的时间，距现在大约四十至四十五个小时之间。

接下来，切换的是发现尸体的现场，泥泞的河滩、架在河边的扳网、水里的渔船、远处的大桥、初春的河岸，还有发现尸体的渔夫，等等。江局长沙哑的声音取代了丁声树缓慢的讲述。图片最后重新定格在了那具尸体上。

江局长说，我们通过死者身上携带的身份证，找到了他的家人并得到认定。死者名叫黄秋雨，是锦城师院艺术系主任、锦城画院院长……

黄秋雨？好耳熟呀……

所以……江局长朝小范指了指，在小范重新打开室内刚才关掉的顶灯时，我想起了两年前的一起积案，是他？

江局长等我们转向他之后，又接着说，黄秋雨不但是锦城教育界、艺术界的名人，而且是市政协委员，所以，我们第一时间就把“3·5”命案上报省厅和锦城市委，省厅、市委十分重视，总队长神速赶来现场，市委陆浦岩书记对这起命案也做了批示……

江局长说到这儿，看了一圈所有在场的人说，这样一个有影响的人物，是怎么死的？我们要尽快给社会一个交代。我们“3·5”命案指挥部，为什么要设在颍河管理处？那是因为黄秋雨租赁的画室，就在这幢楼上……

江局长说着，伸手朝天花板指了指。顶层，靠东，用二百平米的会议室改成的画室……江局长的目光又开始在所有在场的人脸上巡视，他一边巡视一边说，二百平米，一个不小的勘察面积……

江局长的目光最后落在了我这儿，他用右手的中指，敲打着桌面说，画室被盗，画室的主人被人从颍河里捞上来，案子很复杂。这个画室，是死者生前被盗，还是死后被盗？在没有获得别的破案线索之前，这个被盗的画室，就是我们侦破案件的突破点。

江局长说完，把目光从我身上移到袁佐凡那儿说，总队长已经看过尸体现场和被盗现场，请总队长指示。

我一直在想……

袁佐凡在说话的时候，脸上几乎没有表情。死者是怎样落水的？我粗略地计算了一下，从颍河大闸到尸体现场，大约有两千米左右。在这两千米内，有两座大桥，第一座，是我们现在所在大楼北侧的颍河大闸；另一座，是中州路大桥。死者是从大闸这儿落水呢，还是从另外一座大桥上落水？是生前落水，还是死后落水？当然，我们不能排除死者从河岸边落水的可能。无论死者从桥上落水，或者是从岸边落水，都很有可能留下痕迹。除去被盗的画室，这是我们侦破的另外一个重点……

袁佐凡看着江局长说，我们至少，要投入三百警力，在这两千米之内做功课。要调集案件现场周围的监控视屏，查找线索。死者右脚上那只丢失的老人头牌皮鞋，一定要找到。这是第一点；第二点，解剖尸体，确认死者准确的死亡时间和死因；第三，对死者所有的同事、朋友，还有他的家人展开调查，特别要摸清最近所有和他接触的人；第四，搜寻死者近期的活动信息，重点放在通话信息和网络信息上；第五，尽管死者身上的钱包还在，但是，我们仍然不能排除抢劫被杀的可能，因为，死者的手机没在身上，还有他画室丢失的钥匙。这些，都是我们侦破的重点。最后，就是江局长刚才说到的，被盗的画室，我同意江局长的指示，这是我们要下工夫的地方。

袁佐凡说着，目光最后也落在了我这儿。大家都知道，在案件的侦破过程中，我历来主张案件不破、现场不撤的指导思想，我们要不停地勘察，一遍、两遍、三遍、四遍、五遍，不放过任何疑点，哪怕是一丝头发、一张纸条上的墨点，我们都不要放过。具体到这起命案，死者的画室是一个很特殊的现场。犯罪嫌疑人是怎样进入作案现场的？是从门里，还是从窗里？现场不但有大量的书籍、大量的书画作品，同时，还有主人收藏的文物。犯罪嫌疑人和受害人是什么关系？他作案的目的是什么？他想要的是什么？结果又拿走了什么？黄秋雨的死和被盗的画室，是一种什么样的关系？等等，所有的因素，我们都要考虑进去。

袁佐凡一边说，一边接过江局长递来的烟，然后又朝左探身，从乔局长那边把烟燃着。高大的窗帘，从他们身后靠墙壁的天花板上倾泻而下。尽管那并排坐着的三个人，同时把腰直起来靠在椅背上，他们仍然给人一种将要被那墨绿色的窗帘淹没的感觉。江局长深吸了一口烟，然后转脸向左看着袁佐凡。

袁佐凡看了江局长一眼说，没了。

江局长听袁佐凡这么说，然后看着川汇区公安局的许局长说，颍河沿岸、两座大桥的勘察由你们局负责。按照总队长的指示，300警力。江局长没等许局长说话，目光就落到了我身上，让王钰守在胡村，你回来盯住这个案子。

江局长说完往后推了一下椅子站起来，伸手去收拾桌上的东西。

熟悉江局长工作风格的人知道要散会了，大家也都纷纷移动椅子站起来。

在这个过程中，我一直在等待着，等待着江局长提起两年前的那起积案。他忘记了吗？不可能，那案子是他一手抓的，怎么会忘记呢？我看着江局长走到会议室门口的时候停了下来，他转身看着我。我知道他有话要单独对我说，就忙走过去。江局长用右手揽住我的肩，从会议室里走出来，他一边走一边说，画室的勘察，一定要抓住，合理分配技术力量，尸体解剖，还有到锦城师院、锦城画院的走访，对他家人的走访，明天可以同时展开。

我从他沙哑的声音里感到了疲惫。他就这样，一直揽着我的肩膀走到楼梯口才停住。他用布满血丝的眼睛看着我，说，记住，这是陆书记关注的案子，哪怕是芝麻大的疑点，都要先报到我这儿。

江局长看我对他点了点头，又在我的背上拍了两下，这才和总队长他们，沿着楼梯往下走。那起积案，他想让我提出来？不不，不是。他不是那样的人。我们处事多年，我太了解他了。我一边这样想一边往前走。但是，我和江局长他们行走的方向，正好相反。我要往上，到这座建筑的顶层去，到那间被盗的画室里去。

被盗的画室

在那个夜晚，当沿着楼梯来到颍河管理处楼房顶层的时候，我隐约听到一种不知来自何处的水浪的撞击声。跟在我身后的小范，一边移开楼梯口的警戒线一边朝右边指着说，那儿。

在走廊的尽头，我看到了一扇微微关闭着的、深绿色的防盗门。但是，我没有立刻走过去，而是伸手拉开了走廊边上的窗帘。通过窗帘后面的玻璃窗，我看到了不远处挺立在夜色里的颍河大闸。一瞬间我就明白了那水浪撞击声的来处。接着，在大闸上照过来的灯光里，我看到了纷纷扬扬的雪絮。

雪……

尽管这场大雪两天前电视里就有预告，但我的手指还是有些发紧。有点刑侦常识的人都清楚，就这个下法，明天，整个颍河两岸，都将被积雪所覆盖。那会给我刚刚接手的这起命案的侦破工作，带来意想不到的困难。在划定的颍河两岸的2000米范围内，即便是有黄秋雨落水时留下的痕迹，又怎么查找呢？我不由得转身看着那扇我将要走近的微微关闭着的、深绿色的防盗门。如果，户外的现场被积雪覆盖，那么这儿，真的就像江局长和总队长说的那样，是侦破的重点？看来，不能有丝毫的马虎。

我一边想，一边伸手扳下窗框上的把手，用力推开锈迹斑斑的铁窗。立刻，就有刺骨的寒风拥进来。颍河大闸的闸孔往下排水的水浪声清晰起来。在那声音里，我再次看到了挺立在夜色里的大闸，看到了被夜色和灯光笼罩着的河岸。尽管在夜色里，大闸下游那用混凝土铺就的北坡的河岸，仍然呈现出一片灰白。那灰白一直往东延伸过去，越来越暗。更远处，就是颍河北区映亮了天空的万家灯火。闸孔排水的声音，连续不断地从宽阔的河面传来，像是从遥远的天际涌来的风雨声。我知道今天惊蛰，就是今天，乙酉年正月二十五，一个还残留着春节气息的日子，我站在黄秋雨画室的门前，脑海里再次浮现出他被河水浸泡得臃肿的身体。我一边伸手到窗外，去感受初春的雪絮落到我手上又渐渐融化，一边扭过脸，去看走廊尽头那扇防盗门。那扇防盗门，在从窗口涌进来的寒风里发出了瑟瑟的哆嗦声。

我把刚才打开的窗子重新关上，这才朝被盗的画室走去。我一边走，一边从兜里掏出橡胶手套戴上，最后在那扇防盗门前停住了。我轻轻地拉开那扇刚才还瑟瑟哆嗦的防盗门，仔细地查看着。我知道，就在我拉开黄秋雨画室防盗门的这一刻，他的死讯已经像窗外满天飘落的雪絮，悄悄地覆盖了锦城的每一个角落。我看一眼身边的小范说，这门，怎么打开的？

已经仔细检查过，门没有被损坏的痕迹。

显然，小范没有理解我的意思，我看着他说，你们是怎么进去的？

哦……他瞬间就明白了，是黄秋雨的妻子提供的钥匙。

他妻子？

对，她叫金婉。

那个说话像炸黄豆一样的女人迅速从我的脑海里闪过。我们正说着，画室里有脚步朝门边响过来。接着，里面那扇木门打开了，是我们的侦察员小莫。小莫脖子里挂着一架相机，一手拿着一个放大镜看着我说，方支队。

我朝他点了点头，侧身走进画室。似乎画室里所有的灯都亮着，顶灯、壁灯，不同方位的落地灯，所以，我看到的画室如同白昼。听到声音，侦察员董延吉也从一株滴水观音后面站起来朝我说，方支队。

整个画室，被置放在中间靠东的几盆铁树和滴水观音，隔为两个相对独立的空间。我走到那株滴水观音前，看到董延吉面前的博古架前，是一片破碎的、大小不一的瓷片，有一些已经被他装进了透明的塑料袋里。

有搏斗的痕迹?

目前还不能确定。董延吉说着指了指博古架说，你看，别的都没动……

我的目光也从破碎的瓷片移到博古架上。博古架一共两个，靠近南墙，并排摆放在东边的墙壁前。我看到的那件破碎的瓷器，是从南边的那个博古架下面往上数的第二层、靠北那一格掉下来的。博古架一共四层，每一层又分成四格，每一格里，都摆放着各种造型的陶罐和瓷器。2004年7月，我们曾经破获过一起文物盗窃案，那个名叫朱兴才的盗墓贼交代说，市场上现在交易的陶瓷，如果不是仿制品，多数都是从墓穴里挖出来的。现在，一看到这些陶瓷，我的头皮就发紧，感觉有一股阴气从那些古董里滋生出来。

这个摔碎的罐子，董延吉指着摆放在博古架南侧的另一个柜子说，应该是有人在从柜子里往外拿画的时候，一不小心从博古架上碰掉的。

我绕过那片破碎的瓷片，来到柜子前。柜子置放在博古架与南边的墙壁之间，我轻轻地拉开那对实木柜门。柜子的深度在七十公分左右，超出正常的柜子十公分，可以看出，柜子的深度是特制的。除去深度，这个柜子的其他尺寸都是正常的。柜子的宽度被左右分割，左边的宽度是右边空间的两倍，在六十公分左右。柜子的高度也是正常的，两米高的柜子被一分为二，上面一半被分成了两格，而下面一部分左边的空间，被分成五格。

柜子里放的都是画，董延吉指了指柜子的上半部说，上面存放的是国画。

顺着董延吉的手，我看到那两格里摆放着一叠又一叠不同颜色的宣纸，我伸手从最上面抽下来一张，在一股清淡的墨香里，我轻轻地展开，那是一幅水墨画。画面上是一条很古老的河流。河流的近处，是一叶轻舟，船头上卧着两只鱼鹰；船尾，蹲着一个看不清面目头戴斗笠的渔人。类似情景的画，我曾经在某个场合见过。是市委迎宾馆还是颍河饭店？那个头戴斗笠的渔人，我十分眼熟。就是这个人，把黄秋雨从河水里打捞上来的吗？现在，我还没有发现手中这幅画，和黄秋雨的命案有什么关系。我把手中的国画按照原来的折叠方式叠好，重新放回原处，然后在柜子前蹲下来。

董延吉说，下面存放的都是油画。

柜子下面左侧的五层，放满了油画的画框，而右边宽度在三十公分上下相通的空间，却是空的。

在这之前，这里也放着一些画，是竖排立着放的，你看这儿……董延吉说着，把放大镜和手电筒递给我，然后伸手指着柜子右边空间底层的木板。

在手电灯的光亮里，我用放大镜仔细察看着柜子底层，那里有不易察觉的、由灰尘和先前摆放的画框留下的痕迹。

董延吉说，从痕迹上看，放在这里的油画，是刚被拿走的，总共十幅。

十幅?

对，数量是从画框和灰尘构成的痕迹里查出来的。我们查遍了画室，到目前为止，还没有发现这十幅油画。

小莫说，这十幅画可能被盗了。

我的目光又落在了被掏空的柜子里。

董延吉说，这些画的宽度是相同的，都是六十五公分。

被人拿走的宽度相同的十幅油画，会是什么内容呢？我一边想，一边把手里的放大镜和电灯还给董延吉，往左边移了移身子，又轻轻地从柜子左边最上面的一个格子里，取出一个画框来。那是一幅约有五十公分见方的油画，画面是雪后的颍河。让我感到意外的是，在河流的尽头，竟然是窗外那座我刚刚看过的颍河大闸。我在那幅油画的右下角，看到写有“秋雨，04，12”的字样。看来，这是黄秋雨新近的画作。十幅画，为什么拿走的不是这一幅颍河的雪景，而是另外十幅画呢？那是十幅什么样的油画呢?

我把手中的那幅雪景放回原处，轻轻地关上柜门。当我直起身子的时候，摆放在博古架左手东边墙壁前的那排书柜，来到了我的意识里。

书柜里也丢了东西。

可能是看到我的目光落在了书柜上，董延吉伸手指着靠近博古架的那个书柜说，我们进来的时候，这个书柜南边的这扇门没有关，你看，这儿……

顺着董延吉的手我看到，在那个书柜从上往下数的第四个横格里，有被人取走图书后留下的有四十公分左右的空间。

我估计了一下，被盗的大约有二十本左右。

我往后退了一步，那排书柜完全进入到我的视线里来。这排书柜刚才存在吗？肯定存在，包括这间画室里所有我还没有来得及去勘察的东西，刚才都存在着。我们到达一个新的勘察地点，注意力往往会被一些明显的物证所吸引，比如博古架前那个破碎的瓷器。而别处的另外的一些物证，还静静地躺在那里，等待着我们去发现。比如这排书柜。或许，是受到博古架前的那架落地灯灯光的影响，这么多的藏书，这像图书馆一样摆放着的书柜，直到这会儿，才来到我的意识里。那被盗的会是二十本什么样的书籍呢？书柜里这么多的图书他不要，为什么……

和存放画作的柜子一样，这排书柜也是特制的。那些书柜的柜门，都是由大约二十厘米宽的铝合金构成。每个书柜上的柜门，被一分为二，上面柜门的高度约是下面柜门的一倍。和在别处见到的书柜不同的是，这里下面的柜门上装的也是玻璃。上面的柜门里的格子被分割成六层，存放的都是32开的书籍，下面的柜门里被分割成两格，存放的都是16开的书籍。我数了数，每一格里大约有五十册。那么八层呢？就是四百册。一、二、三、四、五、六、七，四七二千八，这将近三千册宽窄不一、高低不等、颜色不同的图书，静静地待在七个颜色相同、规格统一的书柜里。那被盗的，会是什么内容的书籍呢？

我又往后退一步，我看到，整个东面十米左右的墙壁，都是用柜子构成的。七个书架、两个博古架，加上南边那个存放画作的柜子。在这间画室的东北角，也就是那排书柜的北边，是画室的卫生间。在卫生间外侧的卧室和房门之间的北墙上，有两扇宽大的窗子。通过一盆铁树的枝叶，我看到在窗子的下边，是一组棕红色的皮沙发。沙发中间的茶几的颜色，和从天花板上垂落的窗帘的颜色相同，也是墨绿色。这让我想起了我刚刚待过的，那间气氛严肃的会议室。

我绕过一盆铁树和沙发，来到北边的窗子前。我轻轻拢了拢墨绿色的窗帘，通过窗子，我再次看到了那条仍在落雪中的颍河。随后我回过身来说，窗子查过了吗?

查过了。小莫说，所有窗子外边的防盗网，都没动过。

我掏出手机看了一下时间，然后我对面前的三个同事说，工作吧。我们还有一些时间，到11点。

看着他们各自进入自己的勘察范围，我的目光再次落到画室的房门上。然后，我从西边的墙壁开始巡视着这个陌生的空间：在画室靠西的墙壁边，堆放着一些画框、画架和作画用的颜料，还有一些没有完成的油画作品。在西边的墙壁上，遗留着复杂的笔触。那笔触大都有规律性，一边是空白的墙壁，而另一边，则是由复杂而零乱的颜色组成。那些直角的图形，一个套一个，多到没法弄清的地步。很显然，这是黄秋雨作画的地方。在画室的南墙上，是一拉溜四个大窗子，窗前挂着和北边墙壁上相同颜色的窗帘。

穿过画室，我从北边的窗前，来到南墙第二个窗子下那足有三米长的画案前。或许，是受到画案上台灯灯光的影响，铺在画案上的那块白色的毛毡，显得有些陈旧。四处遗落的墨迹，构成了不同的图形。看上去这个画案已经使用了一些年头。在画案的左侧，是一刀使用了一半的宣纸；案子的右侧，零乱地摆放着画笔、镇纸、颜料、印章、笔洗、笔架，在靠近笔洗的足有一尺大的灰色砚台里，还放着一支没有来得及清洗的毛笔。我轻轻地拿起那支毛笔，灯光里，我看到毛笔下侧的墨汁，还没有完全干。如果按冬季水分的蒸发速度，这支毛笔应该在两天前还被使用。如果，最后使用这支毛笔的是黄秋雨，那么，他的死亡时间也应该是在两天之前。丁声树的推断有些根据。两天前，也就是3月3日，这里发生了什么？黄秋雨是在什么情况下，离开这间画室的?

我转回身，看着西边那将近六米宽的用来绘画的墙壁。他的鸿篇巨制，《老子归隐图》，还有《伏羲创世图》，应该就是在这里完成的吧？400万！一年前，黄秋雨无偿捐赠给锦城博物馆的画作，曾经轰动一时。他柜子里的这些画作价值多少呢？他柜子里被人拿走的那十幅油画，价值多少呢？

我来到支在西边墙壁下的画架前，闻到了一种混杂的汽油味。哪儿来的？借助西边墙壁上的顶灯，我看到画架上是一幅还没有完成的油画。

那是一只手。一只变了形的手。一只放在茶杯上的男人的手。这样一只手，他是从哪儿看到的？那只看上去只有骨骼的手指，从茶杯的顶部垂下来。这画什么意思？

紧靠画架右手的小方桌上，有几支粗细不等的油画笔插在一个油桶里，从油桶壁的商标上，我看出那是两公斤装的松节油。油画调色用的是松节油？在油桶的桶口上，搭有一块用来擦笔的白棉布，我闻到的混杂的汽油味，就是从那块已经被五颜六色的油彩改变了本来面目的棉布上，散发出来的。紧靠油桶的是一块调色板，调色板上没有用完的油彩，还没有来得及刮去。我伸手按了按那些结皮的油彩，估算着这些油彩从胶管里挤出来的时间。在调色板的下面，我看到了一叠被压住五分之一的A4打印纸。在最上面的打印纸上，我看到了画架上那幅油画的草图。我轻轻地把那叠打印纸从调色板下取出来，我看到，在那张草图的上面，写有这样一行文字：

手的十种语言。

我翻看了一下那叠打印纸，发现那是作者构思的不同姿态的手形和对草图的命名。此外，还有注解文字。

手的十种语言

我看到的第一幅草图被命名为：**手·性欲**。

黄秋雨写在图下面的文字是这样的：

这是一种临时性的精神病。可用婚姻治愈，使患者远离病源的方法还有多种，比如婚外恋，比如自慰。这种疾病和癌症等疾病一样，只在灰暗无光的房间里传染。那些呼吸纯净空气、吃食简单的野蛮人，从不受它的侵扰。这种疾病有时是致命的，不过它对提出医治这种疾病的医生的损害，比对患者更大。

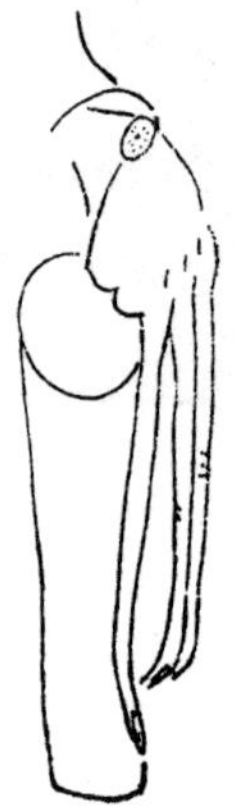

图一

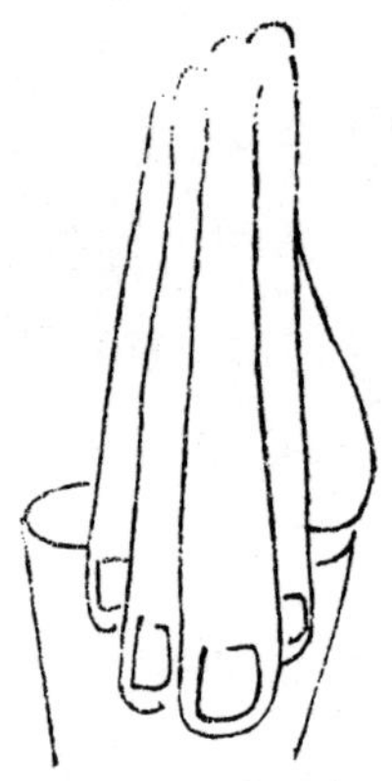

图二

什么意思？这是一种临时性的精神病。可用婚姻治愈，使患者远离病源的方法还有多种，比如婚外恋，比如自慰。自慰？这种疾病和癌症等疾病一样，只在灰暗无光的房间里传染，那些呼吸纯净空气、吃食简单的野蛮人从不受它的侵扰。这种疾病有时是致命的，不过它对提出医治这种疾病的医生的损害，比对患者更大。让人费解。我把上面一张换到下面去。

第二张草图仍然是一只按在茶杯上的手。黄秋雨把这只手命名为：**手·权术**。

写在这幅草图下的文字是这样的：

赢得社会地位和财富的一种暗器。

当男人的丑恶往往与权术交织在一起时，会使这个男人变成一个魔鬼，并以操纵别人的命运为快乐。

这多少还有些明白，我又接着往下看。图三被命名为：**手·堕落**。

他是这样解释这幅草图的：

社会与道德堕落的标志是：一个由草野不问世事之辈变成官场声名显赫之士所横行的世界。

而中国人的堕落，就是所有人都企图依靠那些官场声名显赫之士的施舍生活，而施舍的前提，就是将自己人格的尊严垫在施舍者的脚下。

他是个思想家？但很空洞。图四的命名是：**手·信仰**。

这幅草图下面的文字是：

当我来到你的教堂里，躺在你那张涂满了各种各样颜色的毡子上，望着通向天堂的圆形的穹顶时，耶稣……他想说什么呢？宗教？信仰？人生？我还有什么呢？

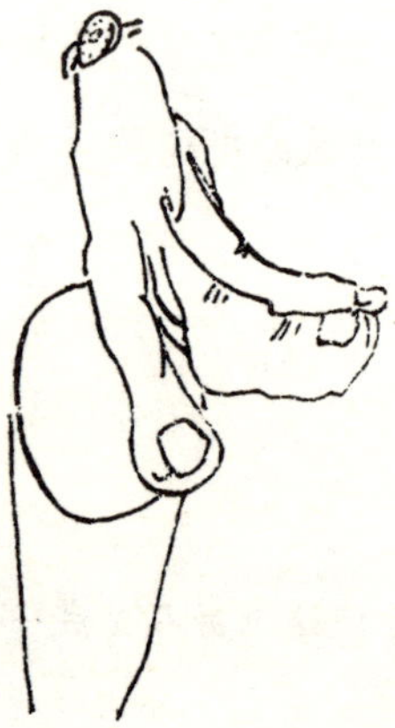

图三

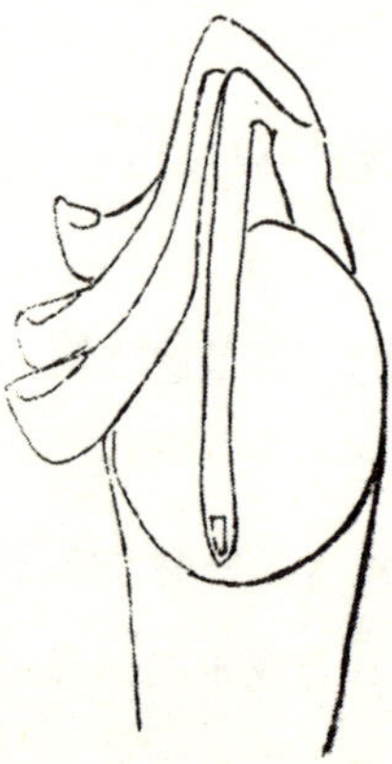

图四

图五的命名为：**手·生存**。

与上面不同的是，这幅草图下面的文字是一首诗：

一场短暂、奇异而可怕的梦，

里面的一切都和看上去的样子不同。

直至某一天死神这温柔的睡友，

用手肘友好地把我撞醒。

图六是：**手·命运**。

注解的文字是这样的：

所有的灾难中最早出现、最为不幸的灾难。

关于命运的情形，说法多种多样。卡斯托耳和波鲁夫斯是从鸡蛋中孵出的。老子则是从母亲的胸肋里分娩的。孙悟空曾经是一块石头。10世纪的佩雷西里斯则声称他生自牧师洒过圣水的一片土地。阿里马克索斯据传生自雷电在地上凿出的一个孔穴。劳柯美东则是埃特纳火山之子。你说你出生在金黄色的麦田里，而我，则出生在一片离我远去的棉花地里。

她们是必然的女儿，命运三女神，身着白袍头束发带。她们分别名叫拉赫西斯、克洛索、阿特洛泊斯。她们和海妖们合唱着：拉赫西斯唱过去的事，克洛索唱当前的事，阿特洛泊斯唱未来的事。

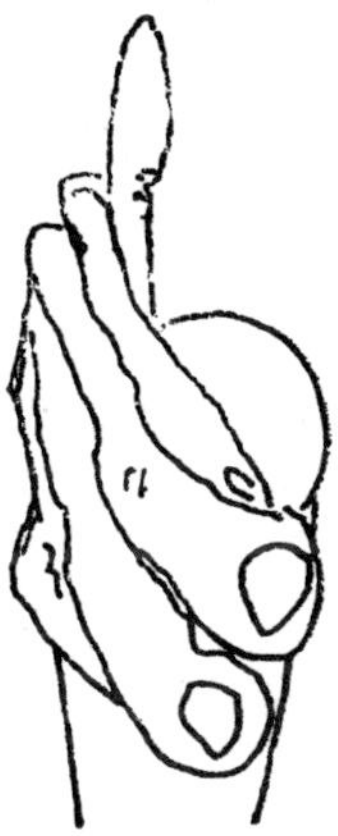

图五

图六

卡斯托耳和波鲁夫斯？老子和孙悟空当然知道，可是卡斯托耳和波鲁夫斯是谁？还有阿里马克索斯，命运三女神，她们分别名叫拉赫西斯、克洛索、阿特洛泊斯？这些很有可能都是希腊神话里的人物。他们要么是从鸡蛋中孵出的，要么是来自地上的一个洞？他的这些文字要说明什么问题呢？她们和海妖们合唱着：拉赫西斯唱过去的事，克洛索唱当前的事，阿特洛泊斯唱未来的事。过去？当前？未来？命运的不可预测？那么，第七只是什么样的手呢？

在《手·命运》拿开之后，纸上却没了图画，只有四行文字：

手·欺骗。

手·嫉妒。

手·时间。

手·自然。

我找遍了手中所有的打印纸，再没有最后四只手的草图，同时也没有对这四只手的说明文字。手的十种语言。十种，为什么只有六种？最后四只手的草图他画了吗？或许他画了，可是不知道他放在何处。我抬头看一眼宽大的画室，目光最后落在了我刚才看过的那个用来存放画作的柜子，剩余的那四幅草图在哪里呢？手的十种语言，应该就是一个人的手，放在茶杯上的十种不同的姿势，谁的手呢？十种，这与柜子里被盗的那十幅油画，有着直接的关系吗？在那被盗的十幅油画上，画的就是手的十种姿态吗？

“方支队”。

听到声音我转过身，看到小范站在东北角那间卧室的门口，朝我招手。我知道他勘察到了有用的线索。我就把那叠打印纸，放回到小桌上调色板的下面，朝小范走过去。我随着小范走进黄秋雨的卧室，小范递给我一本打开的黑皮活页夹，我看到在活页纸上写着一行字：

3月3日（乙酉年正月二十二）星期三

显然这是一天还没有来得及写的日记，从字迹上看，这是黄秋雨留下的。3月2日？我看了小范一眼说，前面的呢？

不知被谁撕走了。你看……小范指着活页夹里残留的纸末说，前面的被人撕走了。还有这……小范说着又从床头柜上拿起一个深蓝色的文件夹递给我说，从枕头下发现的。

我接过那个深蓝色的文件夹打开，在文件夹的第一页宣纸上，看到了与刚才我在那些草图上看到的相同的字迹，这是黄秋雨的手稿。这些手稿全都写在随时撕开的宣纸上，一共八张。在手稿的末尾，我没有看到书写日期。翻过黄秋雨的手稿，我看到了另外一个人的字迹。不知是谁写给黄秋雨的一封书信。

秋雨：

昨晚你是如何入睡的我不知道，也不想知道，只知道那个叫米慧的女孩子已经伤了她心中敬慕的老师，那个叫米慧的女孩子，写信的人叫米慧？还知道那个霸道的小女孩并不想道歉，且永远不可能去道歉！

世上有许多事情是可以由他人代劳的，你可以替人还债，也可以代人受过，但爱情却是无法替代的。当心的灵犀一旦被点破，那情的花朵便为意中人独自开放，别的人就很难再闻到那爱的芳香。爱情是至情至性、至刚至柔的，爱常常是不设后路的，但爱又是极为脆弱的，它要求爱的双方要倾心相许，别无杂念。你知道吗？对爱情最大的威胁不是来自外界的压力和诋毁，而是来自情人们内心的嫌隙。一点三心二意，一丝粗疏，甚至一个小小的误会，都可能像一孔看不见的蚁穴，使他们精心修筑的爱情的堤坝毁于一旦。

秋雨，我还小，对爱的理解远不如你。但我懂得“天不老，情难绝。”我的老师，我的亲亲爱爱，我永生永世的亲哥哥，对你的爱与恨已经织成了一张无形的网，任我如何也挣它不开！我的老师，我的亲亲爱爱，我永生永世的亲哥哥……关系不一般，情人？

回忆昨晚那惊心动魄的一幕，我真想骂你个痛快淋漓！黄秋雨，好你小子，你是谁？我倒了十八辈子霉才碰到你！我为什么要碰到你？我本来生活得快快乐乐无忧无虑，我有人爱有人疼，我有人爱有人疼？什么意思？我为什么如此倒霉地要遇见你！我真想给你两记响亮的耳光，你拥有一个妻子还不够，还要拥有霸气的公主，你拥有了公主还不够，为什么又冒出来一个“我喜欢有男子汉气味的人”的女子？你真是一个混蛋！你可以冷落嫂夫人，也可以不给那个拥有你画室钥匙的女人开门，画室的钥匙？这个拥有你画室钥匙的女人是谁？更可以不重视那位在你稿纸上“疯狂”地写着爱你爱你的痴女人，但你怎么胆敢慢待本小姐？那个拥有画室钥匙的女人和在纸上“疯狂”地写着爱你的女人是一个人吗？不是，这说得很清楚，你可以冷落嫂夫人，一个；也可以不给那个拥有你画室钥匙的女人开门，两个；更可以不重视那位在你稿纸上“疯狂”地写着爱你爱你的痴女人，三个；三个女人，加上这个给黄秋雨写信的女孩，一共四个。问题复杂了，而上面提到的那三个女人，至少有两个有这间画室的钥匙，一个是黄秋雨的妻子金婉，一个是那个拥有画室钥匙的女人。还有，这个名叫米慧的女孩，她是在哪儿写的这封信？就在这间画室？她在画室里写的这封信，那她也可能有这画室的钥匙。你不知道她曾经死过一次了吗？你还想让她再死一次吗？那你就让她去死好了，可你为什么还要来拥抱她，来亲吻她，来融化她？谁让你……你个笨蛋，~~你个该千刀万剐的黄秋雨，~~为什么删去？难道你真想让我再死一次吗？你这个把米慧的生活撕得七零八落的魔鬼，我真想，真想，真想……吻你，吻你，吻你！哥哥，我想要，哥哥，拥抱我吧……

哥哥，你的爱已经使我刻骨，不管你是有意还是无意，不管你为了艺术还是为了别的，我的身体就是你的，我身体的每一个部位都是你的，我是你画板上的色彩，我是你画布上的笔触，我是你眼睛里盛开的花朵，哥哥，快用你的画笔来描绘我像秋水一样深邃的目光吧，哥哥……我想要，哥哥，我怎么能容忍你像对我一样去对待别的女人呢，我不让，我不想让甜蜜的、伤心的、欢乐的、悲哀的……我们以前的种种化成梦，无论那梦是美丽的还是心酸的。

哥哥，“一花一木耐温存，留待他年说梦痕。”前年的花木已经化成次年的春泥，前年的人事已变成人间的风尘。风尘中，只留下旅途中的你和我，哥哥，快捡拾起夕阳下飘落的盛年朝花，来装点我们的风雨人生吧……

哥哥，有凄风冷雨入我袖，你闻到了雪花的香味了吗？我仿佛听到了亿万年前那场为我们而下的雪已经开始絮语，开始着裳了……

此祝

春梦别太久！

你的米慧，深夜

这封信和黄秋雨的手稿一样，也没有具体的日期。我随手翻看着这封书信下面的那叠不规则的稿纸，全是这个爱得一塌糊涂、名叫米慧的女孩写给黄秋雨的信。这些信，有的写在32开的稿纸上，有的写在64开的稿纸上，还有几封是写在白色A4打印纸上。这些书信的书写工具也不相同，有的信是用黑色的圆珠笔写的，有的是用钢笔写的，还有两封是铅笔写的。不过这些书信都被编了号，我刚刚看过的那封书信，是米慧给黄秋雨的第四封。看来这个米慧是个关键人物。找到她，就有可能找到另外两个女人的线索。可是，这个名叫米慧的女孩是干什么的？这些书信又是什么时候写的呢？

我合住手上深蓝色的文件夹，看了一眼黄秋雨的卧室，在这间卧室里，除去那张一米五宽的大床，最显眼的家具，就是靠西边的墙壁，摆放着的两个约有一米宽的书柜，在这两个书柜里，一个存放的是光碟，而另外一个存放的是不同规格的期刊。我看一眼身边的小范说，要尽快找到这个米慧。

看信的内容，她很有可能是黄秋雨的学生。

那就去锦城师院，明天你从那儿开始，一定要找到她。还有，注意一下黄秋雨的通讯录，或者名片夹。

由于时间，我们结束了今天对黄秋雨画室的勘察，在来到颍河管理处宾馆我临时居住的406客房后，我有些迫不及待地打开那个深蓝色的文件夹。我知道，在这个文件夹里，在那些写在不同质地的稿纸或宣纸上的文字里，肯定隐藏着一些和黄秋雨命案有关的线索。

黄秋雨的手稿

米慧，我的命！谜一样的米慧，你会留下无数的遗憾在世上吗？你在哪？你在哪？我现在到哪儿才能见到你？~~巴黎？罗马？汉城？香港？北京？上海？广州？郑州？开封？你不会……~~你看我都糊涂了，你怎么会在那些地方呢？你在锦城，或者回到了米村，是吗？你快告诉我，你说，我到哪里才能见到你呢？米慧，我想你想得头疼，米慧，你到底在哪儿呢？我的头又疼起来了。

当你走出我们日夜厮守过的画室，什么时候呢？我们日夜厮守过的画室？我突然感觉到时光已经到了深夜，我的眼睛被黑暗所遮挡。世界仿佛一层又一层表情冷漠的天幕，把我围在一个孤岛上，不，是一口深不见底的古井里，这井是你挖的吗？是你为了隐藏那具尸体，在你的房间里挖的吗？不，是一口没了一点新鲜空气的棺材里！我呼吸好困难呀，他在说什么？一口深不见底的古井里，这井是你挖的吗？是你为了隐藏那具尸体，在你的房间里挖的吗？这个人，精神是不是有问题？米慧，我几乎被黑暗压垮了，米慧。当你的脚步从我们曾经走过无数遍的走廊里，渐渐消失的时候，我突然感到我的生命已经走到了尽头。米慧，我的心，那是你坚硬的高跟鞋敲击出来的声音吗？那声音孤独无助，离我是那样的遥远，如同是从天国里传出的声音，就像你躺在床上闭着眼睛对我说过的那句话，秋雨，你听到我心碎的声音了吗？米慧，现在轮到我对你说这句话了，你听到我心碎的声音了吗？你说呀，米慧，你说你听到了我心碎的声音了！那声音，不，是我的心，我的心就像你刚才摔碎的那只花瓶一样，摔碎的花瓶？就像你刚才摔碎的那只花瓶一样，不，那不是花瓶，那是一只从墓穴里出土的陶罐。在明亮的光线里四处飞溅，那白花花的瓷片就是我的心吗？你说呀，那是我的心吗？我的心碎了，你闻到了油漆的气味了吗？那么浓的油漆味，是从我的心脏里散发出来的吗？不不不，那是我的心被烧焦的味道，我烧焦的心破碎了，我心碎的声音，随着破碎的瓷片在屋里飞扬起来，他在说什么？你闻到了油漆的气味了吗？那么浓的油漆味，是从我的心里散发出来的吗？他的精神真的有问题？这些材料要让丁声树分析一下。你说你听到了，你听到我心碎的声音了吗？

米慧，我的燕子，我的公主，我的辣椒，我的梅！我的燕子，我的公主，我的辣椒，我的梅！这些都是米慧的名字吗？你知道吗？你离开的脚步从走廊上传过来，一下一下地敲击在我已经破碎的心叶上，在那一瞬间，我的手就哆嗦起来，哆嗦的手几乎使我拿不住手中的大衣，我一边走一边费力地把大衣穿在身上，我走出门来，沿着走廊匆匆地去追赶你，那个时候，我还能听到你从下面的楼梯上传来的脚步声，可是等我从六楼下到一楼，穿过那个圆形的楼门，紧跑几步来到楼前的空地上时，你刚骑上你的电动车。我想你一定是听到了我追赶你的脚步声，我想你在听到我的脚步声之后，肯定会停下来，可是你没有，你连回头看我一眼都没有，你骑上电动车就走了。我知道，米慧，你这一步跨得很艰难，可是你还是走了。米慧，我多想追上去拉住你，可我的腿却有些发软。米慧，我多想喊住你，可我的牙根却有些发紧，那一刻我的喉头已经被寒冷冰封了。米慧，你就那样走了，连头也没有回一下，就那样走了。我看着你拐向了南北大道，一晃你就消失了。米慧，那个时候你心里是不是很矛盾？一定是很矛盾，你本应该向南去的呀，向南然后再向东，沿着七一路回到师院去，回到师院去，没错，她是师院的学生。可你却往北走了，你要穿过那座我们时常穿过的大闸。我知道，这才是你，这才是米慧！当你往北拐的时候我立刻就意识到自己犯了一个不可饶恕的错误，我真不应该让你走。我几乎是奔跑着追到大门口，追到大门口？颍河管理处的大门吗？门卫，对，门卫。不管是谁，这个米慧也好，那个拿有画室钥匙的女人也好，凡是来找黄秋雨的人，都要经过大门，还有那个犯罪嫌疑人。门卫，重要的调查对象。像这样的单位的大门，肯定有监控设备，还有大闸的两端，也肯定装有监控，要把这些录像调出来。可是，那个时候你已经离开我很远了，你已经汇入到那如水一样的车流和人群之中了。但是，米慧，你那红色的衣裙仍是那样的醒目，在黄昏来临的时候，你那红色的衣裙仍旧如同夏季强烈的阳光一样刺着我的眼。我无力地扶着那扇铁门，一直望着你渐渐地消失在大闸的桥头。我的燕子，你就那样从我的身边飞走了吗？不，不会。我们在这大闸上一起走过无数次，我们一起沿着河道走过无数次，你现在只不过是到大闸桥头下面的超市里去买我们要用的东西，一卷卫生纸，一管牙膏，两包瓜子……或者是在路边同你的同学说一两句不疼不痒的话，同你的同学说一两句不疼不痒的话？如果米慧真的是在校的学生，那这就是师生恋了？这个黄秋雨！你那如燕子一样轻巧的身子，用不了一会儿就能从蓝天里飞回来，会飞回来。可是，我的米慧，哪里有蓝色的天空呢？我不知道在我今后的日子里，还会不会有蓝色的天空，难道灰暗就此铺成了我人生最后的行程？不！米慧，你会回来的，这所有的一切都是在梦里，我会从梦中醒来，刚才我所经历的一切都没有发生，我知道，当我从梦中醒来，你就像一只蝴蝶从门口飞进来。你那如蝶一样的身子，你那红色的衣裙不就是一只蝴蝶吗？我是一块绿色的草地，在阳光的照耀下我已经看到了一只红色的蝴蝶，慢慢地飞回到绿色的草地上，不是吗？你一定会在那草地上落下来。米慧，我这片无边的绿草地，只想托着你那如风一样的身子。

米慧，我的米慧，我的梅，你看，你的名字起得多好，可是这个梅字，我始终没有听你对我讲起过。在你们米村，米村？当我向村里人打听你的名字时，他们都感到奇怪，公主？辣椒？燕子？没有呀？于是我就对他们说，你爹是个铸铜的。噢，铜匠呀，你说的是小梅吧？小梅？这下轮到我惊奇了。可是在以往的许多日子里我一直没有听你说起过这个名字，或许你说过，只是当时我没有记住，这次我记住了，梅。多好的名字，不是吗？梅，你知道吗？在这之前我是去过你们米村的，当年我到你们米村画过安全用电宣传画你知道吗？你们米村离我家颍河镇只有十二里，只是那个时候往你们村的路太难走，特别怕阴雨天，一下雨，路上的淤泥就黏住了车轮。你知道吗？那一年我在你们村画完安全用电宣传画，就是一路扛着自行车回到颍河镇的。颍河镇？米村？相隔十二里，十二公里呢还是十二华里呢？肯定是华里，农村都是这样算。那么，米村又在颍河镇的什么方位呢？梅，你肯定知道，梅花只有在寒冷的冬天开放，梅花只有在漫天大雪的日子里开放，漫天飞舞的大雪呀……有些时候当我在白色的画布前坐下来，我的眼前就会闪现出那一望无际的雪原。米慧，你说过，你好喜欢雪，可是，当那场突然来临的大雪覆盖整个世界的时候，你在哪里？雪，正在河岸上飘落的大雪。我迎着寒冷的风在大街上行走，满街满树的冰凌，把世界装扮得如同梦幻一般。可是你却忘记了我们的相约。我们曾经相约去踏冬季的第一场大雪，可是当大雪来临的时候你又在哪里？我满目凄凉地在大街上行走，我一边走一边暗暗发誓，我要等待来年的第一场大雪，我真的很有信心，米慧，难道你不想吗？因为只有在冬季梅花才能开放，只有白色的雪原，才能把你映衬得无限光彩，因为我是雪，哪怕那雪在你的身边一瞬即融！

米慧，你还记得我们一块在冬日的阳光下，推着车子行走在河边的情景吗？那个时候我们谈论起了色彩。我说，这世上最美丽最漂亮的颜色是白色。你说是的。你说，你知道为什么吗？我说我知道。你知道？你知道你说说看？还没等我说话你就止住了我，你说还是我来说吧。你说，第一，因为白色是一种极色，就同黑色一样。我们看到的阳光，就同白色。你知道吗？阳光包含着赤橙黄绿青蓝紫，你说这几种颜色哪一种不好看？有人说白色代表纯洁，这话多么苍白无力，多么的俗气。我说，那第二呢？你说，还有这个必要吗？一种东西达到了极限，那就是她最美丽的时候，比如纯洁的爱情，没有什么语言能表达得清楚，就像一张白纸，你说，你的哪一幅画不是从白纸开始的？你最满意的那一张画能比得上一张白纸有力量吗？米慧，我这是在梦里吗？是梦吗？是梦，是我在做梦，我在梦中笑了。

我笑了。可是我的头突然疼痛起来，在傍晚来临的时候，我的头疼越来越频繁了。你看着我说，你怎么了？我没有对你说，我不想让你知道我的病，他有什么病？头上的病？我卡了卡我的额头岔开话题说，你的意思是说，白纸是世上最美好最漂亮的图画了？那么还要我这画家干什么？你也笑了，你说，你这个……有些时候会突然从你嘴里冒出一句粗野的话来，很过瘾，特别是从你的嘴里说出来，就有了几分的温暖。你接着说，这下你明白我为什么不读你的研究生了吗？你明白了黄秋雨？你是锦城师院艺术系的系主任，可你不是我的系主任。米慧，这就是你说话的风格，我真的喜欢，我特别喜欢听你喊我的名字，黄—秋—雨……你知道你喊我的名字的声调是多么的好听吗？你总是用那种世上独一无二的语调来喊我的名字，你那声音里，散发着一种在白雪的世界里开放着的腊梅的气息。梅，我不能没有你，因为我是雪，如果没有雪，我也就没有冬天了，没有雪的冬天是多么让人遗憾的冬天呀，没有冬天的人生是多么让人遗憾的人生呀！米慧，难道我的冬天就此结束了吗？我已经没有冬天，因为你那粉红色的衣裙，已经在我的眼前消失了，我如同一具僵尸站立在我幻想着的冰天雪地里，站在你所讲述过的一种达到了极限的颜色里。我像一个迷途的孩子，站在那里无望地等待着你，我知道你不会再回首，我知道这才是你米慧，这才是你与众不同的地方。米慧，我明明知道无望，可是我仍旧很固执地站在那里，路上如风的行人对我已经不复存在了。

米慧，我的心肝，你在哪里？我到哪里才能找到你？你难道真的在这个黄昏来临的时候，回到那个生你养你的乡村了吗？不，不可能，即便是你到了颍河镇，可我知道，在黄昏来临的时候，已经不可能有车通往你的米村了，是的，不可能！难道你是骑着车子在黄昏来临的时候往家赶吗？我的米慧，如果那样你的路途将是多么的艰难呀！我真不敢想象，米慧，你不要那样，你的身体太单薄，你不能在夜间在那充满泥泞的土路上行走，不，你不能那样，尽管你离不开那个生你养你的乡村。那个满是泥泞的乡村呀，那个长满了玉米大豆红薯和高粱的乡村，那个长满萝卜白菜和大葱的乡村，你就来自那里！你说你出生在金黄色的麦田里，可你知道吗？我出生在秋季的棉花地里，这是他在“手的十种语言”里说过的话。这就是我们相同的地方。你知道吗？那正是秋季棉花收获的季节，地里开满了雪白雪白的棉花，母亲虽然怀着我，可是母亲要去挣工分，母亲说，成熟的棉花就要摘掉，不然就会被突然来临的雨水打湿，就会烂掉。你说你知道，你说如果棉花烂掉了家里怎样过日子呢？棉花也是你们家的主要经济来源。可你却出生在夏季，出生在金色的麦田里。你说，你知道我出生在1983年那个炎热的麦季，那时候我们米村刚刚实行土地责任制……

我笑了，我说，这还用你给我说，你别忘了我是1958年生人，我整整比你大二十五岁。二十五岁？他都可以做她的父亲了！在我考上大学之前，我已经在农村整整干了五年，你说，什么样的农活能难住我呢？

你也笑了，你说，你干得再多能代替我吗？你与我相同吗？你还是听听有关我的故事吧。你坐在窗前看着窗外的颍河，就那样从容地给我讲述着，你说在那天傍晚的时候你母亲突然感到腰痛，她就在她亲手割下的麦子上躺下来，那个时候瑰丽的霞光正在照耀着她的面孔，你的母亲感到双腿之间有热乎乎的东西在流淌，你就在那霞光里来到了人世上。你说你的母亲在霞光里看着你说，这孩子，你来得太早了。是的，你说，我是个早产的婴儿，我妈生下我的时候我还不足八个月，后来我竟能在世界上生存下来，这真是一个奇迹。你这样说完就呵呵地笑了，你的笑容是那样的美丽，可是米慧，你的身体太单薄，你独自一人在黄昏来临的时候，不能去走那么长的路。米慧，你在哪儿，我到哪里才能找到你？那个昏昏沉沉的夜晚，我真的不知道我是怎样回到画室里的，我打开门，望着空荡荡的房子，我真的已经没有力量站在那儿，我的心真的要停止跳动。你知道吗？就在这画室里，在我们之间发生了多少恩恩爱爱的故事，可是，现在这里却没有了一点儿生机。米慧，现在我真的没有力量再站下去了，我的腿都在颤抖了，没有办法我只有在床上躺下来。我的米慧，这满床都留下过你身子的痕迹，满屋子的空间里都飘荡着你的声音，我明明知道在这个晚上你不会再回来，可我仍旧很固执地躺在床上等你，等你重新来敲响你曾经敲过无数次的房门。米慧，我的命，现在我已是泪流满面了，那个无望的寒冷的黄昏，我躺在那里等待着你的重新归来，我想象着你躺在我身边和我说话的情景，我躺在暗淡的光线里，一只胳膊围在你的黑发上，你知道那一刻你是多么的诱人吗？在那样的时候，我的脑海里总是一片空白，我痴痴地看着你，你知道我有多么的幸福吗？可是现在你在哪儿？我的米慧，我们的一切几乎都是从这画室里开始的，我读你的第一封来信是在这里，我给你的第一封书信也是在这里写成的。只是那封迟到的书信使我等的时间太长太长，但我深信总有一天你会突然出现在我的面前，会有这一天的，不是吗？米慧，当那天你推门进来的时候，我第一声就喊出了你的名字，我告诉你我已经在这里等了你好久好久了。米慧，你知道什么叫缘分吗？或许这就是缘分。我们在一块土地上生活了这么多年，却不知道对方的存在，我们一直在毫无目的地等待，等待着这一天的到来。这一天来得多么突然呀，它让我们措手不及。这就是缘分，我的米慧，从此我们就在这画室里，开始了我们那谁也说不清的恩恩爱爱的生活了，就是在这间画室里，我们的话题像海洋一样广阔，像森林一样丰富，世界对于我们来说是那样的狭小，只有我们的话语才如窗外颍河上无限的空间，我们的话语已经渗透了对方的心田，渗透了我们各自的血液。不是吗？米慧。我们然后从这里走出去，去那空荡荡的河岸边散步，去那些大同小异的饭馆里吃饭，我们沿着夜间的街道毫无目的地走来走去。你还记得我们所吃的那顿最后的晚餐吗？米慧，说实话，我真讨厌那个罗旗，我讨厌他，罗旗？我真讨厌那个罗旗，和米慧有关吗？为了你我喝得酩酊大醉，当那天晚上你生气离开我和罗旗的时候，当你骑着车子在那条大街上突然消失的时候，我是多么的惊恐，我沿着城市的街道骑车去追你，我一直追到你的工厂门口，工厂门口？米慧不是学生？可是工厂的大门是关着的，我又匆匆地回到原来的地方，那里仍旧没有你，我不能停下来，我还得去找你，我在路上摔了一跤，又摔了一跤，我一次又一次地从车子上摔下来，我躺在地上，眼前一片混沌，从路边树丛里射过来的灯光照在我的脸上，路过的行人没有一个停下把我从地上拉起来，我真的醉了。我自己从地上艰难地爬起来，我的心里只有一个念头，找到你，假如那天晚上见不到你我真的会不停地寻找下去，一直在这个城市里找下去，找遍我们走过的所有的地方。那个让我刻骨铭心的夜晚呀。那个夜晚我久久地守在你的床边，我的米慧，你知道我的心吗？你这会儿在哪里？如果我们的心灵是相通的，这个时候你也一定在想我，我知道，只有你心里想着我，你才不会去做傻事。米慧，你知道吗？自从你对我讲述了你那些有关死亡的故事之后，我就被你所讲述的你所经历过的往事震惊了，你说你为了复仇杀过人，为了复仇杀过人？是他刚才说的挖坑埋人吗？那么她是哪儿作的案？她是个在逃犯？即便她和黄秋雨的死没有关系，这次我们也要找到她！是的，你把她杀了，你在你的住室里挖个坑把她埋了，就像我做的那个梦。我真的梦见你把那个你仇恨的人杀死了，你把她埋在了你们寝室的水泥板下面，你把你们寝室里的水泥板打破，挖了一口深不见底的坑，然后把她扔了进去。我还梦见你到很远的新疆去流浪，你说你已经很累很累，你说你已经不想在这个世上活下去了。你知道吗？当你对我讲完这些之后，我的心就终日跟着你，为你担心。你说在这个世上已经没有你可以留恋的东西了。不对，米慧，难道你把我忘记了，你忘记了我们在一起度过的快乐时光了吗？想起这些，你就要好好地生活，我的米慧！

米慧，你忘记了吗？我们就是从这间屋子里走出去乘2路公交车的，我们一直坐到底。那个阳光明媚的日子你还记得吗？我们一同穿过市区，沿着那条孤独的铁路往前走，走向那片绿色的田野，走向那个绿色的池塘。我们先后爬上池塘边的那棵歪柳树，你从树上折下柳枝编一顶帽子把春天戴在你的头上，然后我们沿着那条用土袋堆成的小坝，在那片枯黄的草地上躺下来，米慧，这会儿你听到青蛙跳进池塘里去的声音了吗？你听到鱼儿跳出水面的声音了吗？你看到那两个偷偷蹲在水塘边钓鱼的男人了吗？你看到我们一块儿在阳光下，躺在那片粉红色的桃树下的情景了吗？粉红色的桃花如雨一样在我们的四周飘落，我把一朵又一朵黄色的野花从身边的草丛里摘下来插在你的柳帽上，一会儿冬天，一会儿春天，精神错乱？你真的是一个护花的女子吗？是的，你真的是一个护花的女子。随后我们又来到颍河边，那条从这里可以通向我们故乡的颍河。米慧，你知道吗？从这里顺着水路走过五十里就到达我们的家乡了，我们的家就在颍河北岸，我就在那个名叫颍河镇的地方生活了二十多年。你曾经在一封信里说过，故乡的一切就是你的血肉之躯，这我和你有着相同的感受。我一看到这条河我就感到亲切，就像见到自己的亲人。我们脱鞋赤脚在河边的草地上行走，我们像一对快乐的孩子，使那些前来踏青的人黯然失色。米慧，你还记得我跳进河水里的情景吗？三月的天气里河水还有许多凉意，可我却跳进河水里去了，他冬泳吗？他不会是在冬泳的时候在河水里出的问题吧？你坐在岸上为我击掌鼓劲，我们是多么的快乐呀。然后我们就坐在草地上亲吻，我的天呀，那是何等的情景呀，用你的话说，面对这样纯情的世界，有多少人能不眩晕呢？他们不能不晕，因为他们没有这样的勇气，这才是真正的爱，这才能叫世间一切俗人看了身不由己地发出赞叹。我的米慧，有这样的爱你还要什么呢？你还要拥有什么呢？我的米慧，我们从这间屋子里走出去，到公园里去，到那片开得疯狂的火一样红的石榴树的下面去了，在那铺满了暗红色残花的幽暗的树林里我们坐下来，我们不需要语言，我们用目光来交流情感，哪怕是一个手势一个眼神，我们都能深深地领会对方的意思，米慧，有这样的知己难道还不值得你留恋吗？我们像孩子一样在树丛里捉迷藏，你知道，就是不看我也知道你藏在哪里，因为我能闻到从你身上散发出来的气息，那气息连开得满枝的火红的石榴花的芬芳也压不住，我只要淡淡地看一眼就知道你藏在什么地方，可是我不愿意去发现你，我只是好让你高兴，让你快乐起来。如果你不快乐，你就是把我当马骑我也会乐意的，你知道吗？我的宝贝！真是个情种！当你和你的女友在那条小径上不期而遇，然后又相互拥抱的时候，你知道我心里是多么的高兴吗？我就那样静静地坐着看着你们交谈，那个时候我真的很快乐。小燕子，可是这会儿你在哪儿？屋子里的光线越来越暗了，我在无望地等待着你的敲门声。在恍惚里我真的记不清我在画室里待了多久，或者一会儿，或者过了漫长的一生，最后我真的没有勇气再在这画室里待下去了，没有你的时候我真不敢待下去……我精神恍惚地离开了画室……

在大街上，在亮起了灯光的大桥上，我仍旧企图在行人中找到你的身影。每当我看见一个穿着红色衣服的女性，我都会紧张起来，但是那些被红色的羽绒服所装饰的女人不是你。这两天，身穿红色衣裙的女孩子突然多了起来，只要一看见那样的衣服我的心就会提到嗓子眼儿里，我多么渴望在那红色的衣裙后面看到你的面孔，米慧，我是多么的渴望呀！

在那个寒冷的黄昏里，我神不守舍地走在大街上，一切对于我都是那样的黯淡，一切物体都没有光泽，行走的人在我的思想之外行色匆匆，他们对于我就如同一些毫无意义的在秋天里飘落的黄叶，我满脑子里装的都是你，我就那样面色灰黄盲目地行走着。米慧，你还记得我带你去看医生的情景吗？你还记得我们在路边的小摊上吃饭的情景吗？你还记得在夜间我们一块儿坐在灯光下唱卡拉OK的情景吗？米慧，你这会儿在哪儿？米——慧——你听到从我的心灵深处发出的巨大的呼唤声了吗？

米慧，现在我突然有一个想法，我知道过去的时光不会重新回到我的身边，可是我却想重新再走一遍，我们曾经一块儿走过的道路和我们去过的每一个地方。米慧，当你想到我一个人，去走那些我们曾经一块儿走过的道路的时候，当你想到一个孤独的男人，在路上不停地回忆他和他心爱的人所走过的道路时，你能忍心就那样远远地看着他，在孤独的道路上行走吗？我的米慧，你真的忍心吗？你能忍心离开这个世界吗？你能忍心离开这个世界吗？你真的忍心让泪水，一遍又一遍地洗刷他的面孔，让泪水像刀一样去割他的心吗？不，这一切都不是真的，这是我的梦境，我一直在自己的梦里，我怎么才能走出自己的梦境呢？只有你，快来吧，快用你的小手来推我，让我从梦中醒来……

一个失恋的老男人，一个患了头痛病的老男人，在向一个离开他的女孩哭述，而那个女孩却是一个身负命案的逃犯，她去了哪里，还有那个名叫罗旗的人，他是谁？他和米慧是什么关系，他和黄秋雨的死有关系吗？这些文字是什么时候写的呢？我把黄秋雨没头没尾没有日期的手稿放在一边，把米慧那一叠写给黄秋雨的书信拿到台灯下面。我期望着能从她的书信里找到一些线索。

米慧写给黄秋雨的信

第四封信

哥哥：

我敢说，这是我一生中见到的最为美丽的桃花了，她那么恣意地、疯狂地开放，一如我们的Love。

你让我躺下来休息，我觉得这是枉然，在你关上房门离开的刹那，关上房门离开的刹那？是画室的门吗？我在心中已骂了你一万次，无端的酸楚莫名其妙地蔓延全身心，真是讨厌，我什么时候变得如此脆弱和不近人情呢？

窗子虽然关着，但春日的阳光还是温柔地照过来，春日的阳光？现在是冬季，那么这个春季离现在最近也是2004年。浸润着我的全身，忽然间我觉得自己有些凄凉和哀婉，恍惚间觉得自己成了落拓公主，但我仍咬牙坐着给你写一点儿有关那个花环和你在河水中游泳的感觉，这和黄秋雨刚才说的应该是一件事儿。我知道我写不好，因为那种疼痛使我坐立不安。不过，我还是慢慢地涂抹着。

你必须先告诉我，你是不是可怜我或者同情我或者你只是应付我？如果是这三种情况里的任何一种，哥哥，你真的不如杀了我，或者放了我，因为我现在孑然一身，仅剩下尊严和清高了。

对了，那个花环现在会是什么样了？它的花瓣被流水冲掉了吗？我不知道，你也不知道，我们也不必去知道，是吗？今天那个头戴花环的女孩是颍河岸边最美的一处风景，她和她的哥哥赤着脚，提着鞋，肆无忌惮地沿着河水的边沿往前走，肆无忌惮地从岸上射过来的无数的目光里走过，我们走得是那么明朗，那么豪迈，那么叫人拍手叫绝！

哥哥，当你几乎是光着身子扑进河水的刹那，我的眼前竟幻化出了大卫的身影，我居然会想到大卫，那个在你画室里摆放着的白色的大卫，画室里摆放着的白色的大卫？我刚才怎么没有注意到呢？你觉得奇怪吗？你的勇敢冲走了我的羞怯，我为你从内心里发出呼唤，尽管那呼唤你听不到，但在我的感觉里那是世界上最为动听的声音了，哥哥，当你从水里游向我的时候，当你从河水里来到岸上的时候，我忍不住朝你奔跑过去，抱住你湿湿的、凉凉的肌体，哥哥，那是我吗？岸上有那么多的目光，可我却如入无人之境，哥哥，那一刻我什么都没想，我只是想抱住你，只是想让你那健壮的胳膊搂住我，真的，哥哥，那渴望像血一样从心脏里流出来，立刻涌遍了我的全身，那是一种从来没有过的感觉呀，哥哥，我需要你的怀抱……

阳光还是温柔在照着，我不晓得现在是什么时候了，我为什么要知道现在是什么时候呢？有那个梦中的花环，有那条宽阔的春水，有你在水里弄出来的水浪声，不就足够了吗？哥哥，我有点饿，我想吃你……

燕子

4月2日

4月2日？今年的4月2日还没有到来，那么这个4月2日，最近的也是2004年的4月2日。为什么是4月2日呢？刚才黄秋雨的手稿里不是说3月吗？难道他们说的不是一件事儿？不，他们可能一个说的是阳历，一个说的是阴历。这封信里除提到了画室，别的好像和黄秋雨的命案没有直接的关系，那么下面这一封呢？

第五封信

秋雨：

窗外已曙色大亮了，楼下某个地方有流水的声音漫过我的耳畔，你也许还在温柔的梦乡，这是人之常情，我不怪你。

即使梦里我也在想同一个问题，我是否太贱了？辗转反侧，竟不能入睡，眼睛疼得愈发厉害。

楼下宾馆里的客人起得真早，客人？颍河管理处楼上的第四层、第五层和第六层是宾馆的客房，要查一下近期在宾馆里入住的人员。我凝听着那些人在水池边弄出的各种各样的声音，那声音仿佛一种参照，愈发显示出这里的寂静，这和我家的清晨很相似，这个时候，左右邻居都应该下地干活去了，这个世界真安静呀……静，有时是很让人感到寂寞的，我现在就是这种感觉，哥哥，我十分的寂寞……

眼泪流下来，不知不觉地湿了你睡过的枕头，我侧了侧身子，我想从那枕头上闻到你留下的一些气味，可是我没有闻到，是不是我的嗅觉已经被散发在你屋里的松香气味给破坏了？是的，肯定是这样，当我最初走进你画室的时候，屋里的松香气味是那样的强烈，是从那个插着油画笔的小桶里散发出来的吗？应该是，手的十种语言。可是现在我对那气味一点儿感觉也没有了，一点儿都没有了，这使我隐隐地哀伤。你走了，你走了，他去了哪里？家？画院？还是师院？我为什么还要待在这里？为什么我还要捡拾这破碎的遗憾呢？为什么我要一次次违背自己的诺言呢？我在这里无望地等待着，等待着，在寂静里，时间显得是那样漫长……

忽然间，我想到那棵几乎要倒在水塘里的柳树，假如……假如能在那水塘边盖上一间小小的茅屋，把我们两个安置在里面，从此再不闻世间的是非，那该是一种怎样的幸福呢？

侧身躺在床上，通过房门看着东边墙壁前的那排高大的书架，我想，在那每一本书上、每一本画册上，都留有你的指纹，你的指纹……每一本画册上，都留有你的指纹，在将近三千册的图书里，黄秋雨会隐藏一些什么样的秘密呢？楼道里的声音开始嘈杂起来，那里夹杂有你朝我走来的脚步声吗？没有，我没有听到，我渴望着你朝我走来的脚步，可是你的脚步却离我越来越远……我拿起手机，手机？总队长的推测是正确的，可是黄秋雨的手机呢？应该先查一下黄秋雨的通话记录！可是犹豫了片刻我还是放了下来，你是今天凌晨才离开我的呀，扳着指头仔细算一算，我们分开还不到五个钟头，我……屋里忽然间一片空寂……

隐隐地感到有些凉意，忽然有到外边走一走的冲动，也许，在颍河边我会碰到一个和我一样失魂落魄的女孩。那个时候我会拉住她，和她好好地谈一谈，即使遇不到，让我在阳光里，在那拥挤的人群里看一看自己的身影也好呀！

哈！哥哥，这种冲动鼓励了我，我这就去穿衣服！就是你这会儿出现在我面前我也不会停下来……不，你还是出现吧，还是让我听到你朝我走过来的脚步声吧，那样我会对你做出一些让步……我在床上停下来，仔细地听着，可是走廊里还是没有我熟悉的脚步声，这下你可别怪我了，这回你就是从天上掉下来也别想拦住我，我这就去穿衣服了，我就要下床去了，我不想洗脸，也不想梳妆，就这个样子走出去！

燕子

4月5日

4月5日？这封信和上一封时隔三天。手机，记住要查找黄秋雨的通信记录。有收获。那么下一封呢？一封写在64开信笺上内容很短的信。

第六封信

秋雨：

你怎么又没来？打电话关机，打电话关机？黄秋雨的手机在哪儿呢？掉进河水里了？有可能，还有那只老人头牌皮鞋。是上课，还是出差？

现在是9点15分，你今天上午来的可能性不大了，恕我不能久等。

我没有别的事，只因为心中老是酸酸的，慌慌的，戚戚的，坐着和躺着都感觉到累，于是我不自觉地、下意识地来找你，可你又不在……下意识地来找你，可你又不在，她肯定有画室的钥匙！她可以随时出入画室，而且她也是一个身负命案的女孩，黄秋雨的死与她有关？但是，她是这样爱着黄秋雨，除非这爱是假的？除非她是在打黄秋雨别的主意，是那些被盗的画？有好多无法言说的感觉，只是无从写出来，就此罢笔吧，你知道我所要表达的一切。

另外，明天我想回家，在我疲惫的时候，家就是我心灵唯一的港湾。我等你电话！等你电话你知道吗?!

祝

好

米慧　11月10日

11月10日？是2004年的11月10日，还是2003年的11月10日？如果是2004年，这与4月5日的那一封信相隔的时间也太长了，一对热恋中的男女，不会相隔这么长的时间。是不是还有别的书信没在这里？不可理解，在信息化时代，她为什么要频繁地写信呢？一个奇怪的女孩儿。

第七封信

秋雨师：

夜半更深，独拥被衾，我还是愿意这样称呼你，我还是愿意将心中这万千柔情倾诉给你，就算你根本没有听见，我还是要独自叙说，直到黎明。

我不敢说你爱我，但我敢保证，你惜我，怜我。这就够了，有这些，相信我的道路会延伸得再长一些。

我不晓得已经有多长时间没有给你书信了（我不想打电话，我不想，不知道为什么，我把你的号码从我的手机里删去了……），那个整天梦行度日的女孩已经死掉了，现在给你写书信的是那个（腹中怀着胎儿，脸上洋溢着小母亲般骄傲的小妇人了，她……）她怀孕了？腹中怀着胎儿，脸上洋溢着小母亲般骄傲的小妇人了，她怀了黄秋雨的孩子？常常坐在画室里等你，痴痴在念你，睡梦中是你的身影，梦醒后是无尽的惆怅的小女孩（现在，她虽然还不能忘怀于你，虽然依然见你心跳，虽然几日不见仍有所思，但她学得圆滑了，她再也不想在你面前撒娇，耍赖，甚至是做爱，她觉得那个曾经让她魂牵梦萦的黄秋雨不再属于她，在他们之间，不知什么时候有了一道无法逾越的鸿沟），她变得沉稳，知足了，最起码表面上已经很“淑女”了。

曾经多少次，内心凄苦无助的我想在你怀中大哭一场，甚至是眼泪鼻涕涂遍你的全身，但多少次，我那么冷静地控制着自己，我觉得你未必会真心接受我的忘形，于是，在妹妹到来之际，她有个妹妹？我终于热泪难收，毕竟，妹妹是我的妹妹，她会完完全全地接纳我这只无助的小羊，而你，毕竟——唉！……如果有来生，我们再续缘吧，今生已不可挽回。我只有，只有将泪水收起来，等到我们做夫妻的那天。

这封书信应该还有第二张。可是我从头到尾，找遍了那叠米慧写给黄秋雨的书信，也没有找到这封信后面的部分。我只有接着看下去。

第八封信

秋雨：

给你书信的次数已不算少了，每次都是惴惴不安的，而这次却是心平气和，如聆听花开一样美好和溢满馨香。

哥哥，我深知没有来生来世的，但我仍然虔诚地祷告在来生的世界里，我们是池塘里最美的两朵并蒂莲，别说我说疯话，哥哥，你能对我说出在这个世界上有清醒的人吗？

朱丽叶十四岁就殉情了，而我的一生却什么也没有开始，我不会为谁去殉我如花的青春，只是这个世界太令我失望了，于是，我便开始逃脱，逃脱的最好方式也许就是用死来证明吧。哥哥，你觉得死就真的那么可怕吗？你不觉得死是一种悲艳的美丽吗？你不认为死是一种已到极限的壮观吗？用死来证明吧，什么意思？哥哥，你觉得死就真的那么可怕吗？你不觉得死是一种悲艳的美丽吗？你不认为死是一种已到极限的壮观吗？刚才黄秋雨是怎么说的？我伸手拿过放在一边的黄秋雨的手稿，在最后一页的最后几行里，我找到了黄秋雨说的话：你能忍心离开这个世界吗？米慧肯定是向黄秋雨表达过轻生的念头，不然他为什么说出这样的话，你能忍心离开这个世界吗？现在她又说要用死来证明，一种悲艳的美丽，一种极限的壮观，她真的有轻生的念头？

好了，不说这个了，怕你又为我心痛。其实，真的站在阳光下面对一张张面孔，我比别人还来得潇洒，活得有滋有味，只是内心里有太多的伤痛，把那伤痛化做人前轻浅的微笑，这也许是另一种人生吧。

哥哥，不知你是否真的爱过我，我不想深究此事，只是我必须告诉你，我不爱你（或许我是个没心没肝的人，或许我从不晓得什么叫爱或者被爱），只是在无人的夜里，悄悄忆起你的点点滴滴。

想说的很多，比如这几天天又冷了，别忘了加件衣服；比如想告诉你我很讨厌下雨，尤其是绵绵无期的雨；比如很想与你做一次长途旅游，忘却烦恼与忧伤；再比如在街上我遇见了中学时骂我“低能儿”的老师，我很想当面羞辱他，雪我绵绵的恨，谁知开口竟是“老师，好久不见你，你比以前年轻多了”。老师讪笑，一时竟不知所措……

要睡了，睡眠终究是件好事，一切该做的与不该做的都可以在梦中解决。

晚安

梦中有我，米慧

天又冷了，别忘了加件衣服，这应该是一封写在秋季的信。一封在秋季讨论生与死的信。

第九封信

秋雨师：

在这阴雨绵绵的下午给你书信，总觉得有千般惆怅，万般无奈。

“你竟不是我的！”这样想着，心痛的感觉迅速蔓延了我（从十五六岁起，我就对异性有好感，这些年来，我哭过，也笑过，爱过，恨过，爱我的人像走马灯一样，哪一个不是对我山盟海誓，要爱得死去活来？最后呢？只剩下怅然无奈的我，流年似水，甚至连一点心跳的感觉都不能再寻回）……她是一个什么样的人呢？爱我的人像走马灯一样，狐狸精？

这样一个雨天，泪水默默在心中长流，竟还没有心如止水，所以我告诉你：爱情始于一笑一眸，然后是无尽的关怀和珍爱。一个男人他并不要出色，只要他体贴。出色的男人被大家所拥有，体贴的男人只属于他的爱人。

秋雨师（还是让我们彼此放弃吧，因为这个世界毕竟不只剩下我们，这几天，我和他不断争吵，他不允许我有任何单独的行动），我和他不断争吵，谁？罗旗？坐在师院的阅览室里，师院的阅览室？即使米慧不是师院的学生，那么至少这个罗旗和师院是有关系的，他是学生还是老师？不管他是黄秋雨的学生还是同事，那么他都是黄秋雨的情敌，他就可能和黄秋雨的命案有关系。可我的心早已飞到了你的身边，没有你的日子里，我人比黄花，但，奈何，你不是我的。

给我一条出路吧，或者把我杀掉！为这难言的情我几乎要疯掉了。雨还在敲打我的无望，不能与你携手，是我终生的遗憾（或许你会笑我痴情，那你就笑吧，如果是这样，有一天上帝会惩罚你的）。

上帝已经惩罚他了。

不说了不说了，说这些让你厌烦的话干什么？秋雨师，你开始想逃避我了吗？如果有，只管说出来，我会永远，永远不再见你！

雨在下，我已累极，真想跳起来给老天爷几个耳光，真他妈的，不知道我讨厌这鬼天气吗？

一封没有日期的信，连署名都没有，但这仍然是米慧的笔迹。不同的是上面的这些文字是写在A4打印纸上的，她是在哪儿写的这封信呢？是师院的阅览室，还是在黄秋雨的画室？这封信对侦破黄秋雨的命案，有什么帮助呢？罗旗，要找到这个名叫罗旗的人，让小范到锦城师院去。

第十封信

哥哥：

从起床到现在我已足足等了你两个小时之多，一本柯罗的画集我都翻了好几遍了……窗外的曙光已渐渐变得强烈，你是否正在接近我的途中？

这几天我的精神很不稳定，总想干出点什么惊人之举，但终因我想得太多而无法施行。我常想，缘分这东西到底是什么？良心又究竟值多少钱一斤呢？

哥哥，对于你，我充满了无奈，你的爱已对我织成一张无形的网，而我只是那网里不想挣扎的鱼，任日晒，任风吹，哪怕被风干成鱼干，又有谁说我没有真正地游过大海呢？

就此搁笔。因为忽然间眼中有些酸楚，望望窗外的颍河，风好，日好，却独独屋内的人心情不好。唉，罢了。

小妹

5月9日

这封5月9日的信，被黄秋雨编成11，而被他编为7的那封信，日期却是11月10日。如果这两个日期是同一年份，那么这些信的编号，并不是严格地按书写的日期，这些书信的编号，很有可能是黄秋雨随手在书信的上方写下来的。

第十一封信

哥哥：

独坐家中，心中是万种惆怅，一周来精心扮起的好心情被他的到来冲得一塌糊涂，我真不明白，当初我怎么接纳了他？独坐家中？米慧吗？我真不明白，当初我怎么接纳了他？谁？罗旗？不知你现在干什么，是静静地坐在画室里看一幅你刚刚完成的画作吗？我似乎闻到了松节油的气息，或者……我不知道你在干什么，又不能很快地去看你，郁闷烦躁的情绪死死缠绕着我脆弱的神经，我开始摔东西，甚至开始撕书，一本、两本，《暗语》、《水仙的心情》、《没有人看见草生长》……《孤独者》？我慢慢地停住了手。《孤独者》，这是谭渔的小说，谭渔？那个作家？你的好朋友，那个坐在沙发里脸色有些发青皱着眉头吸烟的中年男人，他竟然喜欢我写的诗。哦，想起来了，我在黄秋雨的病房见过他，他和黄秋雨是老乡，都是颍河镇人。他在文联编一本名叫《黄泛区》的杂志，这个人对黄秋雨应该很了解。一个作家、一个画家，他们坐在一起的时候，会讨论什么呢？那些被盗的油画？谭渔看上去就是个孤独的人，怨不得他能写出《孤独者》这样的小说。哥哥，对孤独的感受我们相同吗？哥哥，我们在一起的时候曾经讨论过有关孤独的种种，尽管“孤独是一种美”，“孤独是一种辉煌”，但我却希望有你作陪，我实在享受不了这样的美和辉煌！

也许在心里你从来就没有看重过我，我只是你众多红颜中一个匆匆的过客，哥哥……真是这样吗？众多红颜中一个匆匆的过客？黄秋雨，是这样吗？我不知道为什么和你在一起总是心情如花开一样灿烂，或许是你长我的缘故，在你面前，我可以撒娇，可以发嗲，可以虚荣，可以任性，可以流泪，可以大笑，可以躺，可以坐，可以扰乱你工作，哥哥，在你面前我真的是可以为所欲为，那样一个泼辣、尖刻、挑剔的米慧在你的面前真的是原形毕露，而你竟然不烦，不恼，并且还有意怂恿，真是该罚，该打！（是你怂恿了我的坏脾气，这辈子有你的气受了）

哥哥，不知道我们的……怎么样了……不知道我们的……怎么样了，说的什么？秘密，他们两个人的秘密，或许外人永远也不可知道的秘密。忽然心痛，搁笔外看，院子里那一树桃花不知什么时候已经落尽，甚至连小桃都已经结了出来，也许花落才是真正的美丽，是吗？

此祝

梦中有米慧

妹

紧握你的手

5月1日

一封被撕碎又粘贴起来的书信。谁撕的呢？米慧？黄秋雨的妻子？那个拥有画室钥匙的女人，还是那个“疯狂”地写着爱的痴女人？你妻妾成群呀黄秋雨！她们之中是谁撕的呢？但有一点可以肯定，这封被撕碎的书信，就是你黄秋雨粘贴的！一块儿又一块儿，你真有耐心呀，我知道你是个画家，我知道你懂装裱。把一张撕碎的书信恢复原样，真的需要耐心和技术。可撕碎的心呢？黄秋雨，你到底有多少秘密呢？

第十二封信

秋雨：

这权当是我们之间最后一封信函吧，我说不清近来的心情如何，只感到对生的困惑和对死的渴求使我辗转而不能成眠，我害怕有一日忽然间我离开这繁杂的人世，连只言片语也没留与你——我一生中最痴迷的人，那我就是死也不能瞑目呀！我害怕有一日忽然间我离开这繁杂的人世，连只言片语也没留与你……这和黄秋雨的死有关系吗？黄秋雨看到这些文字会是什么反映呢？精神受到刺激？是的，这些刺激了黄秋雨，在黄秋雨的文字里，已经有了这种倾向。这和黄秋雨的死有关系吗？自杀，会导致黄秋雨自杀？自杀？自杀……黄秋雨会自杀吗？我一生中最痴迷的人，那我就是死也不能瞑目呀！一个女孩，被爱折磨得这样苦，简直无法承受。甚至想以死来了结。那么黄秋雨呢？他会不会产生这样的想法？

对你的感情，我近来愈加分不清楚了，你的千般体贴、万种柔情常常和你劝我流产和我在大街上奔跑的情形交叠出现，劝我流产？她真的怀了他的孩子。这是一个重要事件！她会为这个孩子威胁他？如果她不答应流产，他要坚持，这就有了动机。她杀了他？有时，我真怀疑我已经死掉了，死？死，一个年轻的女孩一次次地想到死。黄秋雨会怎么想呢？如果黄秋雨……活着究竟还有什么意思？我竟然爱了别人的丈夫，恐怕到来生也不得超度，是吗？

秋雨，我的知己，就让我做一次你的红颜知己吧，我死之后，我死之后？又是死。不要给我立什么墓碑，米慧什么都不要，只要黄土一捧，只是你别忘了在我坟的周围栽上带刺的玫瑰。我死之后，决不允许任何人再来骚扰我，只是年年的清明，求你到我坟前看一眼，也不枉我们曾经同床共枕一场，可别忘了啊！

我走了之后，别再去寻花问柳了吧，即使你不爱那个女人，也要和她厮守一生，即使你不爱那个女人？说的是金婉？算是对我灵魂的一种告慰吧。

如果有来生，我宁愿永不相识你！

米慧

元月28日泣笔

元月28日？如果是今年的元月28日，那么这一天应该是腊月十九，春节前的腊月十九。

第十三封信

哥哥：

我的Love！你居然还记得我，还记得那个一无是处、骄傲任性的米慧，你居然那么快就出现在我的面前，我真是措手不及，直到现在我还怀疑你的到来是否真实。

我不晓得你对我的爱究竟有几分，也不知道我们相爱究竟会不会有结果，但，你，黄秋雨，那个众多女人供奉的男人现在来到了我这里，我虽然知道这只是短暂的一场梦而已，然，这一切足够了，我再也不想奢望过多，我甚至开始试着一点儿点儿忘掉你，试着不再想你，试着胖起来，真的，我要是胖起来一定比消瘦的样子好看得多。

黄秋雨，我们无缘成夫妻，干吗还要相聚？请求你放弃我吧，我的Love！我的无奈！我的痛！你知道吗？在你家的两天里，我几乎要死掉了，我忍受不了一个俗气的女人和我共享你，在你家的两天里，她到过黄秋雨的家？俗气的女人？她说的是金婉。想我米慧一生骄傲，却在情感上如此失败，真是耻辱，我真想杀掉她！杀掉她！然后我去一个很远的地方……啊，我说得太多了，恐怕你要生气了，可使我不明白的是，你为什么会守着那样一个浑身充满俗气的人不肯离去？你为什么只会永无休止地委屈我。你为什么只会永无休止地委屈我，这是他们分手的原因吗？真是可恶，黄秋雨，其实你是懦弱的，你的懦弱几乎使我变成了疯子，你怎么不去死，你这个杀害米慧的刽子手。

黄秋雨，我的心肝，忘掉我吧，我无法忍受你的懦弱，我也无法承受你的爱，你的爱只能叫我痛苦，叫我疯狂，叫我无奈，天呀，我的爱，我的漫天无际飘落的秋雨……

第十四封信

秋雨：

最后一次了吧，终于有了最后一次属于你的这封书信，对于我的选择，你早已了然，是吗？

谢谢你对我的一切，对于我这个刁钻古怪的女孩，你用尽了所有的耐心和努力，委屈你了，以后，再也不会有人这样麻烦你了。

我一直都被你那么热心地帮着，我再求你办最后一件事儿，你务必把那5000元的风险抵押金向厂方要回来，风险抵押金？要知道这一生我欠父母的实在太多，你帮我了却这最后一件心愿吧！帮我了却这最后一件心愿吧，她想干什么？

如果有来生，你说，我们还要不要见？

米慧

2月1日绝笔

2月1日绝笔？2月1日，这一天是腊月二十三，农历腊月二十三是小年呀，威胁他吗？

第十五封信

秋雨：

我的至真至性的老师，我的至亲至爱的兄长，我一生一世的知己，我生也不能死也不能相同的爱人，永别了！

我是带着血泪书写这封信的，不过，我已是心如止水了，爱和恨都已飘失得很远很远了，我说过，我不会为……

这是一封刚写了开头就结束的信，像第十二封信一样，也是被撕碎后又被拼接起来的。在这封被拼接起来的书信的空白处，标着一组阿拉伯数字："16"。是米慧写给黄秋雨的第十六封书信。为什么要把这些书信编上号码？是为了好存放吗？按照这个编号，这叠书信里缺少第一封、第二封和第三封，这十六封信里的前三封信在哪儿？会是一些什么内容呢？

我把手中能看到的米慧写给黄秋雨所有的书信，放在一边，最后留在我手里的，是一封没有编号的信。那是米慧写给她父母亲的。

米慧写给父母的信

亲爱的爸爸、妈妈：

女儿不孝，让你们白发人送黑发人，真是来生变做牛马也无以为报了。

没有原因，只是觉得活得无奈而劳累，只是感到这个世界太肮脏，太令人不可思议。我没有应付这纷繁多变世界的能力和勇气，所以，我选择了死，事实上，没有比死更美丽、更神圣的事情了，只有死才能把我引进没有忧伤和痛苦的地方。我走了，对这个世界没有任何的留恋，只是对你们养活我的二十多年愧疚罢了。我走了，对这个世界没有任何的留恋，难道这是米慧写给父母的遗书？

不必为我伤心和流泪，这些年来，我们相处得都那么紧张，你们一直怕失掉我这个性格倔强、任性、固执的女儿，你们百般疼爱我，但这爱已经使我牵挂了许多年，就因为你们这无可割舍的爱才使得我苟活至今，现在，我走了，证明我们缘分已尽，来生再做你们的女儿，我一定不会像现在这个样子。千万别流泪和痛心，爸、妈，求你们别因为失掉我这个不争气的女儿而伤心，如果因为我，你们有个三长两短，我在黄泉路上也不会顺利到达天堂的，即使到了那个世界我也会不得安宁，永不得超生了。

质本洁来还洁去，一抔净土掩风流……不要叫亲戚朋友都知道，好吗？悄悄地把我运回去，悄悄地下葬，一层黄土永隔了我们的相思和缘分，也掩埋了我所有的伤痛、无奈和对这个世界的失望。悄悄地把我运回去，悄悄地下葬，哪里？米慧吗？

爸，妈，我本来可以成为你们一个很了不起的女儿的，但命运多劫，我注定阳数短尽，再次求你们不必为我伤心。爸，妈，我们的缘分已经不薄了，我那薄命的小明弟一定在那边等我好久了，你们注定只能有兰慧和小亮两个儿女，这么多孩子，他们那儿不计划生育？你们该知足，不要太苛求了，因为他俩不惹你们生气，他们才无愧于做你们的儿女，而我只好引退了，来生再续缘吧。

我不愿回去过这个春节，别人的欢笑会成为我的伤痛和彷徨，我再也不要活得这么累，这么无奈，不要再说什么了。爸、妈，遥对你们，女儿给你们跪下了，原谅我的不孝。

遗书，一封米慧写给父母的遗书，她现在是死还是活？

另：

小妹，对不起，在你新婚大喜之日，姐姐竟然给你带来如此噩耗，你的震惊和痛心姐姐可以想象得出，是姐姐不好，让你的婚姻蒙上了阴影。原谅我吧，我亲亲爱爱、至真至善的小妹，姐姐遥祝你和卫生永远幸福，白头到老，要知道，妹妹，我多么羡慕你的平凡和从容的幸福啊！

小弟，好好上学，姐姐已不能再来照顾你了，一切要靠自己才可靠。

爸、妈，不说了，天已经暗下来，我该上路了，珍重！

女儿

2月1日

天已经暗下来，我该上路了？她到底做了什么？天已经暗下来，难道她割破了自己的手腕，血从她的胳膊上流出来，她眼前的天色因为失血而暗淡下来。爸、妈，不说了，天已经暗下来，我该上路了，珍重！这些看上去模糊不清的文字，是被米慧的泪水打湿的吗？

我放下手中的信纸，从椅子上站起来，有些不安地在狭窄的房间里踱着步。2月1日，是农历腊月二十三，民间祭灶的日子。在父母准备过年的时候，这个名叫米慧的女孩干了什么？她割破了自己的手腕？或者……

我再次回到桌前坐下来，重新拿起桌上的信，天已经暗下来，我该上路了？她到底做了什么呢？无论是生与死，我都要找到她。

我把刚才看过的那叠信纸放在一起，黄秋雨的手稿，米慧致黄秋雨的书信，还有她写给父母的遗书。我重新翻看着，清理着自己的思路。最后我把那不同质地的信纸，放回深蓝色的文件夹里。我提过放在床头的文件包，从里面拿出工作日记和圆珠笔。我要从头开始回忆接手这件命案后我所看到的一切，要把我掌握的关于黄秋雨命案的所有线索，一条一条地清理出来，这是我的工作习惯。

一、嫌疑人

（1）米慧（疑点：A. 身负命案，在逃；B. 拥有画室的钥匙；C. 怀了黄秋雨的孩子，在黄秋雨不愿承担责任时，并以死来威胁，有产生犯罪的动机；D. 因黄秋雨同时和别的女人来往，而心生仇恨；F. 有自杀言行，从而不顾一切地伤害黄秋雨。）

（2）金婉（疑点：A. 拥有画室的钥匙；B. 仇恨丈夫的外遇。）

（3）罗旗(疑点：A. 因米慧和黄秋雨的爱恋而仇恨黄秋雨，有作案动机。）

（4）拥有画室钥匙的女人；

（5）谭渔（一个见过米慧的人，或者，他是一个理解和懂得黄秋雨绘画艺术的人，至少，他是一个能对侦破命案的进展提供线索的人。）

二、线索

（1）画室的钥匙；

（2）被盗的十幅油画（弄清被盗油画的内容）；

（3）被盗的二十本图书（什么样的图书？有什么样特殊的内容）；

（4）破碎的陶瓷；

（5）黄秋雨的遗物（查询银行卡，重点是他的手机）；

（6）被撕走的日记。

三、现场延伸

（1）颍河管理处的门卫；

（2）大闸宾馆的服务员；

（3）锦城师院；

（4）锦城画院；

（5）颍河镇——米村。

放下手中的笔，我推开身后的椅子站起来，在靠近桌子的那张床上躺下来。

从哪儿开始呢？哪一条线索最为关键呢？米慧？她确实是个关键人物，可她现在是死还是活呢？谁会知道她的下落或结局呢？我要到哪儿去找她呢？罗旗？金婉？谭渔？师院？米村？医院？殡仪馆？问题是……米慧写给父母的遗书怎么会留在黄秋雨这里？她的自杀是真还是假？这是给黄秋雨设的套？无论如何，米慧都是个关键人物，是死是活都要找到她……当然，还有黄秋雨的遗物……黄秋雨……

我想找出一条最能接近黄秋雨命案的线索来，可是我想得有些头痛，也没法确定，不知怎的，我的脑海里，却一下跳出那个远在一百二十公里之外的焚尸命案来。两种完全不同的命案，一个死后被焚，一个被渔夫从水里捞上来，他们的死有什么关联？有，窗外那条河，他们都与窗外的那条颍河有关，他们一个死在颍河下游的岸上，一个死在颍河上游的水里。死在水里，他会自杀吗？自杀……

我突然从床上坐起来，拿起笔在纸上写下了一行字。可是，我想了想，又把那行字划去了。我一手拿笔，一手拿纸，就那样看着我刚刚划去的文字：

~~黄秋雨——自杀？~~

黄秋雨自杀的念头，一次一次出现在我的脑海里，可是我却找不到他要自杀的动机，为米慧去自杀？现在还看不出来……

我突然产生了想看一眼窗外那条河流的渴望。可是，当我下床来到窗前，伸手去拉垂挂的窗帘时，我停住了。使我停住的是那窗帘，垂挂在我现在居住的客房里的窗帘，竟然和垂挂在江局长他们身后的窗帘是同一种颜色。这种在我的感觉里淹没了江局长他们的墨绿色，我在黄秋雨的画室里也看到过，为什么会是墨绿色呢？

那凝重如晶体的墨绿，在桌子台灯的映照下，突然给我一种压迫，使我有喘不出气的感觉。我的手，慢慢地从那墨绿色的窗帘上落下来，我回身从床上抓起棉衣，我得离开这间客房。我得出去走走，去看一眼颍河，看一眼两岸正在飘落的大雪，要不然……

在凌晨玩偷菜游戏的秃顶男人

当拉上房门站在走廊里时，我掏出手机看了一下时间。现在已是3月6日的凌晨，1点10分，距渔夫发现黄秋雨的尸体，已经过去七个小时。现在，我身处的走廊昏暗无光，左右空无一人。我突然意识到，这幢建筑有些特别，为什么走廊留在建筑的北侧，而不是南侧？建筑者这样设计是出于什么目的？是为了方便在这里工作，或者是让在这里居住的人，观看颍河上的大闸和风景吗？

我来到窗前，用力扳下铁窗框上的把手。这座和颍河大闸同样建于20世纪70年代的建筑，当时使用了最先进的铁质窗架，可是现在，这些铁窗已经变得锈迹斑斑。我用力推开窗子，目光穿过拥进来的寒风，看到了那场我担心的大雪，已经下白了我目所能及的河岸。麻烦真的大了。去哪里寻找黄秋雨落水时留下的痕迹？难道……真的是让人观看颍河上的风景吗？现在，我只能这样理解建筑师的意图。大闸上傍晚时亮起的灯光，现在已经关闭。是出于节能的考虑，还是别的原因？那座蹲在夜空里的大闸，因为失去灯光，使我无法看清它的面貌，问题是……在一幢走廊建在背阳一侧的建筑里，黄秋雨的画室南北距离，怎么会有十多米的宽度？哦……我明白了，这幢建筑的形状应该是“[”形，坐北朝南，而黄秋雨的画室，就在这幢建筑东边的拐角上。所以，那间画室才会有宽出我身后客房一半尺寸的现实。这些对黄秋雨命案的侦破有没有用，现在我还不能确定，但有一点我是清楚的，在一宗案件的侦破过程中，会有许多线索出现在我们的视线里，并引起我们的注意。可是，等到这宗案件侦破之后，我们才发现，其实，最初我们所关心、所考虑的许多线索和案件几乎没有丝毫的关系。

这就是我们的工作性质。在一宗案件没有眉目的时候，只要是有芝麻大的疑点，我们都会紧紧抓住不放。有100个芝麻，我们就会抓住100个。然后把那芝麻放大成西瓜，再对西瓜上的花纹逐条进行分析。由于独特的思维方式，我的脑海里还会突然冒出一些和本案没有丝毫关联的、稀奇古怪的事情。不可思议的是，有些时候，我们恰恰是从这些和本案无关的事情上，得到某种启示。就像刚才我的脑海里，突然跳出了那个远在一百二十公里之外的焚尸命案来一样。

我从406客房门口，来到这幢建筑中央唯一的楼梯口时，又回头看一眼我刚刚走过的，光线灰暗的走廊。这是这幢建筑的缺陷。一幢大楼，怎么只留一个楼梯出口呢？如果出现火灾，在六楼画室的黄秋雨，怎么离开？不错，现在我身处的这个楼梯，就是黄秋雨，还有前来找他的人，每次进入和离开的必经之路。但有些人我就不敢保证，比如那个与黄秋雨命案有关的人，他未必就是通过楼梯，到达黄秋雨的画室的。或者，他压根儿就没有到过画室。还有那些被盗的油画和书籍。不，现在我不能确定被盗的只有那十幅油画和书籍，很有可能还有别的东西。那些被盗的东西，也未必是从这里运下楼去的。不能排除。那个置黄秋雨于死地的人，就是到他画室行窃的人吗？如果是他，被盗的东西又是从这里运送出去的，那么，谁最有可能看到那个偷盗的人呢？

我在楼梯上停下来，回头朝上观望。在感觉里，似乎有脚步声，从顶层的走廊里传来。啪、啪，谁？我的头皮像触电一样，炸了一回。黄秋雨，你的亡灵吗？

黄秋雨被水浸泡的面容，在我的脑海里一闪而过。我看到楼梯上方走廊外侧的窗帘，晃动了一下。那窗帘是墨绿色吗？我不敢确定。在暗淡的光线里，现在我无法分辨出那窗帘的颜色。这是我的思维习惯。在确定某个事物本质的时候，我会尽量排除自己的主观意念。在这幢大楼里，尽管我所看到过的窗帘都是墨绿色的。但是，这一刻，我仍然不能断定，挂在楼梯上方的窗帘是墨绿色的。因为我不能确定，在这之前是否有人，因为某种原因，更换过那幅窗帘。

啪、啪，是寒风吹动窗帘的声音吗？如果是，那被吹动的窗帘又在何处？四楼？或者五楼？是谁在观看窗外的飘雪之后，没有把打开的窗子关好呢？那个被人忽视的窗子，那个没关好的窗子。六楼？就在黄秋雨和米慧时常经过的那段走廊里吗？那扇铁窗，是谁打开的呢？那个到画室里行窃的人？他企图把偷来的东西，从打开的铁窗放到楼下去？黄秋雨沿着楼梯走上来，他和那个盗贼在走廊里不期而遇。那个盗贼从怀里拔出刀子，一下刺入了黄秋雨的胸膛。在我的脑海里，常常会生出这样一些稀奇古怪的想法来。可是，怎么会呢？黄秋雨从河水里被那个渔夫打捞上来的时候，他的身上没有刀伤。那么，是他自己沿着楼梯，从六楼走下来，然后到河边去的吗？是的，他穿过走廊，来到楼梯口，然后沿着楼梯，从我的身边走过去。

我忍不住伸手，抚摸了一下楼梯上的扶手。仿佛在那上面，留有他可以感触到的痕迹。或者，另外一些人的痕迹。那些穿过楼梯进出黄秋雨画室的人。米慧？金婉？罗旗？谭渔？那个拥有画室钥匙的女人？当然，还有到画室行窃的那个人。他偷盗那些油画干什么？卖钱？不可能，那是油画。是黄秋雨的油画。无论在哪儿，那些油画，都是会被认出来的。如果不是为了钱财，那么，他拿走那些油画，又有什么用呢？他胆战心惊地，怀里抱着那些油画，就像我现在一样，从这里走下楼梯……

现在是1点15分，3月6日凌晨。这么冷的天气，又在这个时候，我不指望会有人还坐在大堂的服务台里，等我去询问一些关于黄秋雨命案的问题。可是，出乎意外。在我拐向一楼楼梯口的时候，我看到大堂里，还有微亮的灯光散布在灰暗的空间。当我走完最后一个楼梯台阶，在大堂的服务台里面，我看到有一个身穿军大衣的秃顶男人，正背对着关闭的大门，坐在电脑前玩游戏。可能是处在兴奋里，那个人在听到动静时，只回头看了我一眼。接着，又转回到他面前的屏幕上。

我来到柜台前，看到他的菜园里种满了菜。我说，种这么多菜，够你吃一阵了。

秃顶男人说，那当然。我把我小姨子的菜都偷差不多了……

电脑屏幕上闪动的光，把秃顶男人的脸映照得忽明忽暗。说到这儿，他突然停了下来，转动身下的椅子回头看着我说，开房间？

我敢肯定，由于我处在灰暗里，他压根儿就没有看清我是谁。我说，我住在406。

哦……秃顶男人的思维，终于从菜地里走出来。还没睡？

我说，和你一样，偷菜。

秃顶男人笑了。这游戏，像吸毒一样，上瘾。哎，你是不是玩累了，想出去遛遛？

秃顶男人说着，伸手从电脑边拿起一盘钥匙，然后站起来说，我去给你开门。雪下得真大，你看……秃顶男人说着，抬手拍打着自己大衣的肩膀，他手中的那盘钥匙随着他的胳膊的晃动发出哗哗的声响，我刚才出去溜了一圈，还没干呢。

我不出去。

你不出去?

秃顶男人在与我说话的时候，往大门那边看了一眼。我也顺着他的视线看过去。那对关闭的房门，我只看到了三分之一，另外一部分，被厅堂里的一个圆形柱子挡住了。我说，我想看看你们的旅客住宿登记册。

登记册?

对，我是公安局的。

哦，我知道了……

我从秃顶男人丢到桌子上的那盘钥匙的撞击声里断定，那是现在很少见的黄铜钥匙。在那盘黄铜钥匙的撞击声里，我看到那个秃顶男人，用双手从下往上推了一下自己的脸，然后他看了我一眼说，老黄的事儿?

对，你认识他?

秃顶说，认识。老黄嘛，有名的画家，谁不认识?他和我们处长关系特别好。

你们处长?

我们处长你不认识?乔冠西嘛，也喜欢画几笔。

秃顶男人一边说，一边打开桌边的台灯。然后探着身子拉开抽屉，找出住宿登记册，转身放在我面前说，要不，老黄咋会在我们这儿租房子。

这画室，他是哪一年开始租的?

好像是……96年吧，不对不对，是1997年。我想起来了。那一年刚过完春节，乔处长喊我们办公室的几个人过来给他搬东西。真是孔夫子搬家，光书就拉了一车，一纸箱子足有几十斤重。我们两个人一箱子，抬到六楼累得直喘气。

哦，我说，那你现在？

现在？我替老婆值班。你知道，我们这单位，夏天雨季的时候才忙。我说这不怕你笑话，白天坐在办公室里也可以迷怔一会儿，要不……他回身指了指电脑屏幕说，都这个时候了，我还玩偷菜游戏？哎，看不见吧？

秃顶男人说着，伸手从桌子上拿起台灯，放在了我面前。

在秃顶男人移来的灯光里，我翻看着手里的纸页。这是一册从2005年元月开始启用的旅客住宿登记册，总共只登记了两页。最后一个登记的旅客，名叫路国贤。登记的日期是2005年元月15日。不会吧？我抬头看着秃顶男人说，你们这儿，将近五十天没住人？

秃顶男人笑了笑说，我们这儿偏僻。

偏僻？那这旅馆，靠什么生存？

大闸北边不是有几所学校吗？财贸干校、教师进修学校，还有党校，我们旅馆的房间，都被这几个学校租去了。来这儿住的，百分之九十，都是进修的。这正赶到春节，都忙着过年呢，谁会过来进修？

哦……你每天，都过来替你老婆值班？

差不多。如果没什么应酬，我就不让她跑来跑去的，这么冷的天。再说，我家有个上了年纪的老娘，还有上学的孩子……

你都什么时候过来？

正常的接班时间是8点。宾馆人手少，两班，半月一倒。分白班和夜班，白班是从上午8点，到晚上8点；夜班是晚上8点，到第二天的上午8点。

那你，是从3月1日开始的？

对，农历二十一。

你值班这几天……我把手中的登记册往秃顶男人面前推了推说，见过老黄吗？

见过。秃顶男人把登记册拿到手里说，有时候，他走得很晚。

哦……你最后一次见他，是什么时候？

前天晚上。他从楼上下来的时候，我还和他打了招呼。

具体的时间？

有10点多吧……我也说不太准。秃顶说着，指了指电脑，我当时正在种菜，就听有人从楼梯上走下来，我一听脚步，就知道是老黄。

他走路，有什么特点吗？

特点？我说不上，但能感觉到。再说，我明知道，楼上也没有别的人。

你们这儿，装有监控吗？

监控？有。

在哪儿能调出来？

调也没用。秃顶男人说，出了毛病。就年前那场雪。连大闸路口的监控，都被刮断的树砸坏了。我听办公室的小邓说过，这事儿，我们乔处长也知道。本来是应该修的，可能是一过年，给耽误了。你也知道，现在单位的事儿……

我说，你贵姓？

免贵姓陆，陆军，不是空军，也不是海军。

那天晚上，老黄下来的时候，你和他说话了吗？

说了。我说，出去呀？老黄说，出去。他就出去了。

当时，他穿什么衣服？

好像是军大衣吧？

你看仔细了吗？真是军大衣。

我没看清。但我知道，他平时好穿军大衣。

他拿什么东西了吗？

秃顶男人笑了笑说，我当时真的没有注意。

他出去以后，又回来了吗？

回来？好像没有。秃顶男人拉开抽屉，把手里的登记册放进去，才回过身来。柜台上的台灯的灯罩，正好遮住了他的上面半个脸。这样一来，我看得最清的，是他对着我说话的嘴唇。秃顶男人的嘴唇错动了一下说，没有。那会儿我正在偷菜，还是在我小姨子的菜园里，心里有些紧张。

他一个人从楼上下来的吗？

他一个人。不过……秃顶男人伸出右手，揪了揪他下颌上该刮的胡子说，他出去不大一会儿，从外边来了一个人，他走到柱子前我拦住了他……

秃顶男人说着，朝大堂的柱子指了指。顺着他的手指，我看到我的身影被柜台上的台灯光打到了那里，显得十分高大。

我说，你干什么的？他说上楼去搬画。

搬画？

对。他一边说还一边对我摇了摇手里的钥匙。

他还有钥匙？

对，他有钥匙。所以我想，可能是老黄让他过来的。我知道，老黄最近准备办画展，这事儿我听我们乔处长说过。

那个来搬画的人，你认识吗？

不认识。

他长什么样？

没看清。他当时戴个口罩。前天多冷呀，还刮风。

他穿什么衣服？

好像和老黄一样，也是军大衣。

他是什么时候走的？

走的时候我没有看到。那会儿我在上厕所，等我出来的时候，看到大门还在来回地扭动……秃顶男人说着，伸手指了指那对关闭的大门。等我系好腰带，就听到院子里有发动汽车的声音。哎，我想起来了，那个人是开着汽车来的，他开车来的时候，我听到了。

他开什么车？

等我来到大门的时候，他已经开车走了，我只是在窗子那儿晃一眼，没看清。

他在楼上待了多长时间？

有半个小时吧？差不多。

哦……哎，楼上好像有扇窗子没关好，老是吹得窗帘啪啪地响。

是吗？我怎么没听见？

肯定有，我睡不着，才下来找你。

那我上去看看。

秃顶男人掀起棚板，推开服务台的门挡，然后朝楼梯口走去。秃顶男人走到楼梯口的时候，回头看了我一眼。

等他沿着楼梯往上走的时候，我伸手拉住了仍在晃动的门挡，敲了敲被秃顶男人掀起来的那块笨重的棚板，从棚板发出的声音里，我判断着那服务台还能使用的年限。我来到服务台里，拿起秃顶男人刚才放下的那盘黄铜钥匙。这里面，有能打开黄秋雨画室的钥匙吗？曾经有过，但后来，那把钥匙到了黄秋雨手里。问题是，那扇木门外边的防盗门。要想打开黄秋雨的画室，需要同时有两扇房门上的钥匙。

一把是防盗门上的，另一把是木门上的。木门上的那把钥匙，最初曾经就在这个圆盘上。在这盘黄铜钥匙里，还有一把，能打开现在那两扇已经被关闭的大门。他每天，什么时候给那大门上锁呢？12点？或者再早一些？如果这样，那个拿着钥匙到黄秋雨画室搬画的人，来的肯定不会太晚。9点钟？或者10点钟？11点钟？这个时候，除了他，还会有谁能看到那辆开进又开出的汽车呢？门卫？对，门卫！

我放下手中那盘黄铜钥匙，推开服务台的门挡，穿过大堂来到前墙的窗子前。透过窗子，我看到了楼前的路灯下铺满了积雪。我站在窗前，回身朝楼梯口那儿看了一眼。灰暗里，我听到从上面楼道里传来的脚步声。他找到了那扇被打开的窗子了吗？我走到那扇关闭的大门前，伸手推了一下。让我感到意外的是，那对关闭的房门压根儿就没有上锁。

我推门侧身从大门里出来，就置身于那场蓄谋已久的大雪里了。在我的感觉里，似乎这一切，都显示出蓄谋的迹象。没有修复的监控设备，那对被握得有些发热的能打开黄秋雨画室房门的钥匙。还有，现在飘落在我身上，覆盖了所有痕迹的满天的雪絮。这一切，都显示了蓄谋的迹象。

蓄谋的迹象

第二天我被小莫喊醒的时候，已是上午8点钟，可能是夜间太累的缘故，我连手机的定时振铃都没有听到。我和小莫下楼来到大堂，没有看到那个秃顶男人，只有一个身材消瘦的女人正在打扫卫生。听到脚步声，她停下手中的拖把，就那样探着身子看着我们。

小莫说，你好。

她说，有事儿？

我们是公安局的。

哦……她直起腰来说，你们是想问那个画画儿的？

谁告诉你的？

她把拖把收回来支在胸前说，刚才接班的时候，老陆说，你们已经问过他了。她伸出右手，撩了撩散落在额前的头发。我看到，她的左脸颊上，长着一块青紫色的胎痣。

对，我们就是想了解一下他的情况。

你真让说，我也没啥可说的。不过……胎痣女人顿了顿手中的拖把，我知道，这人迟早要出事儿。

为什么？

你看，胎痣女人说，整天来找他的，不是大闺女就是小媳妇，仨月俩月换一个，最长的没超过一年，这还会不出事儿？那要是不出事，才怪。我压根儿没见过还有恁花的男人。有一回还说要给我画像，我才不让他画。我看过他给人画像，坐在人家对面，两眼死盯着人家的脸看，那是画像？哎，这事儿，老陆没有给你们说？

没有，你说。

他画像的时候，让人家脱光。男的脱呗，还能说过去，女的他也让人家脱。说是画一个小时给50块钱，他给100也不让他画呀！他给钱咋了，给钱就脱？那不成妓女了？哎……胎痣女人说着，把手中的拖把靠在身边的柱子上，这事儿可不是我说，是人家传的。我们单位的人都知道，这些事……

胎痣女人朝大门那边看一眼，然后压低声音说，都是那个姓乔的处长干的。他画画儿的房子说是租的，可你问问，我们单位谁见过他的钱？为啥不给钱？不都是那个画画儿的私下塞给了那个姓乔的？常言说，吃人家的嘴软，拿人家的手短。那姓乔的拿了画画儿的钱，当然要给他说话了。我给恁说，这姓乔的不是个东西，也是整天往办公室里领女人。常言说，根子不正梢子歪。这姓乔的他爹，就不是个好东西。当年俺爹跟他爹都在水利局工作，他的底细我知道，好整人，还贪污。哎，你看看这……

胎痣女人说着，伸手拍了拍身边的黄铜柱子。她映在柱子上的身影有些变形，瘦长一溜，像只刀螂。胎痣女人说，这楼就是他爹在台上那会儿盖的。还有河上的大闸。1975年咱这儿发大水，那会儿恁俩还不记事。国家批多少救灾款呀……

胎痣女人说着，又拍了拍身边的柱子。柱子当年镶嵌上去的镀铜铁皮，许多地方已经出现了血红色的锈斑。那女人说，弄到末了，他爹还是因为贪污下的台。这个姓乔的，和他爹一样的坏。他早晚会跟他爹一样，因为贪污被恁给抓起来。恁是不知道，他这人心黑呀。俺这有个女的，姓杜，1989年上的班，他就给她办内退。我就不能，我1983年上的班，恁俩给我评评这个理，我比那姓杜的整整早了六年，为啥让她内退，就不让我内退？哎，退了还拿满工资。这我不说，还让她跟着单位里的人去旅游。为啥？不就因为那姓杜的和他相好，让他睡……

哎，我拦住眼前这个怨妇一样的女人说，这些情况我们回头再向你了解。你先回想一下，你年后值班的这段时间，有人来找过老黄吗？

有呀，还是女的。

是谁？

你真让我说……胎痣女人看了我一眼摇摇头说，我还真说不上来。她说着，伸手抓住靠在柱子上的拖把顿了顿说，他们狗链蛋的事儿，我看见就烦，连问都不问。

我说，那你，说说那个老黄。

老黄？胎痣女人说，他说来，来了。一来，就上楼，关到屋里。有时候弄到黑更半夜还不走。他的事儿，说不上来。

哦……我说，你贵姓？

我叫刘井，吃水用的那个井。

哦……你说的对我们很有用，你再仔细想一想，春节前后，来找老黄的人都有谁。不光女的，男的也想想。我们现在出去办事儿，回头再找你了解情况。

中中，恁先去忙，让我想想。

我和小莫转过身向外走。还没走到大门边，胎痣女人又叫住了我们。我停下来，看到她一手拖着拖把，一边迈着小碎步跑过来。等来到我们身边，她又往院子里看一眼，这才压着声音说，哎，我刚才给恁说的那些，恁可不能说是我说的呀。

你放心，我们替你保密。

恁这样说，我就放心了。好好，恁去忙。哎，那个画画儿的也是，说死就死了，最后还被人家扔到河里去。

你怎么知道他是被扔到河里去的？

恁还是公安哩，你看，他不是被人从河里捞上来的吗？那么冷的天，他会自己跳下去？那他不是傻子？话说回来，也都是他自找的，整天拈花惹草，谁没家没室？谁家的女人会让他白睡？

这时，有刺耳的电话铃声响起来。胎痣女人朝服务台那边看一眼对我们说，我都是瞎说，恁去忙，去忙。

那女人说着，提起拖把往服务台边去。看着她拿起台上的电话，我才转身走出大门，来到院子里。雪住放晴。淡蓝的天空，是我刚才通过四楼的窗子没有看到的。如果这样，这场厚达两公分的积雪，什么时候能化光呢？一天？两天？或者三天？自然的变化，让我感到迷茫，就像她说的谋杀一样，让我感到困惑。是谁谋杀了黄秋雨呢？那些让黄秋雨画裸体的女人们的男人？在画室里，他留下的有裸体绘画吗？什么样的女人，愿意在黄秋雨的面前脱下衣服呢？他的情人？谁憎恨黄秋雨呢？他情人的男人？那些被人偷走的油画会不会是裸体画？裸体，黄秋雨是在画室的哪个方位，给那些女性画裸体呢？那些裸体模特儿，至少应该像在颍河里冬泳的人一样，穿个小裤头吧？那些皮肤被河水冰得像煮熟的虾米的冬泳人，一边哆嗦着，一边用毛巾擦着身子。在两千米长的颍河两岸……

我一边在超出了我预测的厚度的积雪里行走，一边猜想着。许局长会怎样分配调集起来的三百警力呢？在接近颍河管理处院子大门的时候，我回头看了一眼我们刚刚离开的大楼。那个秃顶男人对她说了什么？他的老婆，会不会像刚才那个胎痣女人一样唠唠叨叨？如果，见到那个被胎痣女人骂得一塌糊涂的乔冠西，他又会说些什么呢？还有……

我转回身，在脚下积雪咯吱咯吱的疼痛声里，我看到了建筑在院门右侧的那间门卫室。这个门卫，是个老头？他千万别像刚才那个胎痣女人。现在，他是最有可能直接提供线索的人。都8点多了，他还没有起床吗？按常规，这个时候大门里外的积雪，都应该被他清除得干干净净。可是，现在我看到的路面上只有几行脚印，和一行电动车车轮轧过的痕迹。我迫切地来到门卫室门前，意外地看到，在关闭的房门上挂着一把灰色的弹簧锁。我来到门卫室的窗子前，里面的一切，却被一块深蓝色的帘布给挡住了。

哎，哥们儿……

我离开窗台，看到小莫叫住了一个骑车走过院门的胖子。那个身穿灰色羽绒服，光着头戴了一对灰色兔皮护耳的年轻人，停住了。他的左腿支在雪地上，右脚蹬在车镫上回头斜着眼看我们。

小莫说，你是这单位的？

年轻人说，咋了？

小莫指了指身边的平房说，你们门卫呢？

退休了。

年轻人说话的声音，像从胸腔里发出来的，有些共鸣。我说，什么时候退的？

年前。

小莫说，那这门岗上……

新的还没来上班。年轻人说完，回过身去，右脚一用力，肥胖的身子就一扭一扭地用力蹬车。积雪被他的车轮轧得吱吱地响。只片刻，他往右拐向通往车棚的道路，被一排落满积雪的塔松挡住了。

我回过身来，看着那扇挂着灰色弹簧锁，没有粘贴春联的湖蓝色的木门，想到了我们在破案时使用的一个词：蓄谋。是蓄谋。缺失的门卫。没有及时维修的监控。还有这场覆盖了世界的大雪。一切都显现出蓄谋的迹象。

一辆卡车，鸣着喇叭呼啸着，从大门外侧的公路上驶过。我和小莫，立在路边看着那辆卡车的车轮，溅起土黄色的雪泥，一路飞起又落下，快速地驶上前面的闸桥走远了。通往大闸桥路面上的积雪，早已被过往的车辆轧成了土黄色的雪泥。大闸，挺立在雪后淡蓝色的天空下。黄秋雨就是站在这儿，看着米慧骑车离开的吗？

高大的闸孔。又一洞高大的闸孔。有嗖嗖的寒气，从我们视线里那些深邃的闸体里，散发出来。由于常年处于潮湿之中，桥面下的闸体，已经生长出墨绿的颜色。黄秋雨看到过这些被改变了颜色的闸体吗？他可能比我更准确地说出那闸体上的颜色来。我和小莫沿着闸桥往前走，最后来到了那孔排水的闸门前。一些平静的河水越过闸门跌落下去，变成了雪白的浪花，发出刺耳的声响。闸上和闸下水面的落差，足有六米。我伸手抓了一把桥栏杆上的积雪，团了团，投向桥下的水面。那雪团在入水的时候，激起了一簇浪花，然后，就消失了。建在闸上的闸桥，离开闸门有一丈开外。如果黄秋雨被人从这里推下去，他沉重的尸体，不可能像那些流水一样越过闸门。由此可以断定，黄秋雨不是从闸桥上掉下去的。

一辆大巴，从我们身后的桥面上飞驶过去。车轮飞溅着土黄色的雪泥，差点打在我们的衣服上。小莫朝那辆远去的大巴骂了一句。我们沿着大桥左侧的栏杆，来到大闸的北端，然后，右拐向东，踏着滨河公园的积雪往前走。初升的阳光，使得我们刚刚走过的颍河大闸，有了立体感。河对岸，颍河管理处那灰色的楼体蹲在白色的积雪里，显得有些萎缩。

我们，就在那幢大楼里待了一夜吗？

一、二……第六层，最东边的那两个窗子的后面，就是我们待过的黄秋雨的画室吗？不错，就是那儿，在昨天夜里。如果，有人站在我现在的这个位置，那么，他一定能看到那两扇被灯光照亮的窗子。昨天夜里，是谁，站在漫天大雪里，往黄秋雨画室的窗子观望呢？是那个把黄秋雨推下水去的人吗？河道在两岸积雪的映衬下，显得有些暗淡。如果，黄秋雨不是从大闸桥上掉下去的，那么……

在河的下游，桥体成弧形的，横跨颍河的中州路桥，在阳光的照耀下有些朦胧。如果，黄秋雨是被人从那座桥上推下去的，他的尸体需要用多长时间，才能被大闸这缓慢的流水，冲到那个渔夫的扳网里去呢？由于中州路颍河大桥的阻挡，现在，我无法看到那个渔夫在河道南边支起的扳网。在这被积雪覆盖的两千米的河岸边，那些被许局长调集起来的警力，怎样展开勘察工作呢？渔夫。现在，我应该先去看看那个渔夫。还有那架扳网。那架把黄秋雨扳出水面的扳网。

现　场

2005年3月6日，9时零5分，当我和小莫来到颍河南岸中州路大桥东侧，约一百米的滨河公园时，远远地就看到了支在河道里的那架扳网。黄秋雨的尸体，就是被人从那架扳网里发现的吗？随后，我看到有一个渔夫模样的人，正在河水里的渔船边忙活。就是他吗？

我探身越过河边的由水泥墙构筑成的堤坝，朝深陡的河坡上观望。发现只有大桥边上，才有通往河底的台阶。我一边沿着水泥墙往桥边走，一边观察着那架扳网。记忆里，那架扳网就像一杆盘子秤，由于扳网的一端现在沉在河水里，现在，我只看到绑着一块石头像秤杆的一端，倾斜着朝天空里翘着，被三根木棍架起来支在那里，在空旷的河道里，显得是那样的孤独。

我们沿着大桥东侧的台阶，往河底走。台阶上的积雪，不知道什么时候已经被清除，我在粗糙的青灰色混凝土的台阶上，停下来，抬头观望高大的桥体。汽车驶过的声音，不停地从我看不见的桥面上传过来。有一个头戴棉帽的男人，从桥中间伸头朝河道里观望。如果，他像黄秋雨一样被人从桥上推下来，那该是什么样的情景呢？像一只被剪去翅膀的鸭子？在车水马龙的桥面上，什么时候才有可能出现这样的情景呢？白天？可能性不大。只有到了深夜……通往那架扳网的河底上的积雪，已经被人踏出一条路来。就算是黄秋雨在深夜被人从这座桥上推下来，那也只能是在大桥的南端。这样，他的尸体才有可能，被冲进这架扳网里。

我们沿着被人踏成雪泥的路径，来到那架扳网前，停住了。那个正在扳网东侧撅着屁股在河水里涮渔篓的渔夫，听到动静直起腰来。他身边的渔船，随着他刚才弄出的波浪摇动着。那个渔夫把渔篓从河水里提出来，架在船舷上控水，却不理睬我们。

小莫说，你好，我们是公安局的。

公安局的？那个渔夫用怀疑的目光看着我们说，一早先后过来过两拨，都问过了。

我们是市刑侦队的。

我伸手拦住了小莫。阳光斜照在渔夫身边被踏得纷乱的雪地上，然后，反射着他脸上粗糙的皱纹。听到小莫的话，渔夫眼白里的血丝似乎凝固了。我想，是刑侦队这个陌生的词语，让他感到迷茫。我说，你贵姓？

姓车。

可能是那个贵字，使渔夫受宠若惊，从他嘴里吐出的那个两字，在空中哆嗦了一下。

哦……我回头朝不远处的河岸上看了一眼。那片被雪后的阳光涂淡的、光秃秃的灰色的杂树林，同河岸混杂在了一起。我说，你车楼的？

对对对……那渔夫连声说道。很显然，渔夫把我对他村庄的了解，当成了对他的了解。因而，他说话的声音变得有些激动，车楼的，你去过？

我对他点了点头，又接着说，这是你的扳网？

是，我的。

很早了……我的目光从河水里的扳网那儿收回来，看着渔夫说，每天从桥上路过，都会看到你在这儿扳鱼，每天能卖多钱?

不中不中……渔夫说着，把控净的渔篓放到船头上。现在谁还玩这个？你看看，还有吗？渔夫说着，随手指了一下河道。

顺着他抬起的手臂，我看到波动的河水把阳光映射到近处的桥体上。一晃。一晃。仿佛是那桥在动。如果，黄秋雨被人从桥上推下来，或者他自己……

以前，这一河两边都是扳网。你看，现在还有吗？没有了，谁还玩儿这，没人玩儿了，我是喜欢。

昨天，那个人……

鸡巴，算我霉气。渔夫打断我的话说，晌午我家老大的孙子请满月，乱哄哄地一直忙到挨黑。心想着，这网在河里下了一天了，总得扳上来看看呀。鳖孙哄你，头一网，就把他从水里扳上来了。

我指了指沉在河底的扳网说，就这架吗?

就这架。

你能把网扳上来，让我们看一眼吗?

这费啥？不费啥。渔夫说着，弯腰在流淌的河水里洗了一下冻得通红的手。然后蹚水，两步来到岸边，沿着已经被踏成雪泥的积雪，朝那架扳网走去。穿在渔夫身上湿淋淋的黑色橡胶雨裤，和水面上的波浪一样，映射着越来越强烈的阳光。一闪。一闪。系在渔夫腰间的那根草绿色的带子头，随着他夸张的步伐，左右摇摆着。

渔夫走到那架扳网前，停下来。他伸手抓住从倾斜的桅杆上垂落下来的一根绳子，往下拉。那根倾斜在空中的桅杆，慢慢地变平。桅杆另一端的扳网，慢慢地露出水面。那网的骨架，由三根细长的竹子交织而成。渔网骨架的六个点，分别系着绳子，合挂在被渐渐拉起的桅杆的顶端。渔夫一边用力往下拉着绳子一边说，我从河水里往上扳的那会儿，就觉得不对劲。这么沉，会是一条多大的鱼呢？就算是闸上放了水……渔夫说着，猛地抬起头来打了一个响亮喷嚏然后抬起衣袖，擦了一把鼻孔。

闸上放水？

可不是，要不是闸上放水，我心里会老惦记着这网？

昨天闸上，什么时候放的水？

听说是下午两点。

你昨天捞上来的那个人，如果他是从大闸那边落的水，冲到这儿，需要多长时间？

大闸？渔夫说着停下手，转身朝西边的河道里观望。这我说不准，不过，他肯定是从上面冲过来的。

我也顺着渔夫的目光，朝上游的河道里观望。但是，大桥高大的桥墩挡住了我的视线。漫天的阳光，不停地落进被微风吹起的波浪上，阳光一闪，一闪。那些被水浪映射的阳光，改变了桥墩的颜色，我把目光收回来，看着渔夫说，如果，他是从这座桥上掉下来的呢？

这座桥？渔夫对我摇了摇头说，我把他扳上来那会儿，是下午6点，就算是2点放的水，四个小时，才冲恁远？

小莫说，那谁敢说，如果是夜间被人从桥上推下来的呢？

夜间？渔夫摇了摇头说，更不可能。上午9点的时候，我还起了一网，上午9点，那会儿闸上还没有放水呢。

渔夫的疑问有道理。如果，黄秋雨不是从这座桥上掉下来的，也不是从大闸那儿掉下来的，那么，他是从河岸边被人推下水的？

小莫说，当时你把他捞上来的时候，除去身上的衣服，没有别的吗？

那谁知道，一看是个死人，我都吓蒙了。他身上的东西，不都是你们的人掏出来的吗？听说有个钱包，钱包里有银行卡、身份证。要不是有身份证，恁咋会找到他家的人？

我知道，已经很难从渔夫这里得到更多的东西。我们和他告别后，就踏着河底的积雪，避开那条雪泥路径，往大桥那边走。我沿着长长的台阶一边往河岸上走，一边脑海里冒出一些稀奇古怪的事儿。我们来到桥头，桥上的积雪已经被过往的车辆轧成了土黄色的雪浆。真是奇怪，融化成水的雪，怎么会变成这样的颜色呢？这就像人一样，活着的时候，皮肤是那样的鲜亮，可是……我上桥往里走，桥栏杆上的积雪早已被过往的行人划落。当我站在桥上往河道里观看正在收拾扳网的渔夫时，脑海里再次呈现出黄秋雨被渔夫从河水里扳上来的情景。不错，我自言自语地说，死是生的开始，这话没错。

你说什么？小莫显然没有听清我的话，他扭头看着我说。

我知道，小莫想和我讨论案情。但是，就他那么一问，我突然失去了说话的欲望，我扶着桥栏杆，看着冬日苍茫的河道，看着那架又沉到河水里的扳网，没有再说话。我知道，就是说，这个站在我身边的年轻人，也未必能理解。人们都说，生是死的开始，可是我的理解，恰恰相反。死，对于我们这些人来说，才是生的开始。不是吗？正是因为黄秋雨的死，接下来，我们才开始去接近那些平时不被我们了解的生者。不同的生者。秃顶男人。胎痣女人。渔夫。还有，接下来我们要去认识的金婉、米慧、罗旗、谭渔。还有，那些突然出现的，与这桩命案有关的人。你说，这话他能懂吗？我就是说了，他也未必懂。

手机在我的衣兜里振动起来。阳光的照耀，使我没能看清手机屏幕上的来电显示。从接通的电话里，我听出是小范。我说，有米慧的线索了？

没有，她不是师院的学生。不过，我查到了罗旗信息。他是02级新闻系的学生。

他人呢？

我刚见过他。因为他今年毕业，正好没有回家过年，在电视台实习。

是那个罗旗吗？

是他。他说他已经和她分手了。

他有米慧的联系方式吗？

他说一分手，米慧的手机就成了空号。

他们分手是什么时候？

2月1日。就是米慧留下遗书的那一天。

哦……我说，关于米慧，你再和他好好聊聊。也让他谈一谈黄秋雨。另外，你负责查一下，2月1日以来，锦城殡仪馆的火化记录。

小范说，明白。

2月1日？在给黄秋雨留下遗书的同一天，米慧也和罗旗分了手？身后汽车驶过的声音，一下来到我的思想里。刚才和小范通话时，我怎么就没有听到这些杂乱的声音呢？看一眼已经被雪泥涂抹得一塌糊涂的桥面，我没有再往前走，返身往滨河公园，我们停车的地方。脚下水泥路面上变得肮脏的积雪，还没有来得及被环卫工人清理，如果米慧……

看着撒落在河道里稠密而无声的阳光，我的耳边，却隐约响起了一阵低沉的轰鸣。是春雷吗？应该是。惊蛰已过。那些冬眠的动物，都将开始醒过来了。

车子开动了。向东。沿着滨河公园。车身在冰冻的雪路上摇动着。车外楼群的间隙里，杨树的枝条光秃秃的，在灰蓝色的天空静止着。我的目光穿过车窗，看到了架在颍河上的八一路大桥。那桥离我越来越近。米慧，你真的离开这个世界了吗？站在大桥上，就那么纵身一跳？黄秋雨也是从大桥上跳到河水里去的吗？如果，那是他自己的选择……许局长调集起来的警力，能在被积雪覆盖的河岸上，发现什么呢？一切，都会被积雪所改变。只有死去的，躺在解剖室里的黄秋雨，是个不变的事实。

两年前的悬案

在前往刑侦支队的路上，小莫终于忍不住和我讨论起案情来。小莫说，他一幅画能卖几十万，会不会是被人谋财害命？

可以这样推测。

还有另外一种可能，情杀。

我看小莫一眼说，你相信那个刘井说的？

没等小莫回答，我又接着说，当然，不能排除这种可能。像他这样的名人，尸体被人从河里捞上来，还会没有传闻？不过，传闻对我们来说，只能是通往案件真相的一条小径……我的眼前，再次闪出两年前的那场车祸。我说，你还记得那场车祸吗？

哪场车祸？

哦……对，那时候，你还没调到支队来。

跟眼下的命案有关系吗？

现在不能断定，但那场车祸的主角，就是黄秋雨。

黄秋雨？

对。那场车祸发生在2003年的元月25日。癸未年的腊月二十三。真是太巧了，又是祭灶的日子。这一点，我记得非常清楚。出事的地点，是八一路颍河大桥的南端。哎，就这前边。

我伸手朝前指了指说，那天，我赶到事故现场的时候，被撞的轿车司机的尸体，已经被拉走。另一个受伤的人，也被120送往医院。

那个受伤的人是黄秋雨?

不错。那天黄秋雨坐在后排，一只胳膊骨折，但是没有致命伤，他真是命大。

命大?他要是命大，这一劫该躲过去呀?

你说的也是。根据后来现场勘察，黄秋雨坐的那辆轿车，被撞出去几米远。车头都撞扁了。据黄秋雨自己后来回忆，他们的轿车，从桥上下来的时候，哎，就这……

这个时候，我们的车，正好从八一路颍河大桥往下走。仿佛我们在演绎着两年前发生车祸的那一幕。我们的车子，从北往南行驶，下坡。我说，你看，坡下就是和八一路十字交叉的人民路，而且，十字路口正好红灯换成绿灯。所以黄秋雨的车开得非常快。可是，他们没想到，就是这个时候，会有一辆大卡车闯红灯，从东边飞快地开过来。当时他们还没有弄明白怎么回事儿，就被那辆卡车撞翻了。哎，停下，在路边停一下。

小莫把车靠路边停下来。

我推开车门，下去往回走。在八一路和人民路的交口前，我停住了。我对跟过来的小莫说，那天，我赶到这儿的时候，那辆肇事的卡车，就斜着停在路边。

现在，我还能想起那辆肇事车停的样子。不同的只是，那天下着雨。很奇怪，都是腊月天，那天下的不是雪，而是雨，而且那天雨下得很大，这真奇怪。我说，出车祸那天，有一个卖馄饨的中年人，正推着三轮车往这边赶。他先是听到咣咚一声，起初，他还以为是谁家的院墙被雨水冲倒了。他抬头看见一个身穿雨衣的人，从卡车上跳下来，往大桥那边跑走了。我用鞋尖，点了点路上的雪说，就这儿。那辆肇事车，就停在这儿。

有车还不好查？

那辆肇事车的牌照，是假的。

假的？

对。而且，是安徽的车牌。那辆车，是在安徽阜阳被盗的。被盗一个星期后，却在我们这儿撞了别人的轿车。一辆阜阳的卡车，被人偷到几百里之外的锦城，不但挂着一个假牌照撞了车，而且，是在一个下雨天……

你说是有预谋？

我是这样推测。在我到来之前，江局长就带人赶到了现场。可遗憾的是，当时除去在驾驶室里找到了几丝头发外，别的什么线索都没有。说着，我驱开脚下的积雪，点了点水泥路面说，两年前，那辆肇事车就停在这儿，头压在西北角的花带上，车屁股朝着东南。

你说两年前就有人想谋杀黄秋雨？

如果谋杀成立，那这技术含量可就大了。

不错。如果一辆车，有目的去撞另外一辆车，难度是大。首先，你得知道要撞的这辆车从什么地方通过，什么时间通过，又在什么地段容易得手。就两年前那场车祸，如果谋杀成立，选择这个地点撞车，真是需要很高的技术含量……小莫一边说一边指着眼前的十字路口，大桥下的斜坡，斜坡下就是一条十字街道，而且，还是个雨天。难度真的很大，做这活儿的，肯定是个高人。

而且，是个知道黄秋雨底细的人……我转身往回走，我对跟过来的小莫说，那个谋杀者，肯定知道黄秋雨的生活习惯。后来我研究过从黄秋雨家到锦城师院去的路线。这条线路是最近、最好走的路线，不过……我蹲下来，抓了一捧雪，团在手里，作案的，至少是两个人。

两个人?

对。一个人开卡车，而另外一个人，开车跟着黄秋雨。

那个跟着黄秋雨的人，用手机指挥开卡车的人?

如果推测成立，作案的人一定会这样设计。

费这么大劲，小莫说，这个人图的是什么?争夺权力?

这个可以排除。有谁能与黄秋雨争夺锦城师院艺术系主任的位置呢?没有。有谁能和黄秋雨争夺锦城画院院长的位置?也没有。等我们坐进车里，我又接着说，不但在锦城，就是在省内，在国内，黄秋雨也是个被看好的画家，在艺术界，有一定的地位。你说，这样一个有权威的画家，在锦城，有谁能与他相匹敌呢?没有。争权夺势，可以排除。

小莫一边开车一边说，那是为了钱财?

我把头靠在车座后背上说，在锦城，他画儿的价钱是人所共知的。他是个有钱的人。要说有人谋财害命，还能成立。不过，那个刘井所提供的，也是一个重要的线索，黄秋雨是个喜欢拈花惹草的人，从两年前的那场车祸来看，人家要的并非是他的钱财……

你说那次是情杀?

我把右手背到身后垫住腰说，我说的是悬案，没有结果。

小莫看我一眼说，后来，这案子就没有进展?

那案子是江局长亲手抓的。这你知道，那时，他还是我们局的副局长，像乔局长现在一样，主管我们刑侦支队。当时，江局长对这个案子非常感兴趣。他说，这案子对一个侦察员来说，具有挑战性。

我把右手从腰后抽出来，再次把头靠在后背上闭着眼睛说，上次，我还在医院里见到过黄秋雨。可是这次就不同了。这次，他躺在了刑侦支队的解剖室里。他再也不会回答我的任何问题了。

我真的希望，黄秋雨的尸体还能帮我一把。我希望，从法医那里得到一些线索。可是，等我回到刑侦所的办公室打电话给丁声树时，他却给了我一个意外的消息，什么，她不同意验尸？

我一直在做她的工作，丁声树在电话里无奈地说，可就是做不通。

我说，她人在哪儿？

就在我们会议室。

我这就过去。说完我放下电话，走出办公室，踏着还没有来得及清扫的积雪，穿过刑侦支队狭长的院子，就看到了丁声树，他已经站在会议室的门口等我。在光线暗淡的会议室里，除了黄秋雨的妻子，我还意外地见到了另外一个人。

对金婉的调查

看我们进来，一个靠北墙沙发坐着的男人，下意识地站起来，他主动向我伸出手来，说，还认识我吗？看我犹豫，他又接着说，我叫谭渔，市文联的。

这不正是我要找的人吗？哦，我说，作家。你比那个时候瘦多了。

可能是健康方面的原因，我面前的谭渔，面色发青，给人到了病入膏肓的感觉。两年前，我们在锦城医院黄秋雨的病房里见面的时候，他显然不是现在这个样子。或许是光线暗淡的缘故，竟使我一下没有认出他来。谭渔没有接我的话，而是对随后站起来的金婉说，嫂子，你不认识他了？两年前，你在俺哥的病房里见过他。

谭渔的话，使金婉的目光变得有些迟疑，她摇了摇头说，记不起来了。

我面前这个显现出衰老迹象的女人，同样让我暗暗吃惊，她和我记忆里的金婉，判若两人。丁声树跟上来向她介绍说，这是我们支队长。

别说队长，你就是请局长来也不中！

金婉短促的话语里有着明显的敌对情绪。尽管她人衰老得厉害，但是，她像炸黄豆一样叭叭作响的语音，依然如故，这也是她留给我深刻印象的原因。为了缓解她的敌对情绪，我没有就这个话题说下去，而是走到窗前，伸手拉开深灰色的窗帘。阳光穿过玻璃照射过来，在明亮起来的空间里，我转身看着她说，我来是想告诉你，昨天晚上，我们发现黄先生的画室被盗了。

画室被盗了？啥时候？

我说，坐，咱们坐下说……

说完，我选了窗前的沙发，在谭渔对面坐下来。这样，我和金婉就分别坐在了一个直角的两条线上，即避开了我们目光的对视，又显得随便和亲近。

你说，这是啥时候的事儿？

从金婉的追问里，我感觉到了她的迫切。我说，我们正在调查。

金婉说，都丢了啥？

被盗的可能有一些油画。

油画？都丢了啥油画？

我们正在调查。我先看了谭渔一眼，目光最后转向了金婉，说，犯罪嫌疑人到底从画室里偷走了什么，这还得你积极地配合我们调查……

说到这儿，我停了下来。我要掌握话语的主动权，引导她进入我需要了解的事件上来。看着金婉变得渴求真相的目光，我并没有给她答案，我要让她明白配合我们调查的重要性，从而改变她的敌对态度。我说，黄先生是个大艺术家，他留下了许多珍贵的绘画作品。一年前，黄先生无偿捐赠的两幅画，就值400万，这事，谭先生应该知道。

谭渔朝我点了点头。

我说，如果按这样计算，黄先生的遗产价值多少，作为遗产继承人，你心里会比我们更清楚……

金婉说，人都死了，钱再多有啥用？

我们理解你悲痛的心情。但是现在，你要面临的问题是继承遗产。继承遗产，是法律赋予你的权利。这个权利，你总不会放弃吧？据法律规定，继承黄先生遗产权利的，还有你的两个女儿。但是，在你们遗产的继承和分割之前，你们有义务、有责任，协助我们查清黄先生的死亡真相……

他死吧，死他八回，这个没良心的……金婉突然哽咽起来，就连哽咽时，她的语速也比一般人快。

我说，作为黄先生的亲人，你总不想让他就这样不明不白地离开吧？

金婉哽咽着说，他死吧，死吧……这个没良心的……就这样丢下我们娘儿几个……走了……

我再没有去劝阻她。我知道，有悲痛隐藏在她心中，那些悲痛，就像地震后形成的堰塞湖，你得小心地在一个适当的地方，掘出一条通道让那悲痛流出来，否则……

我站起来，绕过茶几，来到谭渔的面前，伸手去拿放在他面前的茶杯，但被他伸手拦住了。他对我摆了摆手。这时，丁声树过来拿起金婉面前的茶杯，然后去饮水机那儿接开水。等丁声树把接好的茶水放回到金婉的面前，我才重新回到沙发边坐下来。在饮水机烧水的嗞嗞声里，我朝哽咽的金婉劝说道，别哭，别哭……我们也为黄先生的去世深感悲痛。就黄先生的成就和影响……

啥成就？啥影响？金婉哽咽着说，我情愿他没成就……我情愿他没影响……他要不是会画个破画，会像个不着窝的兔子，整天不回家！

谭渔说，怎么不回家？他不是经常回家吃饭吗？

你还不知道他，一推饭碗就走……走的时候，连看你一眼都不看……

随着述说，金婉的情绪渐渐平静下来，她一边用纸巾擦着眼睛一边说，恁哥先前可不是这个样儿，我跟恁哥结婚那会儿，就住在学校里，一间房子，没有灶屋，就在走廊里支个炉子，没有厕所，解个手还踏踏地跑好远，那是1981年的事儿，你看，俺那大闺女仙芝，今年二十三了，我是结婚第二年有的她。

金婉所谈的显然与黄秋雨的命案没有太大的关系，我引导她说，他最后一次离开家，是什么时候？

三月三，俺爹过生日。我记得清楚，我那二闺女也没去上学，星期天。你说，平常呗，你出去上课，出去干事，我不管，这星期天，孩子们都回来了，孩子她姥爷还来过生日，他还要走，我就拦住他，他说出去一会儿就回来。我就生气了，我说你死去吧！现在想想，我有些后悔，他那一走就再也没回来，上午吃饭的时候，我那二闺女给他打电话，他也没接。

我说，后来他也没有回来？

没有。他这种人，干起活来啥都不想，手机调到没音，别说你打一个，打十个他照样听不见，我说，不管他。谁知道，他那一走，就再也没回来。

我们在画室里也没有发现他的手机，会不会是忘在了家里？

那谁知道呀。

他的手机处在待机状态，就是忘在家里，你也不一定听得到。你家里现在有人吗？

没有。我大闺女回颍河镇报丧去了，这事儿得给家里人说呀。

谭渔说，灵芝呢？

去她姥爷家了。她姥爷心脏不好，我怕他听了这事，有个三长两短的，我让她去看看。

等一会儿你回家好好找找，看是不是掉在家里了。谭渔的目光从金婉那里转向我说，这对你们破案是不是有用？

有用。他最后出去那一天，是不是有人来找他？

没有呀。那天下雨，不是灵芝她姥爷要来过生日吗？我一早起来出去买菜，就没敢惊动他。俺家老黄夜里睡不好，好头疼，这谭渔知道，这些年了，他一直都睡不好，好头疼，不是挨黑儿疼，就是黎明疼……

丁声树说，他头疼，没有去医院检查过吗？

我催他呀，这谭渔知道。

谭渔说，我也说过他。

他就这样的人，死倔。我说，你去看看，可他就是不去。头一疼，就失眠，弄不弄夜里就失眠。我说他是心事重，你说你想恁多弄啥？我跟他就不一样，啥都不想，吃了饭躺在床上蒙头就睡，按说，他不该睡不着呀，俺家老黄一不喝酒，二不吸烟。

丁声树说，不吸烟是好习惯呀。

啥好习惯？这谭渔知道，他是没钱买。

丁声树说，他一幅画都能卖好几万，怎么会没钱？

恁都说他一张画能卖好几万，我咋就没见过？刚才你说他两张画就顶400万，啥画能顶恁多钱？

我说，这是报纸上登的。

报纸我也见了，回来我就问他，我说你咋就恁有钱，一下给人家400万。你说俺家老黄咋说，啥400万，就两幅画。我说也是，就他画那画，别说400万，400块钱我都不要。接半碗水，滴上点墨汁，往纸上一泼，就值400万？那都是骗傻子的。说他一张画值多少万，我压根儿就不信，他手里要是有钱，看看他啥学不会？我敢说，吃喝嫖赌他都会！俺俩处对象那会儿，看看他家里有啥？这谭渔知道，两间破草房，兄弟四五个，要不是考上学，我不是小看他，他媳妇都找不着。

我说，你那时候在哪儿工作？

棉纺厂。现在厂子没了，可俺俩刚结婚那会儿，你问问谭渔，看他指望谁？他在家是老大，今儿爹来了，明儿娘来了，来弄啥？要钱！今年他老三上学，要钱；明年他老二结婚，要钱，我真生气！我当着俺公公俺婆婆的面就说，咋了，俺这是银行？今天来取，明天来取？可生气归生气，看着他愁眉苦脸的样子，我不能不管呀，我只好把我的工资给他垫上，垫上也不够呀，我一个月的工资才几个钱？那是靠了孩子她姥爷。那会儿孩子她姥爷就在河北关帝庙卖胡辣汤，金记胡辣汤，这恁该知道呀？

丁声树说，金记胡辣汤就是恁家的？

可不是。金婉已经恢复了常态，她说话的语速仍然像炸黄豆一样急促，不给你插话的机会。我爹叫金全海，外号老海，我们老家原是陈州西关金庄的，回民，谭渔去过。谭渔他们镇上也有回民，都住在西街，姓马的、姓方的、姓李的、姓丁的，都是。我二姨家就是颍河镇的，要不我咋会跟他过上一家人？那是我二姨给我说的媒，我二姨父看上他画的画儿了，那会儿俺家老黄，年轻轻的就在镇上画安全用电宣传画。我二姨父那会儿还干着变电所的所长。金婉看着谭渔说，丁旺盛，你该认识呀？

我认识，留个光头，冬天也不戴帽子。

对，加上后来恁哥又考上了大学，这样一说，俺就成了。

丁声树说，恁后来，咋到了锦城？

你看，俺三姨家不是锦城的嘛。俺三姨就住在关帝庙后门，德化街，这谭渔知道。我三姨那会儿在市管会，就管街面上的事儿，有一年春节，俺爹到这儿走亲戚，三姨就对俺爹说，哥，来这儿卖汤吧，俺爹就来了。天不亮，俺爹几大桶胡辣汤就熬好了，还卖包子。那时候人手少，我天不亮就跑去帮忙，那会儿生意多好呀，一天能进几百块。几百块呀，八几年一天进几百块，那得了？有了钱，俺三姨就张罗着给俺买了一处宅子，就在寺后街那儿，靠近清真寺。宅子的主人姓郑，不正经干，整天赌，该人家一屁股账，连个老婆都没有混上。他爹娘死后，人家追到家里来要账，没法子，他就把宅子卖了。当时那宅子俺花了4万多呀，后来又把房子翻腾了，盖了两层小楼。不是我笑话他，他家那会儿有啥？我不就图他个人吗？毕业后分到学校里，一月就领那俩死工资，指望他，俺娘儿几个天天光扎着脖子喝西北风了。就他那俩钱，还不够他自己扑腾的，你问问他，他的钱都弄啥了？不是买颜色，就是买画框，不是买纸，就是买书。你不知道，整天买书，你买几本子不妥了？整天买，我就说，你要恁些鳖孙书弄啥？你是当吃呀还是当喝？堆得屋里连个下脚的空都没有，我整天在后面嘟囔他，你说也不中，我恼的就想给他撕了。谭渔，你说他是不是鬼迷着心窍？买书呗，是看哩，可他还买画。你说说……

金婉说着，右手的手背拍得左手心啪啪响，你一个画画儿的，还买人家的画弄啥？还都是些老画，不知道是哪朝哪代的，熏得黄不啦唧的。这谭渔知道，有俩钱都花到那上，吃，舍不得吃；穿，舍不得穿，他都能把你气死。我一生气就跟他吵，跟他闹。他也真能盛，不管你咋说，他就是死憋着一句话不说，啥都不跟你说。我当时恼得就想跟他离婚。跟着他受不完的罪，有俩钱都花到这上。你说，他哪儿有钱去买烟？他的好习惯不是养成的，他是没钱……

在金婉连珠炮的讲述里，我企图想让她停下来，可是她仿佛没听到一样，仍旧沉陷在自己的话语里。要说，俺家老黄也是个好人……金婉往纸巾里吐了一口痰接着说，我们结婚这些年，他压根儿就没有跟我吵过架，更别说动手打我一下，没有，他连骂都没骂过我一句。可是，我就不知道他心里想的啥。

谭渔说，想的是浪漫。

浪漫？他那啥浪漫？这同着恁，我也不怕笑话，就是亲一亲，抱一抱。可我做不来，你说，这两口子过日子，不就是吃饭干活吗？你说，两口子整天搂搂抱抱啥意思？缸里要是没米没面，说啥都是瞎说。啥爱情，啥共同语言，我看那是吃饱撑的。你说，你肚子都吃不饱，还会去讲爱情？哎，他就讲这个，你说，他不是有病吗？结个婚也跟人家结得不一样，要出去旅游。你说，1981年那会儿，谁出去旅游结婚？没有。你出去旅游结婚有钱也中呀，就他爹给他卖了一头猪，九十块钱。

丁声树说，九十块钱就能去旅游结婚？

那是我拿的多。俺爹给我拿了五百块。可是出了家门一坐上车，我就后悔了。为啥后悔，晕车。从咱这儿到商丘，坐得我都快恶心死了，一路上都在吐，连苦胆水都吐出来了。那一回我真恨死他了，叫我受洋罪。从那会儿起，他说得天花乱坠，我是再也不跟他一块儿出去了。他愿去哪儿他去哪儿，我一点都不稀罕，无论谁在我面前说外边多好多好，我就不信。有啥好？不就是楼高？不就是车多？俺初到上海那会儿正赶上半夜，一出火车站，站台下黑压压的都是人，啥样的都有，胖的瘦的，还有外国人，我一看就害怕。有几个人拦着硬要俺去住他们的旅馆，说是离车站多近多近，条件好。我没来那会儿，就听俺三姨说外边的人多坏多坏，你给他说好的是五块，可是等一住进去，他跟你要十块，你要是不给，他就打你。哎，你别说，恁哥还怪能哩，他领着我去住宿介绍站。可是谁知介绍站一下子把我们介绍了好远，光车就坐了半个小时，我约摸着，就快从锦城到陈州西关了，我还转了向，不知道东西南北，最后人家把我们领到一家地下室里。老天爷，说起来恁就笑俺，到了上海住地下室，又腥又臭，我都快憋死了。第二天他领着我出来时，天又下了雨，他也说不清哪儿是哪儿，我们就晕头晕脑地坐车，一个劲儿地坐车，后来就来到一条河边，那河上隔不多远就有一座桥，隔不多远就有一座桥，河两边都是高楼大厦，灰蒙蒙的，吓人，抬头看看，好像要倒下来。恁哥领着我沿着那条河走呀走，最后来到更宽的一条河边，那河比咱这颍河还宽，河水黄黄的，发浑。

谭渔说，你说的那是黄浦江。

对对对，恁哥也说是啥江，我是记不清。接着他要带我去坐船。一问，乖乖家儿，一个人要五块，不瞎可怪狠，我拉着他就走。坐坐船就要五块钱，啥船，要恁贵，金子做的银子做的？一河黄汤水，有啥看头？我说，走。恁哥就说我没劲。我就说，花的不是你的钱，你不心疼？恁哥就生气了，也不搭理我，自己一个劲儿地往前走。后来我们就上了南京路。南京路上我也迷呀，本来那是往西去，可我咋看都是往东。他说往东就往东吧，哎，一路两边都是商店，走着走着，我就憋不住了，想解手。想解手又找不到厕所，都快把我给憋死了。最后我实在憋不住了，就拉住俺家老黄说，我要解手。他就领着我往一个大门里去，我抬头看看，多高的楼呀，人家叫进吗？结果还是被人家门岗给叫住了。人家说恁干啥了，恁哥说找谁找谁，门岗就叫我们进去了。他领着我也不吭声，走到里边，七拐八磨就找到厕所了。

我就稀罕，恁哥还怪能哩，我说你认识这里面的人？他说不认识。我说不认识你说找谁找谁，要是没有这个人咋弄？你说恁哥说啥？没有这个人咱就出来。打那会儿，我就知道恁哥是个心事篓。我知道，他的心思要是用在哪儿，你就是八头黄牛也拉不回来。

谭渔说，他脾气是犟。

他就这样一个人。你不是看他老实巴交，三脚踢不出一个屁来吗？他做的事儿说起来都叫你脸红。这我不怕恁笑话，俺刚结婚那阵儿，他一会儿就离不开你，上课临走，要抱着你亲一下，放学回来了，就是你正在过道里做饭，他也先要把你拉到屋里亲一下。你说你麻烦不麻烦？这两口子过日子，时候长着哩，这是弄啥的吧？我烦就烦他这一点，他亲我，我就把脸扭到一边，有时干脆把他推开，故意闪他。几回下来，他就没劲了，那会儿恁哥就可怜巴巴地看着我，眼泪都出来了。我一看到他那个傻样，心里就觉得好笑。现在想起来，我就后悔。我真的后悔。俺结婚那会儿，恁哥是真喜欢我呀，你说，那会儿我咋恁傻哩，咋就不知道爱惜那日子哩？说起这事儿来，我还是生他的气，你说，你喜欢咋不明说，有啥话你就直说呗，还绕那么多弯弯。他就是个闷葫芦，啥都不给你说，憋气不吭，我都跟他过一辈子了，到现在我也没弄清他是个啥脾气，不知道他心里整天都想些啥。我想这过日子不就是做饭买菜搬个煤吗？可他想的跟我一点都不一样，恁哥就是个怪人，弄啥事和别人想的都不一样，弄啥都要出格……

尽管金婉的讲述都和黄秋雨有关，但是我却从中寻不出与黄秋雨命案相关的线索来，我不能让她再这样说下去，我端起茶杯递到她面前说，来，先喝口水。

金婉从我手里接过茶杯喝了一口，没等她开口，我就说，我想问你几个问题。昨天，你是用谁的钥匙，打开的画室的门？

我的呀。

这就是说，画室房门的钥匙，黄先生有一套，你也有一套。你的两个女儿还有吗？

看你，俺要恁些钥匙弄啥？就我一套，他一套。

可是，我们从黄先生随身的遗物里，没有发现他的钥匙。会不会有这种可能，那一天他出门的时候，把钥匙忘在家里了？

没有呀，忘在家里他咋开的门？

有与没有，我都希望你能协助我们，回去找一找。还有黄先生的手机。我看金婉朝我点点头，又接着说，另外，除去你们家，你知道别的谁，还有画室的钥匙？

没有，画室就是他的命，他会把钥匙给谁？

哦……我转向谭渔说，你知道吗？

不知道。

我又转向金婉说，春节前后，黄先生有异常情绪吗？

他不就那个样，整天闷着个脸，像谁该他二斤狗肉钱。就过年前头那几天吧，他一回到家，就一个人傻坐在那儿，像丢了魂似的。你说……金婉看了谭渔一眼说，恁哥咋越长越傻哩，还自鸣是个画家，画家就他那个样吗？你说这大过年哩，你黑搭着个脸给谁看？我就对俺那俩闺女说，都别理他。

我说，春节前后，他有没有出过远门？

过年能去哪儿呀，就节前回了老家一趟。

节前，什么时候？

谭渔说，农历二十四。

农历二十四？米慧留下绝笔信的第二天？我说，你能确定吗？

能确定，是我陪他一起回去的。

说得没错，就是二十四，你看，刚祭罢灶嘛。他说要回去看看，我就说，看啥，爹娘都不在了，你是老大哩，该他们来看你，整天管他们的闲事。这谭渔在这儿，不是我摆他家那一窝子的理，看看他们兄弟几个，哪一个不是俺家老黄管的事儿？结婚、盖房子，说起来我就生气，这一个一个都操持好了，就没有谁想起来看看他哥！你该操持，你欠他的，你该他的！说是说，他真要回去，我也不能拦他呀。

哦……我说，你认识米慧吗？

米慧？

她到过你家，你应该认识，她家也是颍河镇的，米村。

就那个小妖精？是我把她轰出去的。说话拿腔作调，一看就是骚货，狐狸精。我把她的包扔出去了，我当时就指着老黄的鼻子说，你也是个老骚货，看看你往家里领的都是些啥人。

那是什么时候？

年前11月里吧，天都冷了。

黄先生说没说，他为什么要把她领回家？

说了，说她想寻死。我说，八竿子打不着，她死八百回，你有啥不放心？

他就没有给你说别的原因吗？

说了，说是老乡，米村的。我说芝麻村！颍河镇六七万人哩，你都扛着背着？再说，她一个小妮家，有爹有娘，说到哪儿，也轮不着你这个大男人来管呀？我就把她的东西扔出去了。

后来有没有听说过她的消息？

没有。

据我们调查，米慧后来曾经给黄先生留下过遗书。

遗书？咋，她想赖着俺？

还有一个情况你可能不知道，不过这件事很重要，这个米慧怀孕了。

怀孕了？怀的谁的孩子？

现在还不能确定，但这事黄先生知道。黄先生一直为米慧担心，这一段时间，黄先生可能一直都在找她。所以我们希望，你能给我们提供有关米慧的情况。

看看……金婉一拍手看着谭渔说，我说得不错吧，我就知道他没干啥好事儿！孩子都给人家怀上了，老天爷，他咋不改耶。为了这事儿，你找的麻烦还少呀俺爷？那一年，人家不就缠上他了，还是个神经病，从精神病院跑到咱这儿，说是怀了恁哥的孩子。这事儿你知道呀，叫个啥楠，非赖在这儿不走。

你说这是什么时候的事儿？

谭渔说，很早了，1992年。

那会儿他刚出国回来，不到一年。都到这一步了，说这我也不怕你笑话，她住在宾馆里不走，不走中呀，我就去了。我当着她和恁哥的面就说，你回不回去？好，你不回去！我转身就走，到了大街上，我见车就撞。他最后不是乖乖地跟我回去了吗？你说，他咋就不改哩？又弄这事儿，我看俩人就不对劲，你说你把一个小妮领回家，啥意思？谭渔，你说，这人咋就会变哩？恁哥他没出国那会儿，可不是这样，出了几年国，咋就学坏了？看来这外国不好，一出去就变坏。说要跟我离婚。那个神经病不就是他回国以后来的吗？也不知道他们是咋勾扯上的，我当着她的面就说，母狗不浪，公狗不上。你说你一个小妮，跟人家一个大男人，你不神经病吗？哎，就为那个神经病，说要跟我离婚。我说你离婚好呀，我准备着哩，我就一手扯着一个孩子，去找校长。那一天校长正在开会，恁哥他也在呀，就在会议室，我当着校长的面，当着好多人的面，从包里掏出来俩瓶子，往桌子上一蹾说，这一瓶是敌敌畏，这一瓶是硫酸，只要他跟我离婚，我先往他脸上泼硫酸，等泼了硫酸，这瓶敌敌畏，俺娘仨一起喝。他不是能吗?！我一下子就把他治改了。从那以后，他再也不敢给我提离婚的事儿……

嫂子，谭渔说，还提那些老秧子事干啥？现在重要的是协助方队长他们，把俺哥的事查清楚。要不先把这查清楚，有些事还真不好说。

啥不好说，恁哥他人都不在了，有啥不好说？

谭渔说，就是因为人不在了，有些事才不好说。比如刚才说的那个小楠，你咋就敢肯定，她没把孩子生下来？

她把孩子生下来了？谁说的？

我是打个比方。

她生下来又咋着，她还敢来赖着俺。

我说，这我就要给你说明了，如果谭先生说的成立，如果她真的带着孩子来找，从法律的角度来说，那这个孩子，就有继承黄先生遗产的权利。

不会吧？

怎么不会？谭渔说，这一点你得想开，两年前，俺哥为啥出的车祸？那不明摆着的，得罪人了。你得想想这个，俺哥他不明不白地死在河里，你就不想把案子查清楚？想查清楚，你就得好好地配合。

金婉说，你让我咋配合？他们问我啥我说啥，还不配合？

我说，我们现在需要你在尸体解剖书上签字。

非解剖不中吗？

你得明白，现在，我们只能通过对尸体的解剖，来确认黄先生的死亡时间，同时，也能帮助我们确定他死亡的原因。他是突然死亡，还是中毒？或者是有别的原因？要查清这些，只有解剖尸体。

老天爷，我是不想让他再挨这一刀，你说说，人都死了，弄到最后，还是躲不过去。

我看一眼身边的丁声树，他忙把手里的夹子打开，连同一支圆珠笔递给我。我接过来，看了一眼，然后放在茶几上，推到了金婉的面前说，你在这上签个名。

金婉没有签，而是把夹子推到了谭渔面前说，我签不好，你替我签。

我签的算数？

看你说的，咋不算数，我一个妇道人家，有些事想不清楚，如今恁哥出了这么大的事儿，你不管谁管？你得管，这往后去，有事你就替我做主。

你听不听我的？

听。

要听我的，你现在就回家休息，这马上就一天一夜了，你不睡觉能中？谭渔说着站了起来，你再有个三长两短的，这个家还咋过？走，现在就回家休息。

中，我听你的。

这样吧，我让人开车把你送回去。说着，我就让丁声树带着金婉让小莫把她送回去。等他们离开后，谭渔就在沙发上坐下来，把放在茶几上的夹子拿起来看了一眼，然后放下来，拿起圆珠笔在上面签了自己的名字。谭渔做事的风格，给了我好感。而让我高看他一眼的，是他的坦率。他放下手中的圆珠笔，随手拿起放在他身边的提包，从中掏出一本杂志递到我的手里。他说，你看看这个。

那是一本大16开的《世界美术》，2004年第3期。说实话，在这之前，我从来不知道世界上还有这样一份杂志。

谭渔说，在里面夹着。

我依照谭渔的话，在这本杂志的第25页处，找到了一叠稿纸。那叠稿纸的第一张，是一首诗。

谭渔说，这是米慧的诗。

米慧的诗?

是一组诗。你看看，这个或许对你有用。

哦……我的目光落到了那诗上。

米慧的诗

一、疯长的相思

哥哥
在我所有的疼痛里
你最深
夜夜相思疯长
我疼　红豆灿灿

哥哥
你去了哪里　远方
是否温暖
我看你~~水里~~游来游去
伸出手　却触不到你

哥哥
我死后桃花也落
而你住进我的一首诗里
慢慢地徘徊

成千古绝句

二、以树的形态　世人称颂的风景

以帆的形态　驶向你
波涛正涌　泪里
灯影皆无　哥哥
共济的舟　才能
通向芳草连天的森林圣地

以树的形态　等你
风正紧　叶里
喁喁细语　哥哥
连理的枝　才是
世人称颂的风景

三、桃红的婉约

有梦的地方
就有花的静静开放
风高月明的夜晚
哥哥　我着一袭白衣
走向你

一群鸟飞过

你的手指
触到我　桃红的婉约
婉约我　乱世中
清照的如梦令

四、莲花盛开的天堂

在你眼睛的挤压里　哥哥
我成了一朵可以作为标本的夜来香
~~夹在你的书本里~~
风吹过百叶窗的时候
你我的呼吸　滑翔
如忧伤的帕格尼尼

当你的手指触摸到
我幽密的森林
我的枝叶　颤抖成
静夜中　悄悄吐香的俏合欢

你的冲锋　是我的极致
我的极致　是莲花盛开的天堂
哥哥——

五、开了白花的树下　结着丁香的怨悉

我是玫瑰花瓣上悄然醒来的女孩
结着丁香的怨悉　遇着你
便惊涛骇浪

开了白花的树下　我款款走过
紫色的衣裙　翩飞
牵引你如梦的目光

别问　前缘若尘
乱叶如眉　喑哑如衣
千山万水　哥哥
点点暗愁都是一个秋字

六、月亮的羽毛

哥哥　听到月亮的清啼么
在我的掌心　月亮的羽毛
在青青的月光里草丛里低唤你的名字

在云中缓缓游动
匆匆来去
却也是一种生命

明年的秋天

在一阙江南的词里　我等你

去看我们的月亮

七、我一世的梦想　鸟的姿态

瞻望到鸟的飞翔

是我一世的梦想

在心跳和呼吸所达到的高处

我体会到你

永无休止的飞翔　你的躯体

哥哥　即使化作骨骼

那化石仍是鸟的姿态

带上我吧　你这神的阴影

把我们引向云端天堂　并使我相信

所谓幸福就在你轻盈如歌的滑翔里

八、别问我是谁　你眼中的世界令我疼痛

哥哥　你眼中的世界令我疼痛

米面妻　十一月以及苍白的夜晚

这一切都让我心悸　并且

永远无法改变
连同你带有艾味的气息和浓浓的酒香

我梦见你辗转的身子
如千年不变的紫藤萝
落叶缤纷　然后成泥
哥哥　你知道吗
我就是那泥中重新滋生的花蕊

别问我是谁　哥哥
你的微笑使我的心碎
~~你的微笑是我……~~我深悉你梦中的模样
别问我是谁　哥哥
我就是那藤上万年的青翠

看我从稿纸上抬起目光，谭渔说，看完了？

看完了。

谭渔说，她是一个有才华的女孩。写得真好，我本来想着给黄秋雨说说在《黄泛区》上发一下，可是没想会出现这样的事儿。诗写得好，初读这些诗稿的时候，我浑身有一种发冷的感觉，她诗歌的语言像一把锋利的刀子，切到了我的体内。黄秋雨给我说，这组诗是她在精神恍惚之中写出来的，前后不到一个小时。你看，这是原稿，上面有一些随手划去的词和句子。他说那时候她睡意蒙胧，脑子却高度的清醒。说实话，有些诗句我能背下来：当你的手指触摸到/我幽密的森林/我的枝叶　颤抖成/静夜中　悄悄吐香的俏合欢；你的冲锋　是我的极致/我的极致　是莲花盛开的天堂……写得多好，她的文字里有一种力量，能让你感受到性的动感，真有力量。这组诗我读过不下五遍，每次阅读，我浑身的骨头都有些发酥，神来之笔，真是神来之笔。这些诗，你只有一行一句地去品味，才能从中领会其中的真正含义。你知道，我也写作，能让我从内心里发出感慨，是不容易的。应该说，我没有能力来评说这些诗。这些诗，读来让人肝肠寸断，你听：在我所有的疼痛里/你最深/夜夜相思疯长/我疼/红豆灿灿……真是歌颂爱情的绝唱。不过，她诗的题目我不是太满意，我就随手给她换了几个，你看，第二首、第五首和第七首，还有第八首……

门外的脚步声打断了谭渔的话。等丁声树推门进来，我把谭渔刚才签过字的夹子，从茶几上拿起来递给他说，你可以开始了。

丁声树离开后，我希望谭渔能就米慧的诗说下去。说实话，上面这些诗酸酸的，我还真没有看出好在哪里。无外乎就是谈情说爱，要死要活的，或许是我长久的刑侦生活，已经毁掉了我对情感生活的感受能力。可惜谭渔并没有再继续他刚才的话题，他对我说，你再看看她的书信。

我没有说话，就按照谭渔的话，接着阅读后面的书信。在阅读之前，我前后翻了翻，在那些书信稿纸的空白处，分别标着阿拉伯数字。我一下就明白了，这几封书信，正是昨天我看到的米慧写给黄秋雨书信中缺失的前三封。

米慧写给黄秋雨的信（续）

第一封信

秋雨师：

当曙光悄然漫进画室的时候，我伸伸懒腰坐了起来，发现自己居然睡得很好，哦，又是一个艳阳天，真该感谢你昨晚拼作一死的呵护！

我不晓得现在你醒来没有，反正现在你肯定没想我。而我，那个孤苦的、无助的、任性的、固执的女孩米慧正在咬牙切齿地想你，想你那无法躲避的眼睛，想你温柔的抚摸和暴风雨般的狂吻，想我蜷缩在你宽阔的怀里轻抚你躯体的情景……你离我是那么近，好像你就躲藏在我身体的某一处，你使我的身体发热、发烫，让我不能忍受。可是，你又离我那么的遥远，远在天的另一边。秋雨师，我是时时刻刻都想拥有你，做梦都想，可是我却没有这样的权利！为什么？秋雨师，不能拥有你，我就只有无边的思念，那思念在我的血液里悄悄地演化成痛苦，那痛苦像无边的海一样使我看不到希望的陆地，你知道吗？我真想摔头而死，用以来了断我们之间这不该发生的冤怨。

你或许已经打算永远不再理我了，或许这样更好，让我们免却了那些凄凄惨惨的聚散离别吧。只是请你，请你在每一个春天来临桃花芬芳整个天宇的时候，想起那个赤着脚，肩上搭着衣服，头上戴着柳条帽的女孩和你一起在颍河边，在很多很多地方度过的时光。你知道吗？我们所走过的路，就是我们相爱的踪迹。那路程使我终生难忘，那爱使我死而无憾！

秋雨，请你原谅我这样直呼你的名字，我真的无法忍受这一切。秋雨，我的爱，你知道吗？在二十二年前，当我从护花丛中走来的时候，或许已经注定与你有这一段让世俗不能接受的尘缘，你整整比我早出生二十五年，你比我的父亲年长一岁，这本来不可能成为事实的爱情，却在我们之间发生了。这本来就是个错误，我们也是可以躲过的呀，可恨的是，那个名叫米慧的女孩竟然不知道回头，那个名叫秋雨的男人也竟然不知回头，这真是罪过呀。

关于罗旗，我是不会同意他的求婚的，像他这样一个无志的男子，怎配我这天国中的护花女子？今生就是不嫁，我也无憾了，因为我曾经拥有过你这样一个优秀的男人。

真的，是优秀。你幽默、慧敏、体贴、宽容、沉毅、洒脱，有着让人景仰的成就，你是男人，十足的，几乎是完美的男人！该说的是，我真幸福，哪怕这幸福像火花闪过，但这火花却照亮了我整个暗淡的人生……

秋雨，难道我这样错了吗？我一千遍一万遍地向自己发问。没有！我没错，爱究竟有什么过错呢？即使这爱不能成为被世人所接受的事实，可是谁又能否认我们曾经深深地相爱过呢？秋雨，我们爱得是那样地真切，我们爱得那样义无反顾……

秋雨，不知道为什么这些日子的雨水特别多，淅淅沥沥好像永远也下不够似的。此刻，我很想家，想念已年逾五十的父亲和母亲，想那无边无际的黄土地，我的生命就是他们给的。~~那里的道路就是我的~~

~~骨骼，那里的河流就是我的血脉，那里的土地就是我的肌肉，那里的风就是我的呼吸，那里的风吹树叶的声音就是我的话语。~~秋雨，现在我只有回到我的故乡心里才会好受，秋雨，你能理解我此时此刻的心情吗？于是我决定今天离开这里，这段日子我哪也不去，我就在家里，我太累了，我要好好地歇歇。这你该放心了吧？

知道我有对你说不完的话，可我总不能就这样一直唠唠叨叨地说下去吧，我还要启程赶路呀我的哥哥……就此打住。

你的米慧即日匆匆

第二封信

哥哥：

秋意愈深起来，秋风也似乎更肆虐了。哥哥，别忘了出门多加件衣裳！

夜深处，读哥哥的《〈手的十种语言〉中关于历史的部分》，<u>《〈手的十种语言〉中关于历史的部分》？</u>一遍又一遍。哥哥，你作品里所体现出的深刻思想和社会意义，让我这个读中文的都自愧不如，我在想，上帝真的是不公平，你的画儿画得好我服气，可是我就不明白，你的文字为什么也这么有魅力？哥哥，我从来没有读过这么压抑的文字，如果你把这些故事创作成《手的十种语言》，那又该是怎样的让人震撼呀！是震撼，当你让我看你创作的那幅《记者》的时候，当你让我看你创作的那幅《护士》时，我真的震惊了，《记者》？《护士》？是被盗的十幅画中的作品，还是放在那个大柜里没有看到？我真的没有想到你会那样表现这些文字里的故事，什么故事？但说实话，在最初面对你的作品时，却让小妹太难走进，我真的没有太懂你绘画里所包含的深刻含义，面对我似是而非的评论你一定觉得我的可笑，觉得我的幼稚，可是你听后却宽容地对我笑了笑。直到现在，当我看完你的《手的十种语言》关于历史部分的故事时，我才明白你让我看这些文字的真正用意，我才明白一点儿你绘画里所表现出来的强大主题。我们这些孩子，你们的孩子（我这样说你生气吗？千万别生气呀，事实如此嘛！）对我们国家、我们民族过去的历史真相所知甚少，但我还是要真诚地告诉你，当我读完你的最后一个故事时，有些地方，我仍然没有读懂，这让我感到了迷茫，让我感到了不安，这就是我们民族所经历的吗？这就是我们自己吗？既然是真的，为什么就没有勇气讲出来以警示后代呀？如果历史真的是这样，那么，我们要做的还有太多太多……这一刻，我突然意识到你工作的伟大，突然意识到你看似瘦弱的躯体，却承担着太重的担子。哥哥，我万分的敬佩你。

尽管我们的年龄相差二十五岁，可是因为我们同是农民的儿女，所以在情感的沟通上是很自然的。读完你的《手的十种语言》里的故事，我的心中不知道为什么竟然涌上一丝凉意和一丝忧伤，我知道这凉意和忧伤来自我们脚下的那片土地，~~哥哥能够仗义命笔实在是难能可贵，~~你的故事里虽然充满了死亡和苦难，但你的文字却像你的绘画一样畅通，不粉饰亦不雕琢，那些立在黄土地上老的或者少的死亡者的面孔，让我实实地感到了空气的沉闷……

虽然我也来自农村，但和你相比，我就缺少恒心和耐力，显得生性骄横，显得肤浅而懒惰，你的文字和绘画使我认识到我的文字缺少对生活和现实世界独到的见解，我那些用键盘敲打出来的文字，只是浅浅地记下了一些淡淡的感觉和一些琐碎的小事，与你的文字和绘画相比，哥哥愈发显其不同凡响……

别不多谈，只期望今年的冬天能早点儿来，今年的雪絮能早点飘，我可没忘记哥哥与公主那个美丽的相约呀！哦，美丽的被白雪所覆盖着的田野呀……

此祝

安

米慧10月20日，于闺房

第三封信

我们惊天地、泣鬼神的爱情永无终结是吗？如果有来生，我们是否先预约在某个桃花粉艳的季节相遇，然后做我们生生死死、无怨无憾的夫妻，好吗？

10月28日晨

对作家谭渔的调查

我把手中的稿纸再次放下来，看着谭渔说，这个米慧，你见过她吗?

见过，两次。都是在黄秋雨的画室。如果我没有记错的话，头一次是去年4月份，最后那次是去年的10月份。通过交谈，她给我留下了深刻印象。她确实是个有才华的女孩子，十七岁就考上了河大中文系……

这些书信和诗稿，你是从哪儿弄来的?

这个?谭渔指了指我放在桌子上的那叠稿纸说，就夹在这本杂志里。杂志是年前我送黄秋雨回颍河镇的时候他带的，结果他忘在我车上了。

黄秋雨的画室，你去的多吗?

多呀。他现在的画室，就是我给他介绍的。1996年秋天，我偶尔在那儿住过一次，那里环境不错。后来他说他想找间画室，我就让他去那儿看看。

这么说，他画室里的那些书，你也看过?

何止看过!他有许多书都是我给他推荐的，我也不是说大话，那些书，估摸着有三分之一是我给他买回来的。他那七个书柜，哪个柜子里放的啥书我都知道。

他的书被盗了。

书被盗了？我突然切入的这个消息，使我细心观察着的这个人感到了意外，他说，丢了多少？

他画室的博古架你知道吗？

知道，不就靠着书柜吗？

对，就靠近博古架的那个书柜，上门，从上往下数第四格。

往下数第四格？

对，那儿放的应该是些什么书？

你现在问我……哎，那个书柜里的日记还在吗？

日记？

是呀，都是用牛皮纸包的封面，整个半格，二十多本日记放在一起，很显眼。

黄秋雨的日记？

还会有谁？从1992年开始，一直到去年，每年两本，一本是生活日记，一本是艺术日记，他的日记都记在活页纸上，到了年终，他就把日记装订成书籍的形态，然后用牛皮纸信封做封面，再写上日记的年度，每年两本，都放在那儿，很规整的。

我怎么就没有想到那是黄秋雨的日记？昨天从他被撕走的日记的线索里，我就应该想到黄秋雨的日记，可是……我说，原来是日记。

丢的真是那些日记？

就是那些日记。

看看，到底出事了不是，这之前我是给他说过的。

说过什么？

那是放日记的地方？他的画室，去的什么样的人都有，你说……

从1992年到2004年，在那些日记里，该有多少我需要的线索呀？

这事得容我好好地想想。我转开话题说，黄秋雨给你谈起过米慧吗？

说起过。有好几次，最后一次是春节前，也就是我陪他回颍河镇那一天。刚才嫂子在这儿我不好说，他说是回颍河镇，其实，他要去米村。我当时就劝他别去。他说不放心她。我说人家有爹有娘，你有啥不放心？他说她要自杀。我当时就伸手摸他的脑袋，我说，你是发烧吧？他说我没发烧。我说你没发烧，怎么说胡话？好好的干什么自杀？

后来去了吗？

去了，他坚持要去。我也没办法。

你见到米慧了吗？

米慧？我就没去。这种事儿，我怎么好意思跟着。再说，米慧她爸我也认识。黄秋雨和米慧的事儿传得风言风语，她爸还专门跑来问过我。你说，我去了怎么说？

米慧她父亲，是干什么的？

搞铸造，青铜。不知道他从一种什么矿渣里学着提炼青铜，后来就搞铸造。各种各样的青铜器，爵呀，鼎呀，铸着铸着，就开始仿铸文物。要不，米慧咋会和黄秋雨认识？黄秋雨不是也喜欢收藏嘛。

黄秋雨见到米慧了吗？

我不知道。

黄秋雨从米村回来后，就没有给你说什么？

我是从那儿再没有见过他。那天回到颍河镇，正赶上俺舅去世。俺舅家是颍河镇北边李庄的，我在那儿忙了几天，本来我是想着回来去看他，可我从俺舅家回来，都腊月二十九了。这大过年的，谁家会没事儿？我想等过了年吧。可过了年也没听他吭声，加上今天你请吃饭，明天他请吃饭，我想可能是没事了。谁知昨天……

你觉得那个米慧，有自杀的可能吗？

怎么会呢？尽管她爱得要死要活，可她毕竟还是个女孩子，刚大学毕业……

依你判断，她会不会杀人？

杀人？谁？

米慧。

米慧？米慧杀人？这你听谁说的？

你跟黄秋雨是好朋友，他从来没给你提起过这事儿？

黄秋雨？谭渔笑了笑说，这事儿，十有八九是黄秋雨瞎想出来的，你可能不知道，他最近精神有些恍惚，说的话有时候不靠谱。我知道，那是他心里太苦，这我太清楚了。刚才那组诗，还有那些书信你也看了。你想，他活得有多苦？他爱人刚才你也看到了，人长得是有那个样，可是一说话……谭渔说着，端起茶杯喝了一口水说，别说是黄秋雨，说实话，我就受不了。你说，像黄秋雨这样一个大画家，出过洋，留过学，一个追求浪漫的人，夹在这样两个女人之间，那还不是水深火热？痛苦呀……

痛苦的仿佛不是离去的黄秋雨，而是这个坐在我眼前的人，那痛苦似乎已经深入了他的骨髓，感染了他说话的声音，使他的讲述无法继续下去。你……谭渔停下来指了指我面前的杂志说，看看这个。

我的目光落在了那本打开的杂志上，《这个女人刚刚在做了些什么？》在这篇文章下面的正文里，有些文字不知被谁用圆珠笔画上了不规则的曲线：

《慵懒》（1899，这是奥塞博物馆所藏的两个版本中的第二幅）描绘了一位年轻的裸体女子，仰面摊开着躺在床上，一只手臂斜搭在胸前，另一只手臂枕在头下，一条腿从床沿滑落，另一条腿屈膝弯着，脚抵在旁边的那条大腿上休息。床单凌乱，床罩散落，油灯金色的光线柔和地洒落在被子和她的部分躯干上。画的背景中，我们能看到带有图案的墙纸和一件床头柜。

除非你亲眼见到这幅作品，否则上面的描述可能会让你联想到绘画中常见的裸姿——那些在画家冰冷的画室里，由专业模特儿摆出的姿态。所不同的是，《慵懒》这幅画表明画家是在卧室里刚刚与模特做完爱之后，竖起画架或打开写生簿的。他就站在床边，俯视着睡梦中的人体。从他烟斗里冒出的烟雾缭绕在裸体女子的耻骨和左踝间的上方。

令博纳尔的作品《慵懒》如此性感迷人的部分原因是它的私密、狂喜和坦诚的自传性。可能曾有人艰难地试图论证画家与被画者之间是否单纯的画家与模特的关系。画面激情四溢，即使它展现的是一种休息中的静态。这幅画作最令人感兴趣的是画家对性的间接描画——着重的是性爱之后的一刻。

谭渔看我停下来，说，我不夸张地说，这可能就是黄秋雨本人的生活状态。

你的意思是，黄秋雨和上面文章里说的这个画家……

我指的是艺术，你可能不知道，在画室里，黄秋雨常常会面对裸体模特，女性的，一些心甘情愿给他做模特的女性，你明白我的意思吧？我说的是心甘情愿……谭渔说着，又从他身边的包里，掏出一个信封来说，昨天我一夜没睡，写了一篇关于黄秋雨的文章。

哦，能让我看看吗？

当然可以。谭渔说着，从信封里掏出一叠东西说，但这不是，文章在我电脑里，回头我给你打出来。这是我以前积累的资料，你先看看……谭渔说着，把手里的稿纸展开，把最上面的几页，递到了我手里。

那是一些粘贴到稿纸上的剪报。

这是黄秋雨写的诗，还有评论。你看看，就会明白他是一个怎样的人……谭渔正说着，他包里的手机响了。谭渔从包里拿出手机看了一眼对我说，你先看，我接个电话。

谭渔说着，推门走了出去。

他倒是个直率的人，可是，他这么热情，会不会有什么目的？转移我的注意力？一个熟悉黄秋雨私生活的人，一个常常到黄秋雨画室的人，他和黄秋雨的命案有没有关系呢……我把右腿架到左腿上，身子靠在沙发上，开始看谭渔给我的那些剪报。

黄秋雨的诗作及其评论

最后的午餐

黄秋雨

两只浸血的珊瑚瓷
两杯含泪的酒
最后的午餐间
充满了秋日的阳光

默默无语
慢慢地抬起眉头
我映进你的瞳孔
时光因此而彷徨

把你杯中的苦酒泻下来
流进我的伤痛
感谢酿酒的人
让我尝尽悲伤

多少似火的目光

多少似水的路途

在举杯之间

都像鸟一样飞翔

只留一只你银色的耳环

像西沉的月亮在心中

映照着你最后行走的姿势

酒呀，流进我绵长的绝望

原载《锦城日报》1993年5月14日

没有人知道草生长

——读黄秋雨的《最后的午餐》

汪　洋

在远古洪荒时代，有一条源远流长的红水河。河边有一男一女两个年轻人。每天每天，他们对着红水河唱一支不知名的歌。歌子缠绵温柔一波三折，却反反复复只听得懂一句：

没有人知道草生长。

歌子自远古潺潺流来，润入20世纪最后一个年头伏羲故都附近的颍河岸边，突然拔高，化成一首小小的抒情诗：《最后的午餐》（载《锦城日报》1993年5月14日）。那一男一女两个年轻人，换上了世纪末不赶潮也不落伍的普通服饰。男的老板裤托着一件银白色质地轻柔的夹克衫，女的水洗衫坠着一条绿影荡漾的真丝裙。面对面，坐在一家豪华大酒店靠落地长窗的一副座位上，以“两只浸血的珊瑚瓷/两杯含泪的酒”，“在秋日的阳光里开始”，“最后的午餐”。

时间在这里停滞，语言在这里终止，而温柔的阳光也在这里，因时间与语言的静默而凝聚。只有两双眼睛，两双洞穿千万年莽古黑洞游弋而来的无声的眼睛，在手肩的屈伸中以烛照凡尘一切的光束对望。生命以她独有的形式在这里完成了一个凄美的定格，令周围的观察者或窥视者，不由自主发出一声幽长的叹息。还有什么比这种锥心蚀骨的离别更令人伤感动情、悲戚无奈的呢？他们只是小小的两个人，而他们的故事，却是整个人类上演了千千万万遍的同一个故事，同一个主题，同一个形式。所不同的只是，这时，他们是演员，而我们这些人，是观众。他们是在感同身受我们所有人的故事，我们则只是一群不得不漠然而又不能彻底漠然的在旁边静观默想者，想帮他们一把固所不能，而要想推他们一把则更其艰难。试想，有谁愿意在别人演出自己心灵的故事也是他的心灵故事的时候，能不沉醉其中，手颤脚麻，难以行动呢？即便有那个心思，也没有行动的能力啊。一个人的一生有无数个“最后的”时刻，而每一个，都可说是一次脱胎换骨，又有谁不珍惜它呢？也许有些人会诅咒它，不过，那也是一种珍惜，是一种特殊的珍惜方式呀，你说不是吗？

观众在沉醉中散去，偌大的世界又只剩下了两个人，一个男人，一个女人，还都年轻。年轻是孤独与寂寞的代名词，你想是不是？那么，这两个年轻的男人和女人，这两个我们的代表，我们的替身要啜饮下人生的一杯苦酒，我们能阻拦他们吗？让孤独与寂寞、伤感与悲苦随他们啜饮下的苦酒而去吧。

不过，我们是不是要惭愧了？他们不惜啜饮自己的悲苦与忧伤，可是，他们到底在想些什么呢？“把你杯中的苦酒泻下来/流进我的伤痛里/我感谢酿酒的人/让我尝尽悲伤。”此酒非彼酒，是现实存在的那种液体物质。可是幸福呢？他们本可以轻而易举地采摘去幸福的花冠的呀，却留给了世界，留给了正想欣赏他们的悲苦的我们。多么潇洒，多么豪壮，又多么让人像如邹忌者见到了城北徐公，不由自主的，自惭形秽。

当然，我们也可以找出许多理由，不去惭愧。最显眼的一点，他们是在潇洒地解脱一些羁绊，也是把孤寂与悲伤消除，化成千缕血红的云随风放飞呀。你看，“多少似火的目光/多少似水的路途/在我举杯之间/都像鸟一样飞翔。”其实，你还是不理解他们，换个说法，你甚至还不理解你自己。要知道，生命赋予我者，欢乐与欣悦固然可贵，而悲伤与孤苦，也是像自己的血肉一样应随整个生命一起生长的，对不对？那么，当有人，他们，你或我，要把这悲伤与孤苦从身上从心里消除，恐怕至少要脱一层皮，流一桶血吧。这样一来，他们这种消除其实真的是一种智慧力的表现，也是舍身饲虎的勇毅与奉献精神的表现啊。不管怎么说，脱胎也好，换骨也好，总非常人所能忍受的痛苦。而他们，我们灵魂的化身却做到了，这是值得他们骄傲，当然也是值得我们钦佩的。何况，他还留下了她那只“银色的耳环”做自己心中永恒的太阳。“让世界因此而暗淡”，只映照她最后行走的姿势。这是一种报偿，也是一种更深刻的痛楚，只不过，它们已化入我们的血液，随经络运行，不会造成新的伤痛了；这是灵魂的升华与净化，我们不能不感谢他们，我们的男人和女人！

佛曰：不可说不可说。我说，没有人知道草生长。

原载《锦城日报》1993年6月4日

这个和黄秋雨吃最后午餐的女人，她是谁？1993年5月14日，1993年，那一年我刚从陈州调到锦城来。真快呀，一晃都过去十二年了。

重塑花瓶

黄秋雨

当你离我而去的时候
泪水就把世界模糊
在惨白的日光灯下
捡起你遗落的长发
一根又一根
还有一枚白色的发卡

时光如一床冰冻的河
在慢慢的长夜里闪烁
有一只思念之手
细心地拾起一片片记忆
如同一只破碎的花瓶
重新塑起

原载《锦城日报》1993年2月12日

都是一些伤感离别的诗，这遗落的长发，和最后的午餐又有什么区别呢？除了伤感，还是伤感。这个遗落长发的女子，和那个最后午餐的女子，是一个人吗？这首诗写于1993年2月，比《最后的午餐》还要早，难道，那个遗落长发的女子，又回来和他共进午餐了？这些诗，我怎么就没有看出像汪洋说的那样好。汪洋是谁？《此情深处红笺无色》，什么意思？

此情深处红笺无色

——读黄秋雨的《重塑花瓶》

汪　洋

“情动于衷，而形于言。”这是诗歌创作的一条至理名言。的确，我们写诗，首先需要内心有情，有真情，才能感人。否则，只是一行行无意义的文字排列。

黄秋雨的《重塑花瓶》让我感动，首先就在于它的感情充沛而真挚。如果没有无比真挚的感情，我想是写不出这样深切忧伤的诗句的。“当你离我而去的时候／泪水就把世界模糊／在惨白的日光灯下／捡起你遗落的长发／一根又一根／还有一枚白色的发卡。”

很显然，诗人是在缅怀一件往事，一位女友。而这往事也许就发生在昨天，女友也许就在昨天才刚刚离去。没有离去，或者说留下的是女友的长发和发卡。这两个意象用得十分恰当。众所周知，人发如丝，那么“长发”也就是长丝，长丝，不正是长长的思念的一个代名词吗？尤其那白色的发卡，卡则不通，意思是不能沟通。长长的思念不能与“你”沟通，这忧郁，这哀伤，自然是耿耿于怀，难以驱除的了。真情款款，思念殷殷。而这一切，又无从让“你”知道，诗人内心的创痛与悲苦，只能对惨白的日光灯诉说，用眼泪诉说。

这苦，日光灯并不能理解，所以它也不能帮助诗人解脱分毫。而且，由于倾诉得不到理解与回应，诗人的内心越发变得孤独而苍凉。于是，精神的悲苦在诗人的意念中幻化，连平素难以觉察的时光也变成了“一条冰冻的河／在漫漫的长夜里闪烁”。

诗中的诗人是一个典型的中国传统式知识分子。他没有止于在诗中只表述出自己的精神苦痛，而更重要的是把作品当做了与远离者或仅仅是读者进行思想交流的工具。他在一种极度渴望交流的狂想中像那些古圣先哲一样逐渐忘却了自我，忘却了肉体凡胎的自我，而只剩下一种精神性的存在矗立于我们面前。传统的道德规条无形中束缚着他的思想和行为。他只有在诗中寻找一种适合生命力自我扩张和发展的宣泄途径。然而他还是失败了。传统已经使他的精神定型，他只能走向自我内心的寂灭。唯一能显示反抗的，就是以一种扭曲的形式把自我撕裂，融入一种新造的诗化意象中，在幻觉中实现自我价值的重新确立。于是，从诗人被禁锢的大脑中探出了“一只思念之手／细心地拾起一片片记忆／如同一只破碎的花瓶／重新塑起”。

这其实是一种更深刻的孤独，一种智者的真正的孤独，他因为无法回避现实的矛盾，所以只有转向内心转向内在的自我。实际上是把现实的自我无可奈何地置入了某种幻境。这幻境是美丽绝伦的，却也是虚无缥缈的，你从中能够得到的，仍然只有孤独。一腔深情，到此全部化入虚无，只留下一页本来血痕点点的苍白的信笺。

诗写到这个份儿上，的确再无其他话可说了。

原载《锦城日报》1993年2月26日

1993年2月，离现在已经过去十二年，在这些诗里出现的人，和黄秋雨的命案还会有什么关系吗？这个谭渔，他想让我看的是什么呢？看黄秋雨的伤感吗？不，绝对不止这些，难道，黄秋雨的死，和这个汪洋有关？即便是汪洋嫉妒黄秋雨，十几年都过去了……我朝门边看一眼，接电话的谭渔仍然没有回来。我站起身来，通过窗子我看到，谭渔把手机捂在耳朵上，正一边打着手势，一边来回在院子里被阳光照耀的雪地上走动着。谭渔和黄秋雨的死，有没有关系呢？我为自己的怀疑感到好笑，可是我们这些人，只要一接案件，就会对每一个和案件有牵连的人发生怀疑。哪怕是一个从案发现场走过的人，我们也要多看他一眼。在黄秋雨的命案里，那个在雪地里一边打电话，一边来回走动的人，我自然不会放过。因为，他是一个有机会作案的人。他不但经常到黄秋雨的画室去，不但知道黄秋雨的底细，而且，他还知道黄秋雨绘画的价值。如果有人想利用他……这种可能性不能排除。现在，他让我看米慧的诗和信，让我看黄秋雨的诗，还有这个名叫汪洋写下的诗评，真正目的是什么呢？转移我的视线？难道，他怀疑有什么东西被我们抓住了吗？我迅速地，在脑海里分拣着那些谭渔所提供给我的信息。那些日记？他肯定熟悉黄秋雨那些日记的内容，他提醒我那些被偷的是日记的目的是什么？还有那些绘画，这些，都可以成为他作案的动机……他为什么要这样做呢？他偷盗那些日记和绘画作品的目的是什么呢？有人想要那些日记？占有黄秋雨那些绘画作品？如果这些和他有关，那么他就可能和黄秋雨的命案有关。这个对黄秋雨知根知底的人，我却对他缺少了解……

我又朝窗外看一眼，谭渔仍然在雪地里打电话，他把说话的声音压得很低，一边说，还一边往我这里观望。他担心什么？他担心放在桌子上的东西？我的目光收回来，落在了谭渔放在茶几上的另外几张稿纸上。担心这个？出于职业的敏感，我伸手把谭渔放在茶几上的另外几张稿纸拿了起来。那同样是几张剪报，不同的是，那几张剪报，都与黄秋雨的社会活动有关。

关于黄秋雨社会活动的资料

黄秋雨油画展开幕

在这则新闻剪报的边上，有一行手写的文字：载《锦城日报》1998年8月6日。不像黄秋雨的字体，是谭渔写的吗？

本报讯："中国当代著名美术家作品系列展——黄秋雨油画展"日前在郑州美术馆开幕，共展出黄秋雨自1993年以来的部分优秀作品三十多幅。

黄秋雨是我国著名油画家，他的作品多以人物、人体、风景为题材，不以视觉追求为终极，而致力于个人感觉的真实表现。作品既有温馨、平和、优雅的宁静婉约，也有恣肆、驳杂、奔放的热情活跃，特别是对人体的绘画作品，充分展示了黄秋雨作为一个油画画家的艺术风格。特别是对人体的绘画作品？看来，那个胎痣女人不是瞎说，1998年，人体绘画，指的就是裸体画吗？既然是画展，那可能许多人都会看到，自然，谭渔也会知道。据悉，展览将至9月8日结束。

首席记者：林桂舒

林桂舒？这不是陆浦岩的爱人吗？对，她就在《锦城日报》，她写文化新闻？哦，下面这则消息，也是她写的。

黄秋雨油画作品展开幕

首席记者：林桂舒

本报讯：黄秋雨先生是我国著名油画家，1981年毕业于河南大学艺术系，1982年分配到锦城师专艺术系任教，1988年到法国留学，1991年回国，2000年任锦城师院艺术系主任。1981年毕业于河南大学艺术系，米慧，河大中文系，1982年分配到锦城师专艺术系任教，1988年到法国留学，1991年回国，2000年任锦城师院艺术系主任，2000年？这一年，罗旗还没有考入锦城师院？曾在新加坡文物馆和斯民艺苑、美国底特律博物馆、韩国汉城玄画廊、法国巴黎塞纽齐东方博物馆及国内北京、上海、广州、深圳等地举办过个人画展。其作品多次选入全国性美展并获奖，有多幅作品被中国美术馆及国外美术馆收藏。果然不是徒有虚名。

黄秋雨的油画作品多以人物、人体、风景为题材，不以视觉追求为终极，而致力于个人感觉的真实表现。作品既有温馨、平和、优雅的宁静婉约，也有恣肆、驳杂、奔放的热情活跃，特别是对人体绘画的创作，这些和上面的报道文字相同，特别是对人体绘画的创作？林桂舒还挺懂行，既然写出这样的新闻，她和他一定有接触。显示出其独立的艺术观，其代表作有《森林》、《梵高》、《莫奈的池塘》、《夏加尔的梦境》、《枫丹白露的阳光》等。黄秋雨先生自上个世纪90年代以来一直潜心致力于油画创作，大胆地把中国传统的水墨绘画的表现手法运用到油画之中，探索与之相适应的形式技法，以形成自己独特的绘画艺术语言来表达真实的审美感受，并终于迎得了可喜的成果（黄秋雨油画作品展将于9月6日至10月6日在郑州达利艺术馆举行）。

哪一年的画展呢？在这张剪报上，我没有找到具体的展出时间。2000年任锦城师院艺术系主任？最迟是在2000年，是在上个画展之后。

著名画家黄秋雨向锦城博物馆捐赠画作

中新河南网锦城2月23日电。

综合消息：2月22日上午，由省文化厅、省宗教局、锦城市政府和省宋庆龄基金会联合主办的黄秋雨壁画捐赠仪式暨黄秋雨绘画作品展，在郑州商都艺术馆隆重举行，画家将市值达400万元的两幅鸿篇巨制《老子归隐图》、《伏羲创世图》无偿捐赠给锦城博物馆。省委常委、统战部部长王朝法，省宋庆龄基金会主席郑重，省军区副司令员兼参谋长常春藤和锦城市市长陆浦岩出席捐赠仪式，锦城市市长？对，在2004年的时候，陆浦岩还不是市委书记。并为画展开幕剪彩。

上午10时，商都艺术馆一楼展厅内，面对着长11.5米、高2.6米的《老子归隐图》，观众纷纷感慨“太震撼了”。这幅巨画，布局繁复间自有余韵空灵，笔墨放纵中自有节奏跌宕。同样，展厅内还悬挂着同一规格的另一幅巨制《伏羲创世图》。据业内专家评估，黄秋雨此次捐出的两幅鸿篇巨制，市值在400万元以上。

黄秋雨先生出生于陈州颍河镇，是“锦城画家群”的领军人物，他的油画不但有着很深的造诣，而且是一位颇具影响的国画家。黄秋雨先生有着完整的学术理念和自成体系的艺术实践。锦城所属鹿邑是老子出生的地方，陈州是人祖伏羲生活的地方，改革开放以来，锦城发生了巨变，一直惦念着为家乡做些事情的黄秋雨先生决定无偿捐赠自己的作品。他电话打完了？我要让他知道我在看他剩余的材料，我要让他知道，这是我的态度，我对他产生了怀疑。看着谭渔推门走进来，我只是对他做了一个坐的手势，接着往下看。锦城市市长陆浦岩在致辞中说，黄秋雨先生是锦城艺术界的领军人物，其绘画艺术启蒙于生他养他的故土，其油画和国画作品以独树一帜的艺术风格享誉当代画坛。黄秋雨先生向锦城博物馆捐赠的这两幅壁画精品，为事业有成的锦城各界人士热爱家乡、回报家乡树立了典范。（记者：王善）

我把看完的材料放在桌子上，谭渔说，这些材料，对你有用吗？

我看着他笑了笑，没有肯定，也没有否定。但是，我没有从谭渔的脸上看出异样的表情，如果他和黄秋雨的命案有关，那么这一刻，他倒表现得很镇静。我站起来，再次伸手从他面前的茶几上拿起茶杯，这次他没有拒绝。在走到饮水机前给他接水的时候我想，应该单刀直入，问一些关键性的问题，看他有什么反应。

对《手的十种语言》的构想

当我重新在沙发上坐下来的时候，我看到那杯我刚刚放在茶几上的水，已经到了谭渔的手里，等他喝一口放下来，我朝他问道，汪洋是谁？

我先前的同事。在调到文联之前，他和黄秋雨是同事。

和黄秋雨同事？是哪一年？

给他写诗评的时候，那时汪洋还在中文系任教，那时师专还没有改成师院。

他现在呢？不知为什么，我的话语里，带有一种审问的口气。

1998年……谭渔似乎感觉到了什么，他看了我一眼，伸手把茶几上的水杯端在手里说，他去了河大读博士，2002年，他又去了美国。现在哥伦比亚东方语言文化系，读博士后。

如果这样，这个人，可以基本排除。我说，刚才我看的，黄秋雨的那两首诗里，说的是一个女人，还是两个女人？

不可能是一个。

这两个女人，你认识吗？

谭渔的嘴角上流露出一丝嘲笑来，他说，那是诗，是艺术，不能作为你断案的依据。

那你让我看这些东西的目的？

那丝嘲笑再次从他的嘴角掠过，我想让你明白，他写到的这些女人，都是心甘情愿给他做过模特的人。

模特？

对，裸体。这就是我让你看他诗作的目的。他不光是一个多情的人，而且是一个为艺术的人。这些使他变得有些复杂。你应该注意到，你刚才看的这两首诗写于1993年，那个时候，他刚从法国留学回来不久，他本人也正处在婚姻与家庭的矛盾之中，他想背叛现实，又被一种看不见的绳索捆绑着。你能看出他的痛苦，我指的是，他诗里写的……

谭渔说着，放下手中的茶杯，拿起茶几上那本《世界美术》，对我晃了一晃又放下。他说，你能想象出来，他在画室里所经历的生活，和他的现实世界是格格不入的。他处在情感之中，而他的情感又是为艺术而生。你看……

谭渔说着，伸手探身在茶几上，把放在我面前的那份资料拿过去，好像那些资料已经属于我似的。他指着下面的一份说，这上面说的，你看，《森林》、《梵高》、《莫奈的池塘》、《夏加尔的梦境》、《枫丹白露的阳光》，其实，这些画的主题，都是他画的人体写生。他把不同绘画大师的作品拿来作为他写生人体的背景。

资料上说的画展，你都看过吗？

看过。

画展上说的人体，指的是什么？

裸体写生，都是他在课堂上画的。

他在画室里也画裸体，有没有拿出来展过？

没有。起码我在他国内的画展上，从来没有见过。

你是说，那些在画室里画的裸体，他只拿到国外去展览？

他的目的是这样，但是到目前还没有做。

你怎么知道?

多年以来，他一直想出国办一个以手为主题的画展，这些年来，他也一直在为这个画展做准备。

以手为主题?

对，他起名叫《手的十种语言》。

手的十种……

这时，我兜里的手机振动起来，我掏出手机，是江局长。我看了谭渔一眼开始接听电话。我说，江局长。

在哪儿?

办公室。

你过来一下。没等我再说话，对方就已经挂断了。我放下手机，但我并没有急着离开，而是看着谭渔继续说，说说，手的十种语言。

这是他的设想，他设想着以手为主题，来表现过去、现实和未来。

我在他画室的画架上，看到过他画的各种各样的手，和这有关吗?

有关。在每幅图画下，你是不是还看到有说明文字?看我点头默认，谭渔接着说，命运三女神，她们和海妖们合唱，一个女神唱过去的事，一个女神唱当前的事，一个女神唱未来的事。我知道，他这是从柏拉图的《理想国》里得到的启示。你看的是他构思的现实的一部分。权术之手，性欲之手，命运之手，信仰之手，等等，他用放在茶杯上变了形的手，来表现现实。

未来部分，他画的是什么?

是欲望，全部通过女性的裸体与手来表现。

就是他在画室里画的那些裸体?

可能是吧。

可能？那些裸体画，你没见过？

那是人家的工作，又是裸体……

谭渔的回答有些含糊其辞，哦，我说，那过去呢？

过去那一部分，是关于历史与死亡。

就是米慧信里说到过的《记者》和《护士》？

对。我们曾经选过十个历史事件，作为这十个故事的背景。

关于未来，也是十个故事吗？

对，也是十个。

这十个故事，他是用一个裸体，还是不同的裸体？

不同的裸体。

那也就是说，他必须有十个女性裸体模特？

对，这些年来，他一直在不停地寻找。我刚才让你看的他的诗歌，就是想让你明白，有些时候，他的生活和他所从事的艺术紧紧地相连。比如表现现实生活的十个故事，他多年来也一直在构思，他想寻找一个准确的绘画形式，用三十幅绘画来表现这些故事。他的这种构想很有意思。就说过去的这一部分吧，每一个关于死亡的故事，他都有一个奇妙的想法，一个非常准确的表达形式。你不能不佩服，他的脑子真管用，他想出的故事，往往超出了我的想象。我曾经给他说过，如果他写作，也一定是个好作家。但是他的文字表达就有些弱，那十个关于死亡的故事，他曾经写过一些文字，但是我都不满意，我后来又给他重写了一遍。米慧看的那些，就是我后来写的。他信里说是黄秋雨的文字，那是她不知道真相。

那些故事，你存的有吗？

以前在我的电脑里，可有一次……谭渔说着再次端起茶杯，我的电脑中了病毒，里面所有的文字，都丢失了。米慧看的可能是黄秋雨给她复印的。谭渔喝了一口水，又说，哎，我想起来了，黄秋雨那儿放的有一份，在他的书柜里。

你确定吗?

确定。他的画室你不是去过吗?我记得……谭渔再次把茶杯放下来，说，从北边数第三个书柜，在一本书里夹着。我本来想着把那些文字要回来复印一下，没想到……

你写的那些故事，他已经画过了吗?

最初我不知道，我也是在米慧给他的书信里看到的，现在至少他已经画过《记者》和《护士》，或者更多。

你经常去他的画室，一次没见过?

没有。

那么，你看过他收藏的画吗?

我知道他有一个专门收藏画的柜子，但我从来没看过，即便是再好的朋友，人家不主动提出来让我看，我也不主动提出来要看，我这人，就这脾气。

你知道吗?这次他被盗的就是十幅油画。

十幅?谭渔的脸上掠过一丝疑问的表情，你刚才不是说不清楚吗?

可能就是你说的那些关于死亡的绘画……我停下来看着谭渔说，或许就是他那些关于裸体的绘画。

不会吧?

在事实真相没有查清之前，我们可以依据一些线索，做出推测。我之所以这样推测，依据就来自你的讲述。如果你不认可我的推测，那你说被盗的可能会是什么?

你是专家，可以推测和想象。但我觉得，这样的事，是不能依靠别人的讲述来推测和想象的，因为我说的也不肯定……

从谭渔的疑问里，我听出了一些意外的意思，他肯定对黄秋雨《手的十种语言》的全部绘画十分了解，不然……

门外杂乱的脚步打断了我们的谈话，先出现在门口的是小莫，小莫说，支队长，黄秋雨的家属……

小莫的话还没说完，就有几个陌生男子出现在了小莫的身后。从他们复杂的眼光里，我感觉到了寒冷，但从他们的相貌上，我一眼就看出了有黄秋雨的模样，这人类的遗传，真是奇特。其中一个突然伸出手来，朝我们指着说，谭渔哥在这儿。

谭渔看了我一眼，说，恁咋都跑来了？

俺来看俺哥。

这是看的时候？现在正是破案的关口，恁看管啥用？市里都成立了破案指挥部……谭渔又看我一眼说，这就是负责案子的方队长。

门口一群人的目光都落在了我身上，可是等我一一地看他们时，他们刚才还寒冷的目光，突然都变得有些猥琐。我说，我计划着明天要去颍河镇见你们，没想这么快你们来了，可实在对不起，我这会儿抽不出时间来。

方队长刚接了局长的电话，要去说事儿，走吧……谭渔说着回身收拾东西，然后对我说，你去忙，我们先走。

他真是个明白人。但我们的谈话还没有结束，现在，他是我重点的调查对象，因为有些事情我还没有弄清。他很有可能，知道黄秋雨日记的内容。为什么要偷走那日记呢？还有那些油画，听他刚才疑问的语气，他肯定也是知道的，可是他又为什么要躲躲闪闪？他一定有东西隐瞒着，他为什么要隐瞒呢？

在我和谭渔他们分手15分钟后，也就是12点20分，我来到了江局长的办公室门前。但是，局长办公室的房门是关闭着的，这是我们局长的工作习惯，在他有事没有处理完的时候，他的房门是关闭的。我站在门口轻轻地咳嗽了一声，告诉他我已经到来，并站在他的办公室外边等待。看着静止的房门，我转身来到走廊的窗子前。正午的阳光照在对面房顶的积雪上，放出刺眼的光芒，关于黄秋雨的命案，我向局长说些什么呢？我伸手到窗外，抓起一把窗沿上的积雪，到目前为止，出现在我面前的仍然都是一些纷乱的线索，哪一条才是有价值的呢？丢失的日记和油画？那个眼下仍然没有下落的米慧……

一丝轻微的，让人难以察觉的门轴转动声，从我身后传过来，我转回身，看到那扇刚才还关闭的房门，不知是因为风，还是别的动力，现在闪开了一条缝隙。我从窗外稠密的阳光里收回胳膊，搓了搓有些潮湿的手掌，然后走到门边，轻轻地扣了扣那扇棕色的房门。

进来。

等听到一个低沉而沙哑的声音从门缝里钻出来，我才推门走了进去。由于展开的深红色的窗帘挡住了多半高大的落地窗，外边的阳光消失了，房间里充满了暗红色的光线。我知道，江市长习惯把自己放置在神秘的氛围里。他坐在宽大的办公桌前，我看到，从笔记本电脑里泛出的光，略微改变了他本有的面容。听到门锁弹进锁孔里的声音，江局长这才转动了身下的椅子，站起来，走到沙发前坐下来看着我说，刚才陆书记又打来电话……

江局长说着，从烟盒里抽出一支烟来，在打火机打火发出的金属声音消失之后，江局长并没有去点烟，而是看着我说，去年一年，我们锦城的命案八十九起，今年刚过3月，就发生了三十多起……

江局长当然知道，我这个刑侦支队的支队长，对所有的命案了如指掌，我知道他说这些是为了给下面的话题做铺垫，但是，让我意外的是，江局长并没有接着把要说的话说完，而是把那支没有点燃的烟，摁在了茶几上一个透明的玻璃烟灰缸里，然后站起来对我说，走，先吃饭。

我只好随着江局长站起来，这就是权力。权力就是一个人能主宰另一个人。这就是黄秋雨手的十种语言里的一种，权力常常让你感到变幻莫测。江局长走到宽大的老板桌前拿起手机，独自朝门口走去。这让我感到意外，他没像往常那样先听我对案情的汇报和分析，而是要和我先去吃饭。江局长走到门口，像昨天一样等待着我走到他的身边，然后伸手揽住了我的肩膀一边往外走，一边拍着我的肩膀说，担子重呀。

我们在局里食堂的小厅里吃饭的时候，我大致把命案的进展向江局长做了汇报。可是，江局长的手机时不时地响起来，那些打进来的电话，不断地打断我的话题。江局长最后的电话，是一个女人打进来的，他接完电话站起来说，案情分析定在什么时候?

下午6点。

哦，我到时过去。

等我送江局长到门口，他又伸手拍了一下我的肩膀，使劲捏了一下，却再没有说话。我想他一准会和我说起两年前黄秋雨的那个悬案，但是他没有。我知道，他肯定没有忘记。同时我也知道，这个话题也不是我应该对他提出来的。

40分钟后，也就是13点30分，我重新回到了黄秋雨的画室。在靠近博古架的那个书柜里，我重新查看了一遍，没有谭渔说的那些用牛皮纸做成封面的日记，如果说那些日记还在，就像谭渔说的，一眼我就会看出来，可是没有。被盗的果真就是黄秋雨多年来写下的日记。是日记里记录的什么东西引起别人的注意？我往后退一步，完整地出现在我视线里的那排书柜，突然给了我预感，有一些秘密，一些和这个命案有关系的线索，可能就隐藏在这三千册不同开本的书籍里。那就让我从谭渔说起的黄秋雨关于死亡的故事开始吧，从北边数，第三个书柜。面对一格又一格开本不同的书籍，我突然有些茫然，那些关于死亡的故事，隐藏在哪一格、哪一本书里呢？

最终，我伸出了因透明手套而改变了肤色的右手。拉开了一扇我们曾经不止一次，在上面寻找指纹的铝合金拉手。尽管天气寒冷，我还是闻到了从书柜里散发出来的，一种纸和油墨的气息。我站在那里迟疑了一会儿，伸手从书柜里抽出一本书。

《西方视野里的中国形象：中国人生活的明与暗》，作者是一个名叫麦高温的英国人，这本书对黄秋雨的命案有什么帮助呢？我这样想着，打开了书的扉页。在米黄色的扉页上，我看到了一个名字：吴西玉。名字是用钢笔写上去的，有些潦草，蓝色的字体已经褪色。这应该是这本书最初的主人。吴西玉？先前那个在陈州挂职做副县长后来出了车祸的吴西玉？吴西玉的书怎么来到了黄秋雨的书架上？出于职业习惯，我看了看版权页。那是一本由时事出版社，在1998年1月出版的图书。我翻看了一下，最后确定这册书与我手下的命案无关，就又放回原处。接着，我又抽出了几本，那是一些文章汇编之类的书籍。

《1957—1976：中国左倾二十年》。

《“大跃进”亲历记》。

《“四清运动”亲历记》。

《回首“文革”》。

等等。在这些书籍里，我没有从中看出异样。最后，我在从上往下数的第三格里，看到了一套《剑桥中国史》，在这套书中，我发现有两本不同颜色的《剑桥中华人民共和国史·上卷》，两个不同的版本？

我先抽出那本与众不同的咖啡色的书籍，那是一本由中国社会科学出版社1990年出版的书籍，翻了翻，并没有发现异常。我又把另一本拿出来，才发现那是这本咖啡色书籍的加封，就在那个空壳的加封里，我看到了谭渔所说的那些关于死亡故事的打印稿。让我感到意外的是，除去那些打印的关于死亡的故事，还有一叠书信。那些关于死亡的故事，还有那叠书信，都存放在《剑桥中华人民共和国史·上卷·革命的中国的兴起——1949—1965》的一个空壳加封里，如果你不从书架里把空壳加封拿出来，你是很难发现的。我大致翻看了一下，那些书信是一个名叫粟楠的女孩，在十几年前写给黄秋雨的。这就是金婉和谭渔提到的怀了黄秋雨孩子、被关进精神院的女孩？如果当年她把这个孩子生下来，如果这个孩子已经长大成人，那么，会和眼下黄秋雨的命案有关吗？

我拿着装在加封书皮里的两种材料，来到靠北墙窗子前的沙发上坐下来，我要一一读完。这些关于历史与死亡的故事，和黄秋雨的命案有什么关联呢？这些故事，能给我侦破他的命案带来什么样的启示呢？在这些历史与死亡故事里，他有没有对他今天的结果有所预言呢？

《手的十种语言》中关于历史的部分

《手的语言·法医》的历史背景及故事

在江苏路一座花园洋房前，我们结识了一位五十岁左右的中年人。那个时候一个过路者正在向他询问什么，相近的河南口音使我们越谈越近。当我们终于坐在一张饭桌上之后，我们从他那里得知了他闷闷不乐的原因。

前一天，也就是1966年9月3日上午，一对穿着睡衣，光着脚，大约有五十多岁的男女被公安人员从我们刚才路过的那处花园洋房里抬了出来，然后被送往上海市公安局法医处进行解剖。作为一名法医，这位男子正好在那里工作。那天晚上，这位在那座花园洋房前停留下来表情有几分不安的男子引起了我们的注意。当时正值星期六也就是9月4日的晚上，我们在附近的一家饭馆的桌子前坐下来并各自做了自我介绍。我们得知，我们这位老乡最初就读于中国刑警学院，哦，还是我的校友。哪一年呢？就按1966年，他比我早了多少届呢？1966年到1988年，整整二十二年。一个比我早了二十二年，可能还会更早的校友，在他这儿，发生了什么故事呢？为了学业他曾经在北方的沈阳待过四年。开始我们只是谈论一些我们共同拥有的话题，比如颍河和陈州，他也是陈州人？比如大字报、红卫兵、造反派等等，后来他就给我们讲述了昨天刚刚经历的一件事儿。

他说，当我们进到他卧室的时候，那对男女一个躺在地上，一个坐在靠窗的椅子上。

我们说，是你亲眼所见吗？

我们的乡党说，我是听当地的户籍警说的。那天他接到那家保姆报案推门进去的时候，就看到那对夫妇一左一右吊在落地钢窗的横档上，那个男的在右边，女的在左边。由于推门时用劲儿太大，有一股风就把那个男的上吊的绳子吹断了，他掉了下来，正好落在旁边的藤躺椅上。后来我查过他们上吊用的绳子，绳子是用一床浦东土布做成的被单撕成长条做成的。土布上有蓝色方格，可能是结打得不牢的缘故，那个男的才从吊着的窗子上掉了下来。经过我们鉴定，那对夫妇确实是自杀。后来我看到了那对夫妇的遗书，才知道那个男的名叫傅雷，女的是他的妻子。你知道，他是一个很有名望的人。他的遗书是用工整的小楷誊写的。

我们说，他们为什么自杀？

我们的乡党说，这也正是我闷闷不乐的地方。听他家的那姓周的保姆说，是因为红卫兵从他家搜查出了反党罪证。

我们说，什么样的罪证？

一面小镜子和一张褪色的旧画报。在镜子的背面有一幅蒋介石的头像，画报上登有宋美龄的照片。保姆说那是他家亲戚解放前寄存在傅家箱子里的东西。我仍然不明白，他怎么就自杀了呢？是什么指使着他的手去把那块土布做成的床单撕成条条的呢？是什么指使着他的手把那些布条结成绳子的呢？是什么指使着他把那绳子挂到钢窗上去的呢？面对红卫兵抄家之后满地的狼藉，他们在自杀前想的是什么呢？那个女的对她的保姆说，衣物箱柜都被查封了，我没有替换的衣服，麻烦你到老周家给我借身干净的来。她要死得体面，死得有尊严吗？他们遗书的第4条和第5条都是关于那个保姆的，他们留给了她一只旧挂表，一只旧小女表，还有一张600元的存单，作为她过渡时期的生活费。在自杀前，他们想到的是自己身边的保姆，想到不麻烦别人，想到不影响别人休息，想到的是怎样赔偿别人、宽恕别人、感激别人。难道在他们心里就没有对死的恐惧吗？就没有生的眷恋吗？就没有过对亲人的思念吗？他们死的是那样的周密而清晰，他们冷静而坚忍。所有的这一切都让我想不明白，为什么死呢？没有怨恨的离别。你们说，是什么束缚了他们的手，那双把被单撕成条条的手，那双把布条结成绳子的手，那双把自己的脖颈送到绳套里的手。

那个空气沉闷的夜晚，我们没能解答我们乡党的疑问，因为我们自己也想不太明白。

夜深的时候，我们又来到了江苏路傅雷先生的故居前，我们看着傅先生的故居，却无法解开我们内心的疑问。我们……我们，为什么是我们，而不是我？我们指的是谁？我们所有的人？从那里分手，从此我一直都在思考着怎样才能再现那双把自己的脖颈送进绳套的手。

在这张A4打印纸下面的空白处，我看到了黄秋雨留下的文字：耶稣是被罪恶的人类钉死在十字架上，他所受的耻辱远远大于我们。可是，他为什么没有选择自杀呢？很显然，他是在对自杀这种行为表示怀疑，这影响不影响他在现实生活中的价值取向呢？如果他持怀疑态度，那么，他是不会选择自杀了？以此类推，那么黄秋雨的死，也不可能是自杀了？

《手的语言·枪手》的历史背景及故事

昨天上午，我们……又是我们。在颍河镇十字街头的西南角那棵枝叶茂盛的老槐树下，见到了一个气枪射击游戏摊。守摊的是一位霜发银须、面色红润的独臂老人。出于好奇，我们在摊位前坐下来，拿起那支崭新的气枪，向挂在十米外那块蓝布上的气球瞄准。那些绿色、黄色和红色的气球在夏日的热风里摇动着。

要这样持枪。那个老人走过来扳着我的手臂纠正着我端枪的姿势。在老人的指导下我开始向那些摆动的气球射击。你手不要抖。可是不知为什么，在我射击的过程中我的手仍然在抖，那些从我手里射出的子弹只穿透了那块鲜艳的蓝布。

来，我做给你看。老人说着从我手里接过气枪，他就那样站着用右手托着气枪开始朝目标射击。在扑扑的气枪声里那块蓝布上的气球一个接一个爆破了。看着他那只在热风里飘动着的空空的衣袖，我们感到惊奇。使我们惊奇的是他单手压子弹的姿势，他把气枪夹在右胳膊窝里，几乎是在我们还没有看清的时候，子弹就已经被他压上了膛。

我们感叹说，真是神枪手。

老人顺手把枪放回原处然后对我们笑了笑说，我都玩了五十多年了，各种各样的枪我都用过。我们从来没有听说过颍河镇竟然还有这样一位神奇老人。他说，枪要想玩得好，你要真的用枪杀过人。这么说，你打过仗？没有。老人说，但我枪毙过人。枪毙过人？对，我枪毙的第一个人名叫沙飞，他是一个很有名的摄影家。鲁迅的遗容照片你们肯定见过，那就是他拍的。他还拍过白求恩。就是白求恩正在做手术的那一张。这张照片我见过，是很有名。这让我们感到意外。他怎么就被枪毙了？

1948年夏天，这个沙飞得了肺结核，住进了石家庄的白求恩和平医院。当时那里有很多日本医生和护士。我不是给你们说过，当年他拍过鲁迅的遗容吗？在安葬鲁迅的时候，沙飞听别人说鲁迅是被给他治病的日本医生害死的。他整天就怀疑这个事儿。等他后来住进了石家庄白求恩医院，有几次他就对人说，日本医生害死了鲁迅，现在又要害我。他是得了迫害妄想型精神分裂症……谁的电话？喂？哦，小莫，你说。

米慧今年春节就没有回家。

没有回家？她家里人有她的信息吗？

没有。我有些不放心，亲自给颍河镇派出所打了电话，去米村调查的是一个叫郑广会的民警，他说是米慧她母亲给他说的。

哦……这个米慧，她到哪儿去了？她的母校，那个询问的游客。看到哪儿了？哦，这，1949年的12月，沙飞开枪打死了为他治病的一个日本人。我至今仍然记得，那个医生名叫津泽胜。当时的华北军区政治部军法处，判处沙飞极刑。我当时在华北军政大学政治部保卫处，负责关押沙飞。我不但执行了对沙飞的军法处置，而且是执行枪决的枪手。那是1950年的3月4日，这一点我记得非常清楚，他被枪毙的那一年还未满三十八岁。那是我第一次拿枪对着一个活生生的我熟悉的人。在沙飞被关押的时候，我曾经看守过他。当时我就在一些画报上看过他拍摄的照片。我非常敬重他。他是1937年的老八路，不但拍过鲁迅，拍过白求恩，而且拍过百团大战，拍过聂荣臻将军，可是他却死在了我的枪口下。

夏天的热风从河道里沿着颍河镇的南街拥过来吹拂着老人的那只

空洞的衣袖。我们没有去询问他那只胳膊的去处。他看着我们说，当时我的枪口对着他的时候，他还回过头来看了我一眼，他的眼神至今让我难忘。等事过之后，我一直在想，在那一刻，他在想什么呢？是谁给了我双手托起一支枪对准另外一个人的权利？是军事法庭的判决。那么，又是谁给了军事法庭判处一个人极刑的权利？在这个世界上，有多少人死于这种判决？我们那些持枪的手臂，那些持枪对准我们同类的手臂都长在谁的身上呢？我们从来没有看到过同类的动物之间有这样的事发生。我们人类创造了所谓的文明，又用残酷的极刑来证明文明的重要性。真是怪人，都想的什么问题？我们看着这个曾经持枪以公正的姿态把子弹射入别人脑袋的霜发老者，看着他被阳光照射着那只长满了老人斑的手，那支曾经扳动过扳击把子弹射入另外一个人脑袋的手指，有些茫然不知所措。那持枪之手，离我们的脑袋有多远呢？

在这篇文章后面的空白处，同样有黄秋雨用钢笔写下的文字：我们人类创造了所谓的文明，又用残酷的极刑来证明文明的重要性。这句从上面摘录下来的文字，就是他想赋予这幅作品的主题？谭渔说得不错，他的脑袋确实与众不同。这就是他吸引女性的地方？

《手的语言·天使》的历史背景及故事

血液学专家在回到颍河镇参加父亲葬礼的那天夜里，梦见他家水管里流淌的全是鲜血。那些殷红的血哗哗地击打在水池的墙壁上，溅在了他白色的西服上，这意外的事件使他出了一身冷汗。汗水从他的毛孔里涌出来，让他口渴难忍。他匆忙来到饮水机前，没想到从饮水机里流淌出来的也是殷红的血，他的手一哆嗦，杯子里的血就溅在了他的脸上，这使他的皮肤像涂了油漆一样难受。血液学专家丢掉水杯冲进卫生间，想把溅到脸上的血液冲洗干净，可是他万万没有想到，从他头顶上的莲蓬头里喷出来的也是殷红的血。当时的情景使他惊呆了，他不知所措地抬头看着那些鲜血从莲蓬头里像透明的血线注在他脸上，然后像蜘蛛网一样裹住了他的全身。血液学专家卡着自己宽大的额头看到有几个人沿着那些血线朝他走过来，走在最前面的那个骨瘦如柴的人是他本家的堂哥运粮。

运粮来到他的面前拉着他的手说，兄弟，去年3月份的时候我开始持续发烧，身子也变得虚弱，夜里常常盗汗，身上的浅表淋巴结渐渐地肿大，你看看，短短的三个月，我这体重就由原来的一百四十斤下降到八十多斤。你说，我这得的是啥病呀？

接着来找他说话的是新国。血液学专家读初中的时候和新国同桌，那个时候新国已经长得像个大人，他们打篮球的时候血液学专家总是抢不过他。可是这会儿新国一边拉着他一边用手捶打着自己的胸口，他猛烈地咳嗽着，就像是谁用手卡住了他的喉咙不让他出气一样。血液学专家看到有一口带血的浓痰从新国的嘴里吐出来，落在被太阳晒得发热的土窝里发出滋的一声响。新国说，你看看……

接着来到血液学专家身边的是新社，新社也是他初中时的同班同学，可是新社一句话还没来得及说，就解开腰带在路边蹲了下来。新社一边拉肚子一边呕吐，他拉了一泡，搬着屁股换了一个地方又拉，拉了一会儿又换了一个地方，拉得站不起来了。

你看看，我们这得的都是啥鳖孙"怪病"呢？和血液学专家说话的是刚刚从那莲蓬头里爬出来的巧凤，巧凤也是他1979年读高中时的同学，那个时候血液学专家还追求过她。可是她现在一脸的痴呆，口水从她溃烂的嘴里流淌出来，落在她不停地抽动的胳膊上。这不是艾滋病吗?

血液学专家从睡梦里醒来的时候，意外地看到了在父亲的灵棚前多出了三副担架，每一副担架的上面都躺着像他在梦中梦到的巧凤一样的女人，她们个个骨瘦如柴，嘴唇溃烂，瘫卧在那里。血液学专家不明白村里人为什么会把她们抬到父亲的灵堂前。他看一眼蹲在身边的六叔说，她们是谁?

六叔说，还有谁?左边那个是运粮家里，中间那个是新国家里，右边这个是新社家里，运粮、新国、新社年前不都死了嘛，现在他们的老婆又都病成这个样子了……

六叔刚刚说完，运粮的妻子就喘息着说，俺也受够了，巴不得今天就死。只是这孩子，都成了孤儿了，他叔，你得管呀，孩子都成了孤儿了……

血液学专家没有弄明白她话的意思。蹲在一边的六叔站起来，往他身边挪了挪，蹲下来附在他的耳边说，你看，还不是因为你爹……

六叔的话刚说完，躺在右边担架上的新社家里挣扎着支起身子说，你就明说了呗，就是因为他爹，你还咬啥耳朵。

围在灵棚周围的村里人都嚷叫起来，对，给他明说，都是他爹。一个叫陈狗的男人说，恁爹当年干血站，开着车回咱村来采血是不是?恁家光嫌赚得钱少，恁妈，恁姐，恁姐夫，一窝子都上来了，就在六叔家的院子里，是不是?也不体检，也不化验，来人只要伸胳膊就中，第一回就连续采了十天。床不够，就用锅台，连柴垛边躺的都是人。你说，恁家那些年挣了多少黑心钱?要不是咱村咋会成这个样子，看看哪一家没人得病，咱村二百多户，不到一千二百口子人，光得病的三百多，远远近近死了快一百口人了，结果呢……谁的短信?老公，回来吃晚饭吗?哦，今天是星期日呀!老婆，实在对不起，有案子走不开，等这案子完结了，我再好好地补你。真要命。看到哪儿了？哦，这儿。钱都让恁一家人赚了。恁爹当血头，恁妈在颍河镇医院妇产科里当医生，生个孩子恁妈都要给人家输血，输了血好提钱呀！看看恁家盖这房子，像不像宫殿？要不是恁爹当血头，你咋有钱去美国读博士？

六叔听不下去了，站起来说，老二，咱说话得够一句。你拍拍胸口说，要不是国安那时候干着县里红十字血站的站长，你日子过得会有恁得法？哦，这会儿事出来了，你说呢，你盖房的钱从哪儿来？不是抽血抽的？你结婚的钱从哪儿来？不是抽血抽的？你光给你妈看病就花了一万多，你钱从哪儿来？超生费你又交了四千多，你钱从哪儿来？你十几岁就前前后后跟着国安屁股后面卖血，这会儿事出来了你说呢？再说，这病也不是咱一个村呀，我听说咱这周围十几个县都有。六叔说，人得凭良心，恁现在这样说，恁都拍拍胸口，当初，恁们哪一个不是自觉自愿把自己的胳膊伸到人家针管子底下的？

我们不能不承认，六叔说的是事实。在我们最困难的时候，确实是血液学专家的父亲，那位白衣天使，帮助我们渡过了一些难关。我们在颍河镇上分手不到半年，听说血液学专家得了疑病型艾滋病恐惧症。一切都是从那个梦开始的，从美国回来的汪洋对我们说。汪洋？那个评论家？当他一个人独处的时候，总是心情沉闷，就是窗外阳光灿烂，他也总觉得黄昏已经来临。他夜里睡不好觉，整夜望着清晰可见的黑夜在他的眼前徘徊，他看到在无边的黑夜里有许多他熟悉的眼睛在召唤他。他开始怀疑自己也感染了艾滋病病毒，就一次一次地去做艾滋病抗体检测，他对化验单上的阴性结果总是持怀疑态度。他对我说，你知道，HIV这种病毒在人体内的潜伏期平均为九年至十年，最长的能达到二十年，即便是艾滋病毒在我身上潜伏二十年，我的期限也快到了。你要知道，当年我读初中的时候，我和新国、新社还有运粮一块儿去卖过血呀。我说，恁爹和恁妈都是医生，又不缺钱，你卖什么血呀？血液学专家说，我是为了给巧凤交学费呀。那个时候，我们班里所有的同学的学杂费都是靠自己卖血挣来的。有一天，他就从他实验室的楼顶上跳了下来。他跳下来的时候正好有一对情人路过，他们后来描述说，那个人从楼顶上跳下来的时候，他身上的白大褂被风吹开了，就像天使飞临时展开的翅膀。

哦……这样一个故事……我把头靠在沙发上，刚刚看到的那些文字压得我有些喘不过气来。董延吉和那个侦察员没有在我的视线里，他们在哪儿工作？我用手卡了卡脑门，然后坐起来，接着往下看。

《手的语言·大师》的历史背景及故事

大师下榻锦城迎宾馆的消息在一个月前就不胫而走，可是至今仍然没有一个人能看到大师的尊容。大师的日常生活全由那位跟随前来的书童打点。许多书画收藏家企图通过那位书童进入大师下榻的六号楼的总统套房，但是都被那位书童的微笑拒绝了。为了拜访大师，一些有心计的收藏家们在大师隔壁的房间里住下来，以寻求机会。那些书画收藏家收买了宾馆的服务员进去探视得知，身穿僧衣的大师终日不语，待在房间里修身养性，偶尔会写上一幅“宁静致远”的条幅。大师在独自欣赏自己的书法作品时，还会有一曲凄伤的曲子伴随他：

长亭外，古道边，芳草碧连天。晚风拂柳笛声残，夕阳山外山。天之涯，地之角，知交半零落。一觚浊酒尽余欢，今宵别梦寒……

一个住在大师隔壁的收藏家通过临近的窗口听到了这支熟悉旋律，他在走廊里拦住了正要出门的书童询问。书童说，那是弘一法师的《离别》。弘一法师？黄秋雨说过他。当那淡淡的笛音吹出的离愁再次从窗口里传出来时，那个收藏家就有了一些动心，他果真是弘一法师的高足？但是他们对大师住进总统套房仍然不能理解。收藏家们想方设法约出了大师的书童喝茶，并向他提出了疑问。收藏家说，弘一法师是一位律己至严的苦行僧，他彻底抛弃了一切世俗享受。在法师所居的寮房里，只有一张桌子一张床，头下枕的是他身上的衣服。在他出家的二十四年里，他的被子、衣物从来没有更换过，补了又补，一把洋伞用了三十年。他每日的饭菜也很简单，而且只有早晨和中午两餐。大师既然是法师的学生，为什么……那位书童说，当一个人还在呼吸世俗的空气时，当他还拥有生命并同时被生命所拥有时，难道这些是真正的问题吗？你现在拿100两黄金放在大师的面前，他会视为粪土。不错，现在大师是身居总统套房，可是在他的感觉里，这和他当年陪同法师在泉州的寺院里过的一条咸菜一碗粥的日子，没什么区别。这些曲线是黄秋雨画的吗？这就是他绘画里要表现的主题吗？可他绘画的主题是死亡呀？弘一法师坐在杭州虎跑寺的红墙内，听着他温柔美丽的日本妻子从寺外传来的呼天抢地的哀鸣声，绝然拒绝了红尘的挽留，那是因为还有一道红墙相隔。今天大师来到这缤纷的尘世，仍然能找到一隅心灵的栖息地，活在自己的精神家园里，是何等的珍贵？

起初，我们同那些收藏家们一样，压根儿不相信弘一法师除去像丰子恺、潘天寿这样的高徒，哦，弘一法师是丰子恺和潘天寿的老师？厉害。在他去世65年之后，又冒出了一个我们从来没有听说过的学生。可是现在，我们也为那些收藏家所描述的情景而动心。由于这番交谈，那些最初出现的御用收藏家们纷纷请出了自己的后台，那些身份显赫的政府官员和腰缠万贯的富翁们就和我们坐在了一起，锦城还有这样一帮人？政府官员，说的是谁？研究着对策。政府官员决定先以自己的身份出面宴请大师，但最终他只收到了大师的一张纸条。纸条上写着一行哆哆嗦嗦歪歪扭扭的文字：为僧只合住山谷，国士宴中甚不宜。他身边那个研究弘一法师的收藏家击掌说道，这正是当年弘一师法拒绝别人时用过的话。最后还是一个富翁出了一点血，他用一个鼓鼓的信封打通了书童的关节。大师会见我们的日子最终确定了下来，但是却对约见的人数做了严格的规定。

当那天上午，我们锦城收藏界喜欢收藏的那个级别最高的官员和最富有的商人分别带着他们的御用收藏家，当然还有我们，锦城书画界泰斗级的人物先后进到大师客房里的时候，只见大师面对东边的墙壁团腿席地而坐，他闭着眼睛双手合十在那里打坐，即使我们进来之后他仍然坐在那里也一动不动。在他面前的墙壁上，挂着一幅被放大的黑白照片，在照片的下面靠右的一侧，印有“弘一法师（1880—1942）涅槃相”的字样。终于说到死亡。是的，稍微有一些修养的人都会认出照片上那个身着旧衣裤，赤足，头枕右臂侧卧的逝者就是弘一法师。你看，大师的遗容，是多么的安详啊。大师的身下是单薄的木板床，床下是破旧的草鞋，此外了无一物。整幅照片，看上去是那样素朴、纯真、自然，没有丝毫与死亡争斗的痕迹。没有丝毫与死亡争斗的痕迹？我们都被出现在我们面前的场景给镇住了，即使我们中间的那个目中无人的官员和财大气粗的商人也都愣在那里，最后我们还是在那个书童的悄悄地拉扯下在大师身后的沙发上坐下来。等我们坐下来之后，书童悄悄地告诉我们说，这是大师每天必修的课程，面对死亡。面对死亡？这才应该是黄秋雨绘画的主题吧。面对死亡？那个官员轻轻地问了一句。对，那个书童仍然压着声音说道，你们看，书童指了指大师前面的那幅照片说，弘一法师就像树林里干枯的一棵树，枝叶虽然干了，却仍然是一片风景。死与不死，已无界限。来也从容，去也从容。灵魂在这躯体里安息着，一点也不急于离去，因为，去与不去，亦已无界限。死，就是结束。而结束，正是开始……死，就是结束。而结束，正是开始，啧啧啧，死是生的开始，这不正是我常说的话吗？死，对于我们这些人来说，才是生的开始。即便是像我们这样自认为读过许多书籍，见过世面的人也都被年纪轻轻的书童那充满哲理的话感到信服，果然是出入大师身边的人呀。

商人忍不住地说，能不能让我们欣赏一下大师的墨宝。书童笑了笑没有说话，他起身走到大师身边伏在他的耳边不知说了几句什么话，大师这才在书童的搀扶下站起来，他没有看我们在座的任何人一眼，而是走到铺了毡毯的案子前站住了。两个经验丰富的收藏家忙帮着书童展纸加墨，大师接过书童递过来的羊毫蘸了蘸砚台里的墨，又在砚台的壁上滗了滗，然后把羊毫送到眼前，伸出他的左手，颤颤抖抖地捏下笔尖上一根已经脱落的羊毛，最后颤抖着在他面前的宣纸上写下了四个大字：一尘不染。大师写完之后，放在手中的羊毫，这才转身，细眯着眼睛和我们逐个握手。我发现在他右眉的上方，生长着一个足有花生米大小的刺猴。一个细心的收藏家及时地拿出照相机为我们一一拍下了那些珍贵的瞬间。之后，大师就在书童的搀扶下，回到套房里去了。

等大师离开，我们的目光都不约而同地落在大师刚刚留下的墨迹上。那四个歪歪扭扭的字比一个刚刚学习书法的孩童的习作强不到哪儿去。这时书童匆匆走出来，压低声音连连说道，难得难得。大师是很少写这几个字的，你们看……书童说着顺手拿起案子上的一本书打开放在案子上，我们看到的是“悲欣交集”四个字。书童指着书上的字让我们和大师刚刚写下的四个字比较着，他说，这是弘一法师临终前三天写下的绝笔。弘一法师是1942年10月13日圆寂的，在这之前，也就是10月初，弘一法师就开始发低烧，但是他仍然每天写字，其中就有这个条幅。书童说着指了指大师刚刚写下的字说，一尘不染。当时，大师才十六岁，他终日守在弘一法师的身边，裁纸研墨，把弘一法师写的字收藏起来……

一个收藏家说，这么说，大师手里，有弘一法师临终前留下的墨宝了？

书童笑了笑，点了点头。

另外一个收藏家急切地说，你见过吗？

书童说，见过，但是……

书童说着朝套房那边看了一眼说，大师休息了，咱们今天就到这儿吧。

那天，我们谁都没有出手买下大师为我们写下的“一尘不染”四个字。几天之后的一个上午，那个商人带着他的御用收藏家来到我们的画室，让我们看他们刚刚从大师手里得到的弘一法师的那幅“一尘不染”的遗迹。富商说，我可是出了大价钱的，要不，我怎么能拿到这幅真迹？我们说，你出了多少？210万，来，帮我看看。我们就用放大镜仔细地察看着弘一法师生前留下的墨宝。商人有些迫切地说，怎么样？从印章到印色，从纸张到用墨，应该不会有错。收藏家说，尽管写字的时候法师已经病入膏肓，但是仍然可以看出昔日的功夫，仍然有朴拙圆满、浑若天成的境界。从各个方面来验证，这幅作品应该是弘一法师的遗作。我们笑了笑，认可了他的说法。

到了这天下午，那个官员派他的御用收藏家把我们接到了他宽大的办公室，使我们感到吃惊的是，在他那里，我们再次看到了弘一法师生前留下的那幅“一尘不染”的遗迹。我们的官员朋友说，好好地帮我看看，我可是出了大价钱的。我们说，你出了多少？官员一边在沙发上坐下来一边朝我伸出三个手指比划了一下说，300万。哦……我们说，这么珍贵的东西，他怎么就这样容易出手呢？官员的御用收藏家说，他怎么会出手？是我买通了那个书童，我亲眼看到他从大师胸口的衣服里把这幅字偷偷取出来的。我们说，那他怎么向大师交代？收藏家说，他鬼得很，他把大师刚刚写的那幅字加了印章又放了回去。官员说，不管他怎么交代，我们能得到弘一法师的真迹，那就是最大的收获。这你知道，像鲁迅、郭沫若这样的文豪都以得到大师一幅字为荣，何况我们呢……

出于好奇，我们也决定像得手的商人与官员一样，去单独会一会那个书童。可是当我们赶到锦城迎宾馆六号楼的总统套房的时候，得知大师和他的书童在昨天夜里就已经悄然离去。后来，我们偶尔在一个“法制世界”的电视节目里，意外地看到了那个右眉上长着一个花生米大小刺猴的大师，那个时候他身穿橘红色的囚服正接受一个漂亮的女记者采访，他的真实身份是杭州虎跑寺附近街道上的一名清洁工，而他的书童，则是他正在杭州工艺美术学院读大二的孙子。节目主持人最后说，他们祖孙二人在两年中，几乎走遍了中国的大半个省份，据统计，他们先后一共出卖了弘一法师临终时留下的遗迹“一尘不染”九十余幅。耶，黄秋雨还真有点意思，怨不得有这么多女人喜欢他。不过，这么复杂的故事，怕是一幅画表现不了的吧？

《手的语言·银匠》的历史背景及故事

一个大雪纷飞的日子，我们奉命去逮捕一个苏联间谍。晚上8点我们驱车从伊宁出发的时候，天还阴沉着脸，等我们沿着218国道来到目的地时，惠远古城里一街两行的门面房都已经关闭，那些古老的房子仿佛已经都沉入了睡梦。我们由北往南穿过街道在那座著名的钟鼓楼下，见到了当地派出所我们的同行。

他的妻子死了，这真的是个意外。

看我们没有说话，我们那个名叫木拉提的哈萨克同事皱了一下眉头，然后转身领着我们离开钟楼，沿着满清时期遗留下的街道往西走。他是个银匠，你看……木拉提边走边握住腰间的牛皮带说，这上面的银饰就是他的手艺，还有这上面的……木拉提说着拍了拍挂在皮带上的那把精美的小刀，他的手艺很好。

看我们仍然没有说话，我们的同行就侧过脸来，黄昏里暗淡的光线已经使我们没法分辨出他额头上的皱纹。接下来，在我们接近银匠的住所的过程中，我们的皮靴踏在积雪上发出的嚓嚓声使得四周更加安静。让我们感到意外的是，在来到那个我们将要逮捕的间谍的住所时，他的院门却没有关闭。院门右手边那棵高大的白杨树灰色的树干使得院里的积雪白亮起来，我们穿过长满了枝蔓的葡萄架，最后在一对关闭的房门前停住了。我们侧耳听到一种轻微的金属器的敲打声从屋里传出来，在我们的注视下我们的同行上前伸手叩了叩那扇木质的房门。金属器械的敲打声停住了。谁呀？门里的声音仿佛从辽阔的戈壁上传来，显得有些空洞。

是我，木拉提。

哦……接着，我们听到有脚步朝门边响过来，我们相互看了一眼，心中有些紧张，不由得把手伸进了怀里，握住了枪柄。灰暗中的房门拉开了，由于突然出现的灯光从背后照过来，那个我们无法看清面孔的人说，哦，木拉提，对不起，你的刀具还没有做好。我不是为了刀具，木拉提说，听说你遭到了不幸，我们来看望你。

我们想象中的银匠把我们让进屋里，关住房门，然后径直走到一个木桩前坐下来。由于木桩前的案子上的油灯，终于使我们看清了那个我们将要逮捕的间谍。但是，那个长着一双大眼睛的看上去大约有五十来岁的中年人并没有意识到他的处境，他把我们当成了他的顾客。银匠在木桩前坐下来之后，伸手拿起了一把小锤子看了我们一眼说，你们先坐，我得先把这镯子錾好，木拉提，这你知道，她一辈子活得太苦了……

银匠说着朝房子的右边看了一眼，顺着他的目光，我们看到了躺在右边床上的他已经过世的妻子，在我们的感觉里，有一股冰凉气息从那里盘升起来，然后钻到我们的后背里。在银匠的呼吸里摇曳着的油灯光尽管暗淡，但我们仍然看清覆盖在那个女人身上的是一条白色的被单。你秀美大婶从三岁就开始等待她的父亲，那是1925年，他说是到阿拉木图去贩马，可一走就是二十年……银匠说着从他手边的案子上拿起一把约十厘米长中间粗两头细的枣核形的錾子，在固定在木桩上的镯子上錾刻起来，他一边干活一边在喃喃自语，好像是对我们，又好像是对他身边那躺在床上的人。

是呀是呀，秀美大婶这辈子最大的愿望，就是能把她父亲找回来，木拉提说，要不你怎么就去了阿拉木图，那是哪一年?

1945年，我这一去就是十七年，你大婶她等得苦呀。十七年间，我在阿拉木图花去了三年工夫学会了这门手艺，银匠放下手中的錾子看着我们说，在金属撞击的声音消失之后，这间充满了昏黄的灯光的房间更加沉闷，那灰暗的空间里只有银匠的声音像一只巨鸟在山涧飞行，我不光学会了这门手艺，还学会了俄语、哈萨克语，我追寻着她父亲的足迹走了太远的路，阿拉木图、比什凯克、塔什干、阿斯塔纳、卡拉干达、巴尔瑙尔、新库兹、麦克罗沃、乌兰德乌、赤塔，然后又从东北一路辗转到乌鲁木齐，可是等1962年我回到霍城，“伊塔事件”发生刚刚一个星期……

是呀是呀，你还没有到家，长庚就过了霍尔果斯口岸，他要去找你呀，长庚这一走又是十五年。他这一走可又苦了秀美大婶，她等了父亲等丈夫，等来了丈夫又开始等儿子……

我是对不起你大婶呀，也对不起长庚，我不在的时候，长庚小小的年纪可吃了不少的苦……是呀是呀，木拉提说，上小学的时候我们是一个班，因为你逃亡在外，每次班里开会，老师当着全班同学的面，指着他厉声地说，郭长庚，到外面去！那时候我们才多大？才十岁呀。

是呀，我是对不起孩子，所以我就常常往边境线上跑，我看着长长的铁丝网，泪就打心里流呀，我的长庚在哪儿呀，谁的电话？喂……小范？……你说。

殡仪馆的记录我查过了，没有关于米慧的死亡记录。

哦，我知道了……我看到哪儿了？这，我的长庚在哪儿呀，可是我们祖上初来的时候都是这里的功臣呀，更远的时候，巴尔喀什湖以西可都是我们的，这你知道木拉提，银匠说，当年我爷爷是跟着钦差大臣左宗棠从内地过来的满清驻军。这说起来远了，那是1882年时候，等收复了伊犁之后，就在这儿落了根……银匠一边说一边干着手里的活，他在不断地更换手中的錾子，我们看到，在他手边的木案上，摆放着一片各种各样不同形状用来錾花镂刻的錾子，勾錾、双线錾、发丝錾、半圆錾……但是，我们并没有等银匠手中的锤子敲打不同形状的錾子錾刻镯子上的花纹的声音在灰暗的空间里停下来，我们就把他逮捕了。因为在我们的衣兜里，装着一张由伊犁哈萨克自治州革命委员会签发的逮捕令。在拿到这张逮捕令之后，我们在查阅银匠的档案材料时看到了如下的一些记录：郭黄河，汉族，祖籍河南陈州，1920年出生，1945年初，在“伊宁事变”中逃亡苏联，在1962年的“伊塔事件”中，指使儿子郭长庚逃亡苏联，郭黄河本人在“伊塔事件”后潜回霍城，和儿子郭长庚里应外合，长年从事间谍活动。哦，这样一个故事，银匠的老妻子，她死了，死亡，又一个关于死亡的故事，黄先生，你思考了这么多的关于死亡问题，当死亡来到你身边的那一刻，你又是怎样面对的呢？我想从你的这些关于死亡的故事里得到启发，现在，我已经看完你关于死亡的第七个故事，可现在我还没有看到真相，下一个是关于真相的故事，你死亡的真相吗？

《手的语言·真相》的历史背景及故事

在锦城一带，我们陈州博物馆的馆长是远近闻名的周易专家。他对未来事件的预测在人们的传说中接近神话。那个时候他还居住在人祖伏羲陵园大殿前面东侧的钟楼里。《伏羲创世图》和这个故事有关吗？秋日的某个下午，周易专家在从高大的书架里往下拿书的时候，那书架却意外倒下。第二天有一个外地来的法院院长开着轿车来请他问前程的时候，人们才发现周易专家已经气绝身亡。当人们把他从书架下面扒出来的时候，周易专家的左手里还死死地抱着一本1949年10月美国版的《周易》，而他的右手里，却是一张刚刚从书里撕下的单页。那位法院院长把周易专家手里的那一页内容看了一下，发现那是那本书里的第46页。法院院长当初怀疑那是在书架倒下的那一刻，周易专家由于紧张才撕下的，但是他还是悄悄地把那页书纸藏了起来。那天陪着法院院长前来的是我们陈州粮食局的局长。他说的不是陈州

"5·10"命案吗？这个老黄。粮食局长是周易专家的至交，"文革"的前一年他们一同毕业于郑州大学，周易专家被分配到陈州文化馆做了馆员，而粮食局长则被分配到乡下的一所中学任教。"文革"中，周易专家对《周易》发生了兴趣，十年来他每天都挑灯夜读，几近忘我。而同时，他还研究了当地大量的典籍，这位祖籍异地的人成了一位远近闻名的陈州通，时常为前来参观人祖陵墓的达官贵人做讲解员。他最辉煌的经历是给国务院总理做导游，当时一同前来的京官、省官、市官、县官跟随总理身后如一阵长蛇，不错，为了那次安保，我们调动了各县市的五百多警力，各个路口都撒有便衣。而只有他和总理一问一答，时而发出朗朗的笑声。

他们……后来，周易专家给我们讲起那次经历的时候，他黝黑的皮肤上的毛孔都张开了，他细眯的小眼睛里放射出一种对世间不屑的神色。他说，当时总理大笔一挥，就给我们博物馆批下了500万的维修经费。"文革"时期，我们曾经从乡下借调到县里举办画展，就临时居住在被改成文化馆的人祖陵园的大殿里，那个时候周易专家就住在他后来去世的大殿东侧的钟楼里，因此我们成了无话不说的好朋友。我们前去参加周易专家葬礼的时候，碰到了粮食局长。因为周易专家的去世，粮食局长的脸上呈现出了无限的悲哀。我们知道，粮食局长之所以有今天，那全是因为有了周易专家。周易专家曾经在几个重要关口给粮食局长指明了人生努力的方向，他才从一个中学教师一步一步地走到今天。同时，粮食局长还通过周易专家结识了许多比他高级的政府官员，打通了他仕途上的许多关节。

事隔多年，粮食局长因为一起谋杀案被捕入狱。审理他案件的法院院长已经从锦城升迁到省城，他因了从周易专家临死前留给他的那张书页上看出了玄机，成了厅级官员。法院院长暗自感叹道，他真是一个神仙，在他临死的时候还给他指点迷津。为此，他曾经偷偷地去给周易专家上过坟，并祈求他的在天之灵保佑他。法院院长在审理粮食局长案件的时候，发现他之所以落马，是因为一个名叫赵振国的黑社会的杀手。他搞得挺准确，那个杀手就叫赵振国。赵振国因为另外一起人命案被抓，他知道自己已经性命难保，就同时交代了另外一起人命案。几年前，有一个人出资10万，让他做掉一个和他作对的人。然而，由于那个将要被杀的人的长相和周易专家十分相像，那个杀手就神使鬼差地跟踪了周易专家。在周易专家居住的钟楼里，周易专家以为进来的人是找他算命，没想那个身材高大的人却卡住了他的脖子，使他窒息过去，然后把他拖到书架前，把书架弄倒压在了他身上。而周易专家的脖子，正好被压在了书架一格的棚板上。法院院长在他面前的案宗上看到，那个出钱的人就是粮食局长。法院院长暗暗吃惊，像周易专家这样一个对未来事件的预测已经接近神明的人，怎么就没有预测到自己会死于自己的一个好友手里？

老黄，这些被你用曲线画着的话，就是你对我的暗示吗？难道你死在你最好的朋友手里？你最好的朋友是谁？谭渔？或者你曾经最亲近的人？这个人是谁呢？米慧？

《手的语言·陪法场的人》的历史背景及故事

雕塑家接受了政府文化部门的邀请，准备参与首都公共环境造型艺术的创作，雕塑家接受了邀请并确定了以人权为主题的雕塑内容。在接下来的时间内，雕塑家先是在首都国家图书馆内待了三个月，他把20世纪的中国历史细细地重温了一遍，并在每一个年代里确定一个重大的历史事件，这不就是黄秋雨自己所做的工作吗？作为自己创作题材的候选。在这个过程中雕塑家构思绘制了十幅雕塑草图，包括《手的十种语言》？并从中确定了一幅。可是接下来在他走遍首都所有的公园和广场之后，他却没有筛选出一处安放他将要创作出的雕塑的最佳地点，这让他闷闷不乐。雕塑家在思考多日之后，决定对自己即将创作的雕塑的安放地点再重新做一次筛选。

这天上午，雕塑家来到了首都工人体育场，发现在空荡的体育场中央跪着一个人，这让雕塑家感到十分的惊奇。当雕塑家在阳光里接近那个给他带来意外的人的身边时，他看到那个头发花白的中年人双手倒剪在后背，他被捆绑着的瘦弱的身体窝成一个S形，在他身体的前面，铺着一张用小楷写成的长长的文字：人权歧视在“文革”中登峰造极，血统论的横行，导致全国各地兴起主要针对“黑五类”的“抄家”行动。1966年8月，北京的红卫兵抄了3万多户；上海的红卫兵抄了10万多户；武汉的红卫兵抄了2万多户……

纸上的文字刺疼了雕塑家的眼睛，他轻声对他咳嗽了一声，企图引起跪着的人的注意，并且和他做一些交谈。但是那个人跪在那里一动不动。由于那人的头颅垂在胸前，雕塑家连他的相貌都没法看清。雕塑家只好向体育场的管理员询问。管理员告诉他，三十五年来，不管刮风下雨，每一年的这一天，这个人都会出现在这里。

每一年的这一天？

对，管理员说，他从早上一直跪到傍晚，不吃也不喝。

这让雕塑家更加感到好奇，为什么？

管理员说，因为他是一个陪过法场的人。

陪法场？

管理员说，“文革”的时候这里曾经公审过二十个现行反革命，一次枪毙了十九个，唯有他一个人活了下来。哎，遇罗克你知道吗？

遇罗克?

你看，就是“文革”时写过《出身论》的那个。谁?我放下手里的打印纸，扭头看到董延吉已经来到了沙发后面，他转过沙发，弯腰把手中拿着的两个药瓶放在了我的面前。我看了他一眼，然后拿起药瓶，那两瓶药分别是“鬼臼甲叉甙”和“环己亚硝脲”。

董延吉说，这是两瓶治疗癌症的药。

癌症?从哪儿找到的?

董延吉回身朝南边那个宽大的画案指了指说，画案下面的抽屉里，先前被毯子盖着，没发现。这会不会是黄秋雨吃的药?

黄秋雨?你说他得了癌症?

我是推测。不然，抽屉里放这药干什么?

哦……我放下手中的药瓶，拿起茶几上的手机看一眼，17点19分。然后我看着董延吉说，半点的时候，你到二楼会议室，准备一下。

好。

看着董延吉离开，我又拿起我刚才放下的药瓶看了一眼，如果他知道自己得了癌症……癌症?会不会……我把药瓶放在桌上，重拿起了黄秋雨的故事，哦，在这儿，至今我仍然还记得，他写的《出身论》发表在1967年1月18日的《中学文革报》上。管理员晃了一下手中的那串钥匙接着对雕塑家说，遇罗克本人就是血统论的受害者，他说我们要以出身论高低，那和美国的黑人、印度的首陀罗、日本的贱民等种族制度有什么区别呢?你这个年龄应该知道，在“文革”中，从1968年的“清理阶级队伍”到后来的“一打三反”，所有运动的实质就是不让你有独立的思想，什么现行反革命?就是不让你说话，就像遇罗克，不就是因为批判“老子英雄儿好汉，老子反动儿混蛋”的血统论被枪毙的吗?

雕塑家仿佛突然被一颗子弹击中了，他的胸口感到了一阵隐痛，他立刻在附近找到了一家网吧，在百度上，他搜索到了一些有关遇罗克的资料。

三十五年前的这一天，也就是1970年的3月5日，3月5日？这么巧？3月5日，黄秋雨，这就是你给我的暗示吗？你的尸体不就是这个日子被发现的吗？在工人体育场确实召开过一次由十万人参加的公审大会，而资料上说那次只有十九名现行反革命分子被公审，并没有提到过那个现在跪在体育场上自称是陪过法场的人。雕塑家在网吧的电脑前一直坐到傍晚，当他再次来到工人体育场里的时候，那个陪法场的人仍然跪在那里，他那雕塑一样的躯体像光一样刺疼了雕塑家的眼睛。雕塑家决定把自己在过去几个月的构思都放弃，然后以那个跪着的人为模特创作一尊雕塑。那一刻，他把雕塑的名字确定为：《陪法场的人》。然而，这尊费尽了雕塑家心血让他激动万分名为《陪法场的人》的雕塑作品，却没能得到主管部门的通过。雕塑家感到十分悲哀，后来我们在雕塑家光线暗淡的地下室里，见到了被暂时存放在那的融进了雕塑家生命激情的雕塑。又是谁的短信？中国老花镜第一品牌：美丽岛渐进多焦老花镜，看远看近只需一副不用换！预约配镜享受折上折，8621515，荷花市场A区2—56。垃圾的时代！哎，老黄，你的眼睛花了吗？在你和谭渔构思这些故事的时候，你是戴着老花镜的吗？最后一个是什么呢？哦，首长……

《手的语言·首长》的历史背景及故事

我们在锡铁山以南四十公里处的万丈盐桥上，见到了面容阴沉的首长。在我们接近那辆深绿色的吉普时，首长正蹲在光滑的桥面上抽着闷烟，他花白的灰发映在洁白如镜的桥面上，当我们的车在他面前停下他站起来时，我们才发现他是个驼背。

这儿离格尔木还有多远？

八十公里。

哦，你们抓紧时间。首长的声音在充满盐味的湖风里听上去有些沙哑，说完他不再理我们，而是独自一人走下盐桥。和我们一块儿回来的警卫员用胳膊肘儿碰了碰车门，也探腰走下盐桥，绕过一个用来修路的卤水坑，跟着首长朝远处环湖边银白色的盐带走去。正在车里打盹儿的司机推门下来，一边惺忪着眼睛看着我们，一边从衣兜里摸出一个小布袋，撮出一些莫合烟粒放在一张二指宽的纸条上，又放在嘴上用口水封住，递给我。

你们从新疆来？

对，石河子。我们从乌鲁木齐到吐鲁番，然后沿着312国道，哈密、嘉峪关、武威、兰州，本来是要到西安去的，结果……可能是长途的劳累，司机的眼睛里充满了血丝。

那怎么到这儿来了？

找人，人跑了。

谁跑了？

司机往湖面上看了一眼然后说，首长的夫人。我们前天住在兰州，第二天一早人却没了。有人看到她上了一辆军车，一查，是往西宁的。等我们到了西宁，可是那个司机告诉我们，她人没到兵站，就换乘了另外一辆前往格尔木的军车。我们就沿着青藏公路一路过来，没想，车到了这儿就抛锚了。

他们……在我们寻找他们抛锚的原因时，吉普车的发动机已经冰凉。那个时候驼背首长和他的警卫员的身影在覆盖着沙土的盐湖面上已经变得有些模糊，我们说，出了什么事儿？

司机用满是机油的手指指了指自己的脑门说，这儿有毛病。

她有精神病？

她和我们首长结婚那一天就疯了，后来每年她都会跑丢好几次，这样都七八年了，这次我们首长本来是想把她送回西安给她看病，没想到……那个长着络腮胡子操着东北口音的司机看到我们迷惑的目光，他用舌头舔了舔有些干裂的嘴唇说，这你们不知道？1949年新疆和平解放的时候，有十万大军屯垦戍边，说是十万，何止呀？十三万人，那时候刚打完仗，从军官到士兵，清一色的光棍。怎么办，王胡子就下令从内地招女兵，先从湖南拉来八千湘妹子，从山东拉来两千名女医护，从上海拉来九百名改良的妓女，接着就是河南、四川、北京、天津、湖北、江苏过来的，说是婚姻，其实是组织分配，从军官到士兵。一般的年龄都相差十几岁，就说从湖南来的湘妹子吧，最大的十九岁，最小的才十三岁。

哦，是这样……

我知道你的意思，先结婚后恋爱吗？这种婚姻，要说幸福，有。先前是穷人家的女儿，吃不到嘴里穿不到身上，一下就成了官太太，那还不幸福？如果是有文化的女兵，那就很难说了。1951年的时候，在哈密，有一个长沙女兵拒绝了一个营长，那个营长一恼拔枪就把她打死了。后来这个军官还不是被军事法庭判了极刑。这事儿你们没听说过？我们首长的太太就是这样，人不但长得漂亮，又是个高中生，她比我们首长小二十岁，这还不说……司机说着，朝宽阔的灰黄的盐湖上看一眼说，那个时候，驼背首长和他的警卫已经走到了环湖边上那宛如戴在盐湖上的美丽项圈的白色的盐带上，他们清淡的身影已经被午后的阳光所融化。络腮胡子说，我们首长刚死了老婆，撇下三个孩子，你说她不痛苦吗？络腮胡子说着吐了一口吐沫说，他们结婚的当天，她就疯了。

那辆绿色的吉普车的马达重新发动起来的时候，我们的首长和他的警卫员却意外地消失了。在万里晴空的夏季的傍晚，在一阵吉普车的喇叭声后，在万丈盐桥上，我们倚着首长的吉普车眺望。我们看到在首长消失的地方，出现了茫茫的大海，在那辽阔的海面上，我们看到了层层楼阁。我们知道，当风和日丽的日子，在柴达木盆地的察尔汗盐湖上，往往会出现这种海市蜃楼。

我们并没有等待首长的归来，在我们和那个络腮胡子又吸了一支莫合烟后，我们就开车赶回兵站，我们的卡车沿着光滑如镜的万丈盐桥离开的时候，我又朝正在消失的海市蜃楼看了一眼。我知道，在那美丽虚幻的景象下面，在广阔的受风沙侵蚀的盐湖上，盐类和泥沙混杂凝结，我们只有打开褐色盐盖，才能看到雪白晶莹的盐粒。那一天，我们本想着能在兵站再次看到那个寻找妻子的驼背首长和那个长着络腮胡子的司机，可是，我们从此就再也没有他们的音讯。再后来，我们不知道那位驼背首长，找没找到他年轻美貌的妻子……

完了？怎么没有米慧和谭渔说过的《记者》和《护士》?《法医》、《枪手》、《天使》、《大师》、《银匠》、《真相》、《陪法场的人》、《首长》，只有8个故事，怎么缺了两个？《记者》和《护士》讲的是什么故事？那两个故事弄哪儿去了？我扭身看了一眼身后的书架，这个老黄，你总是，老黄……你的故事，让我的脑袋一片空白，老黄，我不得不承认，你的故事已经影响了我对你命案的判断，或许这就是我们不同的地方，我的逻辑思维在面对你的形象思维时，感到有些无所适从，但我相信，如果你还活着，如果我们有机会相识并交谈，就像你故事里讲述的那个面对尸体的法医一样，我们会成为无话不说的好朋友，可是，你到底是怎样掉进河水里去的呢？17点52分，一会儿，你让我说些什么呢？说一说你的这些关于死亡的故事？当然不行……

我把那叠打印了黄秋雨故事的A4纸，还有那个名叫粟楠的女孩给黄秋雨的书信装到《剑桥中华人民共和国史》的加封里，来到那排书柜前放回原处。老黄，这是你的东西，我不能随便带走。不过，我还会来，我还要看粟楠写给你的书信，我还要看你留下的所有的绘画，还有这书柜里的书。所有的书，只要需要。老黄，现在，我确实对你发生了兴趣，我要了解你，全面地了解你，还有你的那个最好的朋友谭渔，他不是正在写一篇纪念你的文章吗？我要看一看他到底是怎样写你的。好了，我要去开会了，去分析我们得到的关于你命案的线索。其实，你太清楚你是怎样掉进河水里去的，可是，你就是不告诉我，是不是？这就是你说的，生是死的开始。不错，当一个人活着的时候，我们对他毫无感觉，可是当他离开人世之后，我们才开始进入他的生活，那些已经无法复活的过去。这就是我们。

案情分析

3月6日18时，在黄秋雨命案24小时之后，除去乔学海副局长跟随袁佐凡总队长去省厅参加全省公安系统的“基础建设”方面的会议外，昨天参加“3·5”命案案情分析会的所有人员都到了。另外，刑侦队里所有参与“3·5”命案侦破的侦察员都列席了会议。江局长本来是计划参加省厅的会议，但是由于黄秋雨的案子，就让乔副局长临时代替了他。按照常规，案情分析本来应该是由丁声树先陈述对死者尸体的解剖结果，但是会议一开始，江局长就先点了许局长的名。由于昨天夜间那场大雪，川汇区公安局派出的三百名警力，在划定的颍河两岸的勘察工作没有丝毫的收获，但是，他们却查到了一个有价值的、打入黄秋雨手机的电话记录。

什么时候？从江局长沙哑的语气里，我们都感觉到这个信息的重要性。

3月3日，晚上9点10分。

9点10分？打进的电话呢？

8621441，是中州路八中门口的一个IP电话。

IP电话？

对于我们这些有着刑侦经验的人来说，如果这个公用电话与黄秋雨的命案有关的话，那么这个命案很可能就是有预谋的，为什么是一个公用的IP电话？那就是打电话的人预先想到了隐藏自己，他很有可能是一个有反侦查经验的人。江局长说，他那张银行卡呢？

那张卡里有12.6万元，许局长说，最后一次取款的时间是今年2月1日。

哦，春节前……我们所有的人都看着江局长，江局长像我们一样沉思着，最后，他的目光落在了丁声树那里，你说说。

一、根据胃内食物消化程度来判断……丁声树仍然是不紧不慢的声调，死者是在晚餐后的三个小时左右死亡，估计死亡时间在3月3日的晚上9点30左右，这和我们从死者的眼角膜、皮肤的浸泡程度、手指和足趾关节的僵硬程度推算出来的结果是符合的。二、死者的心脏、肝脏无损伤，胃内容物提取做硅藻及毒化检验，发现死者生前食用有防癌的药物。但是现在我们的技术还不能断定，这种药物，就是我们在死者画室里发现的那两瓶。

江局长拿起放在他手边的两瓶药看着，鬼臼甲叉甙、环己亚硝脲，江局长一边看一边读着瓶子上的药名，看完之后又看着丁声树，把分析报告传到公安部，让公安部的专家帮助我们进行分析确定。如果他服用的就是这两种药，他得的会是什么病？

如果他服用的就是鬼臼甲叉甙和环己亚硝脲，他患的可能是神经胶质瘤。

那不就是癌症吗？

对。因为这两种药物，都是患有神经胶质瘤的患者常用的，神经胶质瘤又称胶质细胞瘤，简称胶质瘤，是发生在神经外胚层的肿瘤，又称神经外胚层肿瘤，或者神经上皮肿瘤。

散会后，你立刻对死者做头颅检查。

尽管我们还没有做头颅检查，但是……丁声树说，我已经怀疑死者很有可能患的就是胶质瘤。

根据呢？

我从方支队长交给我的案宗里，找到了这种迹象……丁声树说着，从他面前的案宗里，拿出一份材料面朝大家，那是黄秋雨生前留下的文稿。丁声树说，在这个案宗里，出现下列几个症状：一是在他的意识里，出现有系统性的地名和人名的幻觉。在案宗材料的第一自然节里，有巴黎、罗马、汉城、香港、北京、上海、广州、郑州、开封这样一系列的地名；材料中还几次出现了对一个人的多种称呼：米慧、燕子、公主、辣椒、梅等等。二是他常常会闻到异常的气味，在材料的第二自然节里，他闻到了油漆被烧焦的味道。三是他常常觉得自己是在睡梦中。四是他时常会有剧烈的头痛出现，而出现的时间大多是在傍晚或者黎明。以上症状，都是患有后期脑瘤病人的表现特征。

一个后期的癌症患者，江局长仍旧看着丁声树说，在行动上，从病理学上分析，有自杀的可能吗？

有这种可能，在一个人的思维处在迷乱状态，在他疼痛难忍时，解脱对他来说是最现实的。

解脱？怎样解脱？江局长的目光从丁声树那里移到我这儿，停住了，科学的结论给我们命案的侦破，提供了一个很重要的线索，一个后期的癌症患者，怎样才能解脱他的痛苦？自杀的可能性很大呀……江局长停了下来，他掏出一支烟，点燃后又看着我说，你说说。

每个案件都有它关键的环节点，这个案子的关键点在哪儿？就像昨天我们强调的，在死者被盗的画室。第一，现在，我们在画室不同的地方发现了十几根头发，从这些头发的长度来判断，大多都是女性。那些头发我们只有通过DNA鉴定，才能确定到底是属于几个不同的女性；第二是从不同器物上提取的指纹；第三，就是黄秋雨画室被盗的绘画作品和他从1992年以来的全部日记，而且还包括2005年以来两个月的日记，也被人全部撕走了。这就说明，偷盗者是有备而来。这些被盗的绘画作品、日记，和我们勘察到的头发与指纹有着密切的关联；第四，就是我们正在尽力寻找米慧的下落，如果，这个和黄秋雨命案有着直接关系的人物一旦出现，都能给“3·5”命案的侦破带来新的线索。我认为这是案件的几个关键点，怎样抓住这几个关键点往前推进，这是我们侦破这个案子的出口。不错，就算黄秋雨是个晚期的癌症病患者，但就我这两天对黄秋雨的了解，他选择自杀的可能性很小。还有就是那个打到黄秋雨手机上的IP电话，那个电话打进来的时间是晚上9点10分，而验尸报告显示黄秋雨的死亡时间是当天晚上的9点30分，前后相差只有20分钟，会有这种巧合？所以，我们的侦破重点，应该放在他被盗的绘画和日记上，放在那个IP电话上来展开。而这两条线索，很可能是相关联的。十三年的日记，二十六本，像黄秋雨这样一个人物，他的日记内容，很有可能危及到一些人。不然的话，犯罪嫌疑人为什么连他近期的日记也不放过？我们别的不说，单从那个不可查找的IP电话来分析，黄秋雨的死，很有可能是有别的原因。

江局长说，是呀，我们破案的过程，就是对命案再认识的过程。有芝麻大的疑点，我们都不能放过，就是一丝与案子有关的风声，我们都不能放过。大家都很辛苦，但是我们无论有多么辛苦，如果案子没有侦破，那我们就没法向社会交代，没法给老百姓解释……

江局长把手中的烟往烟灰缸里弹了弹说，说实话，我做了近三十多年的刑侦，很多案子都是带着感情去破的。哪一桩命案，不是一个惨烈的场面？命案破不掉，那我们就是犯罪，破不掉，我们就有一种负罪感。看到年龄大的受害人，我们会想到自己的父母，看到年龄小的，我们会想到自己的孩子，想到自己的兄弟姐妹。别的我不多说……

江局长的目光最后又落在了我身上，工作当然重要，可重要的工作靠什么来承担？那就是要有一个好的身体！听说，你昨天凌晨两点才睡？

我笑了笑说，在勘察。请局长放心，我没事。

勘察要进行，但勘察要有一个清醒头脑，好了。别的我不多说……

江局长说着站了起来。在座的所有人都知道会议结束了，大家纷纷站起来，看着江局长往外走，但是江局长走到门口又停住了，他回过头来看着我。我知道，他有话要给我说，我就走过去，等我来到他的身边，他伸手揽住了我的肩膀，仿佛这已经成了他的习惯。他一边揽着我的肩膀往外走一边说，在破案过程中，一个指挥员，首先要敢于担当。我们不怕案件发生，因为外部世界太复杂，我们无法阻止案件的发生，既然发生了案件，我们就要勇于担当，我们就是搞这个的，就是要担当！

这和中午我们一起共进午餐时所谈的，是两个完全不同的话语体系，我清楚地知道，这是江局长批评下属的一种绝妙的方法。如果他对你满意，那么他和你说话，用的都是日常性的生活语言；如果他对你不满，那么他和你说话时，使用的是满口官腔，让你无法琢磨。在江局长松开我的肩膀，沿着楼梯往下走的时候，我在想，我哪儿出了问题？哦……自杀，如果我同意了他刚才在会议上做出的关于黄秋雨可能会自杀的论点，还会有他这番官腔的出现吗？当然不会。可问题是……

我抬头看了看往上的楼梯，但是我没有像昨天那样往上走。等江局长拐过楼梯之后，我对身边站着的小范说，都叫上，今天我请客。

好呀，吃什么？

你想吃什么？

还是烩面？能不能改改样？

那就一人再加一瓶啤酒。

这就是我们的工作餐。八一路南段，19点5分。金记烩面。老黄，你看清了，这可不是金记胡辣汤。老黄，今天你害得我连个烩面味都没有吃出来，因为，在你的命案里，还有太多的线索没有结果。那个重要的到现在还没有一点音讯的米慧，我一定要得到她确切的消息，明天，我要到颍河镇去，到米村去。还有那个谭渔，我要坐下来和他好好谈谈，任何疑点我都不会放过。当然，眼下我要去看的，就是那些夹在《剑桥中华人民共和国史·上卷·革命的中国的兴起——1949—1965》加封里的书信，因为这些我没有来得及阅读的书信，在今天的案情分析会上，我就避开了那个名叫粟楠的女子。在她给你的书信里，我能得到她和你的那个孩子的线索吗？如果当年她生下了那个孩子，现在有多大？十岁？十二岁？或者……我一定要查清，这些，对你命案的侦破，都是十分重要的线索。是呀，命案不破，就是犯罪。但是，如果把一个命案错判，那同样是犯罪。作为一宗命案侦破工作的负责人，我怎么能在没有把这些重要线索弄清楚之前，就轻易地得出你自杀的结论呢？不，我不能，更何况，这结论是在别人的提示下。不，我不能，我要从你那里得到的材料中去寻找侦破的线索。

19点55分，当我来到黄秋雨的画室，当我伸手从第三个书柜里重新拿出粟楠写给黄秋雨的书信时，我想，我要的是真相。这就是我的工作态度，这就像黄秋雨所讲述的那些历史事件一样，我肩负一种责任！

3月6日这天夜间，当我重新在黄秋雨画室的沙发上坐下来，拿出那些书信时我才发现，其实那些书信像米慧的书信一样，也是被黄秋雨编了号码的，只是那些号码是用铅笔写在那些书信的右上角，一个不易发觉的地方。而且每一封书信的稿纸，都是用订书机订在一起的。我前后数了数，这些书信，总共十二封。

粟楠写给黄秋雨的信

第一封

秋雨兄：

你好！

今天11日，想必你已经到家。准备写四封信，第一封给你，憋了好几天的心里话，非写不可。

八号晚上疯狂了一夜，回家已近12点，因忘带钥匙，只好到别人家借宿一夜，同行的朋友打趣我，发现你俩的关系不一般。我做了个怪相，是吗？临走时，我们是不是完全被离别的情绪侵扰而忘记了掩饰？竟让朋友一眼望穿。

你猜，我的第二封信写给谁？告诉你，你可别吃醋呀，我写给林源老师。林源？跳舞的时候他邀我，边跳他边告诉我，他恨死我了。我问为什么？他只说，回去反省以后再来找我。随后他又说，别忘了是谁把你带出来参加这次笔会的。我仔细想想，除了我和你黄秋雨写生的时候前后不离之外，他还恼我什么呢？我忙解释，我和黄老师之间很纯，真的很纯。虽然我心里丝毫不在乎，而且还像小女孩一样暗暗为此事的大惊小怪而窃笑，但是还是要好好地应付林源的，你知道，我还打算读他的研究生呢。

几天未回家，回到家里迎接我的是满桌的灰尘和乱七八糟的房间，顾不得疲惫，又是洗又是清，等干干净净后，才一头倒在床上酣然入梦。

今天，妈裹上行李去旅游了，继父只有到了饭时才归家，尽管这样，我还是把剪刀放在我的枕头下，在夜晚，空荡荡的大房间里只有我一个人的时候，我仍然感觉到有一双贼眼在窥视我。屋里除去猫咪绕着我的腿荡来荡去外，没有一丝活的气息，我异常寂寞。看着窗外已沉的暮色，望着成群乘凉的人们，不知不觉中我翻开了相册，有一张你正挂着趾高气扬的笑脸。说真的，不是看着照片的话，我对自己的经历简直没有真实感。

神农山之行是我从下学后感到最有趣的一段生活经历，神农山？焦作的神农山？如果是，那么这个女孩应该是黄河北的人。可惜它过得太快了，还没有来得及让我咀嚼，就那么匆匆而过，当进入正常的生活轨道时，才稍微冷静下来。

这两天的情绪坏透了，我发觉，我时常会莫名其妙地郁郁寡欢，可能是因为对生命时常背负着沉重感，再说信心不足，感到活着没有意义也没有希望，所以异常沉重。

看着晚霞逐渐变得苍白而后隐去，我简直要落下泪来。你看，我是不是应该为自己的脆弱感到羞耻？可惜，美丽的东西总是不长久。

不过，即使此时心情再寥落，但一想到遥远的地方还有人挂念，不知不觉中就增加了勇气，眼前的迷雾也层层散去。

秋雨，你知道吗？你给了我多少希望，为了彻底改变我的自卑自怜，我准备去读研究生，不知道林源肯不肯帮我。你的生活过得怎么样？你很乐观，你现在一定在画室里忙碌，你有自己的画室，我真羡慕你。

其实，初到神农山的时候我既自卑又沉重，遇到你使我的心情愉快。现在没有你在身边，我的心一直往下沉，往下沉……可能太多的原因是林源老师的话引起的，他很生气。秋雨，你别忘了你对我的承诺，有一天我们一起相携闯世界，巴黎、罗马……等到了那些你曾经待过的地方，我们就一壶酒、一叶舟，任风吹荡，逍遥自在……

栗楠

1992年6月11日晚。1992年6月11日，距现在将近十三年了，十三年前……

又：寄上《纯情》。秋雨，记住我们的誓言。本想多写点东西寄去，但怕你等信急迫，只好打住。

第二封

臭秋雨：

我是十五号收到两封你的来信的，下次不必挂号信函，我会及时收到来信。没想到这么漫长，一封书信要在路上走上四天，真不懂人情。我十二号寄出的信想你也该收着了。你看，我写的信多么理智呀，和你汹涌的激情真是天壤之别。真的，在强者面前，我表现软弱，你太热，我就要冷静一些，我要像你一样添柴加油，那我们不烧成木炭才怪呢。

15日中午我正在厨房炒菜（我已经当了几天的家庭主妇了，妈到郑州我二姨家去了，九号回家没有立即去上班，厂里让十六号去），那个人（我继父，我总是这样称呼他）拿来两封信，一看我就明白了，但那个人的目光怪怪的（他总像条狗一样，我妈不在的时候，他竟然在我身上嗅来嗅去的），不是个好东西！我不理他，拿着信回到屋里锁上门迫不及待地撕开，这之前的几天我心中一直在骂，死秋雨，臭秋雨，坏秋雨，再见到你要打你，咬你，撕你！为什么不给我来信，让我等得好急。我快快先看一遍你的信，不知为什么鼻子一阵发酸。我极力忍着。我刚看一张，房门就被那个人敲得嗵嗵响，他像条恶狗一样汪叫着，菜煳了！他总是这样让人恶心！可我又怕他（妈不在家，我总是担心他会找一个理由跟我过不去）。我匆忙跑出去，把菜弄好后，饭我都顾不上吃又一次把自己关进卧室，眼泪再也忍不住了，不知为什么，真的不知为什么会这样，你笑我吗？

这几天我都是在迷迷糊糊中度过的，脑海里只有神农山，山顶上的奇石怪崖，只有上帝才能创造出来吗？那美丽的白皮松只有仙人才能栽得活吗？那无边的云雾，只有神仙居住的地方才那样神秘是吗？当然，我更多的时候是看你画画儿，你看上去憨憨的，却画得那么好。一切都是恍恍惚惚、断断续续的，就像是一场梦。

八号晚上我是在那个时装模特家里安歇的，要知道，应该再在宾馆里留一夜，好好地依偎着你（坐在你的面前，心甘情愿地做你的模特，你想怎么画就怎么画。秋雨，你那个关于手的绘画真的让我激动，《手的十种语言》？谭渔说的不错，一个很久以前的计划。我真的想成为你的模特，走进你的作品里，然后再让你带着我出国去展览）。可是走得太匆忙，真后悔，应该再多待一个晚上。接下来两天除了气还是气，神农山的一切还有一个秋雨都离我远去，又好似很近，直到现在我还没有真实感。几天来，夜里总是做梦，奇形怪状，已经好些天没有睡过好觉了。

我天天在心里给自己鼓励，要好好地画，赶上那秋雨（就像你给我讲的罗丹和克洛代尔，罗丹和克洛代尔？上网查一查。但是，我只想像克洛代尔那样和罗丹一起工作，我不想像她一样有那么凄惨的命运，一个女人在精神病院里待了三十年，我的天呀，我宁愿去死），金婉不是说她从精神病医院里跑出来的吗？也许等到下一次笔会我们会不期而遇，这等待固然漫长，但这等待多么的诱惑人呀。

你不知道这几天我总是向友人打听锦城怎么走，要坐什么车，他们都说我发神经病，怎么老是问锦城？真的，有一刹那间我真想拔腿就去，我是有机会去的，但我忍着，把这种思念化作一根根线条爆发出来。

我很不讲理，即使你以最快的速度写信给我，也需要几天才能到，可是我一直在心中诅咒你，难道回去几天就忘记我了，没心肝的坏蛋！口蜜腹剑的坏家伙！

现在信来了，我哭了，也笑了。

现在我也异常勤奋，出门时也带着速写本，昨天我到我家南边的河道里画了几只山羊，随信给你寄去一张，看看能不能在你主编的画报上发一发。有了钱，我们约了去旅游。你知道我最想去哪儿吗？澳大利亚，在草原上租一个农场，一边放牧一边画画儿，那是我梦想的天堂。

寄一张冬日的照片给你，那时留的是长发，微微卷曲的。

你的信，我慢慢地咀嚼，本来有很多事情要讲给你听，但我不能像竹筒倒豆一下子倒完了。

不知道你的生活是怎么样的，我过一天的时候，就在想你是怎么过的，幻想往往比现实来得快。

你的信抒情味浓，而我的叙事味强，你发现了吗？

盼再见！

栗楠

1992年6月15日中午——6月15日，这封信和上一封只隔三天？

第三封

秋雨兄：

好！

第三封信于17日收到，难道我寄的两封信你没收到？当我提笔给你写信的时候，我不禁想，你要是个女性就好了，那样我们就可以无所顾忌地畅所欲言。

说真的，我的信比不及你那样洋洋洒洒，面对你的时候我有许多话要说，如今我却不知从何说起。

我发觉你是一个情感型的人，而我是理智加情感的人。你的社会经验单纯，对人真实，虚伪的成分几乎没有，但是你发觉一个问题没有，真实的东西往往没有那么美好，任何东西只有蒙上一层东西，就像神农山的雾一样，透过雾看世界，世界才真正让人感觉美。一个女人完全袒露并不让人迷惑（你画人体的时候有这种感觉吗？），这也是当初我没有答应做你的人体模特的原因，你说你总有一天会说服我，但是我现在不用你说服，我就会把自己身上的衣服脱下来坐在你面前的。我的胸、我的肢体，我可以让你在黑暗中抚摸，也可以把自己的胴体完全暴露在你面前！尽管我仍然认为让人迷惑的是被比基尼包裹的女人，尽管在生活中我更愿意隐藏一些自己。

我整个是个矛盾体，你对自己的事业已经做出了选择，而且已经有了成就，而我并没有把绘画当成终身职业，有句话是这样说的：绘画并非职业，而是命运。很对，谁知道命运会把我最终抛向哪里呢？

我最重视的是生活，只要活得潇洒，活得愉快，我就不负来世一遭。我并不限制我要干什么，只要喜欢就去干，完成任务后就痛痛快快地玩，或逛舞厅，或会在冷饮店里消磨一阵，或在大街上骂几句唱几句粗野的歌，这些都是我平常耍的把戏。我想，如果你在我身边，咱俩可能是很对把的，而且我要把你训练成一个嬉皮士，让你穿上怪诞的衣服，烫上大爆炸。叼个烟卷，就像个小流氓。

你太苦自己了，明确地讲你还不太懂生活，不要总对自己说，我要成为大画家，不要，这太累，要记住享受，享受吃（吃最有味的），享受穿（穿出花样），享受住室，以后我会画一幅题为《蜗居》的画，画的就是我的房间。

如果我有钱能买一间房子，我一定要按照自己的意愿去布置它，我喜欢热烈奔放的色彩，我会把房间挂上奇形怪状的画，凳子全用木桩，既有大自然的野味，又透着浓郁的女性气息。真实地、潇潇洒洒地活着是我人生的宗旨。从书信上来看，她和米慧是两个类型的人，她比米慧更理智，可是，她怎么就进了精神病医院？只是现在我还没有那个条件。不过，我会争取的。

确切地说，我现在活得很压抑，我的工作，还有这个让我讨厌的家，那个我一看见就恶心的人，他总是用一种窃贼的眼睛躲在阴暗处，哪怕是我上厕所也感觉到他的眼睛躲在天花板上，他的眼睛就像一只手，一只带有狐臭的手，他常常让我有一种探进我衣服里的感觉，有时候我就想捅他一刀！真的，说不定哪一天我会真的给他一刀！我会真的给他一刀？如果有一天那个色狼真的有什么不轨，如果她真的这样做了，那将会是一个什么结果？他那双充满了邪恶的眼睛让我感觉到了累，我什么时候才能从他的目光里逃脱出去呢？

我很向往原来上学时的生活，那时候，真的是无忧无虑呀，逃学，我干过；偷西红柿，我干过；上课时用耳机插着录音机听歌，我觉得自在极了。可是，一切都不复返。

小楠

1992年6月17日——6月17日，距离上一封书信两天，这些书信倒是按照日期编排的号码。

又：本来信写到此为止，但因为有事而晚寄了几天，正好今日19日收到《中州书画》和你的第四封来信，所以又添加几笔。

《中州书画》办的不合我的胃口，知道吗？在我眼睛里好画是共鸣，只要能引起我的共鸣，我就认为好。我对艺术需要的就是这个。你的《雾中风景》我喜欢，在神农山的时候我怎么没有见过你画雾中的景物？哎，你老这样给我写信，不影响你创作吗？

另外，请你帮我打听一下，锦城师专艺术系有没有自费读研的名额？好！下次谈，坏蛋！

第四封

讨厌鬼：

20日我给你寄了一封加快你收到没有？你知道吗？每次每天你都在打扰我，让我一日不得安宁，只要看到你的来信我就控制不住马上写信给你，而且每次都是加快。

今天是星期一，22日我收到两封你15、16日写的来信，路途是五天。所以我下午马上写信，因为你天天写信，而我寄去也需要一段时间，所以你会总觉得没有收到我的信。这样吧，我在每个星期一的日子里给你写信，如果不误的话，每个星期五你都会收到我的信，你也可以照我的法子做，在固定的日子里给我写信，否则接二连三的来信常让我措手不及，也总在心中计算你是什么时候写来的信。我是个糊涂蛋，对数字不敏感，算得我焦头烂额结果还是迷迷糊糊。

从十八号我把林源送上火车（他到深圳去）起，一直到现在我都在画素描，是林逼着我画的，他说我好玩，不勤奋，7月份一定要我交六张他满意的画，我只好答应他，谁让我想读他的研究生了？活该，或许他是个好老师，这么关心我，如果正常，9月份我就可以去读书了。

我认为我很有才气，只是我好玩，原来一到晚上我们都三五成群地去跳舞（其实我是怕寂寞，想到舞厅凑热闹），可现在不行了，我见天都要面对石膏像。可有一点儿，我不干什么也就算了，一干就会全身心投入。现在我做梦都是那些石膏像，《沉思》呀、《思想者》呀、《大卫》呀，粟楠说过的这个石膏像在哪儿？我从沙发上起身，可是我把整个画室看了个遍，也没有看到那个《大卫》像，哎，小董。

正在画案右侧工作的董延吉，站起身来看着我。

画室里有石膏像吗？

石膏像？

对，用来学习画素描的石膏像，《大卫》。

没有呀？董延吉说着，他的目光也在画室里走了一圈，然后看着我说，没有，自从进到这画室里，我就没看见过。

哦……我对他做了一个继续工作的手势，然后在沙发上坐下来。石膏像肯定是有的，只是不知道什么时候给搬走了。谁搬走的？搬哪儿去了？与案件有什么关联吗？没有，一尊用来画素描的石膏像，不会像《陪法场的人》一样，被丢到地下室里去吧？看到哪儿了？这……《思想者》呀、《大卫》呀，还有他们都活了，他们一个个持着健美的身体坐在我的面前，我完全进入到了另外一个世界，所以我在生活中经常是丢三落四像掉了魂似的总是做错事情，有时又跟神经病一样一发呆就是几个小时，那个人总是在一边骂骂咧咧的。他说，你早晚有进精神病院的那一天！我一听见他说话我就心情烦躁，就想进厨房里拿刀，就算有一天我真的进了精神病医院，也肯定是他把我逼的！

我心情不好的时候，就出去走走，就在我家楼房的后面，那片原野，我给你说起过的，我常常走一段路跑到那儿发呆，我坐在那里看着一群老黄牛在坡上吃草，眼前就会晃动起你的身影。

秋雨，其实我这个人很复杂，连我自己有时都猜不透自己，别人更会为我的假象迷惑，秋雨，你要比我简单得多，你不知道我小时候有多野，对于我来说，我的生活就是一本书，也许我没有你那么多坎坷的经历，但是对人生的体会，一点一滴刹那间的感受我都会留意，或许我更适合当一个作家，你知道，我真的有个做作家的梦想，我曾计划着把我的感受写成一本书，我不想单篇发，我会整理好，再插上图，找一个有钱又欣赏我的人给我出书（如果有可能，你肯帮我吗?）。她的书写成了吗？他又帮她出了吗？或许……我朝东边的墙壁边那排高大的书柜看一眼，就在这些书籍中间？或许吧。由于我们的经历、性格等等的差异，我们可能会走上截然不同的道路，你虽说画得比我好，可是你的思想却没有我激进，你在我眼里，有时就像个老古董，思想有点儿跟不上趟。你还记得我问过你的话吗？我说你能娶我为妻吗？你当时犹豫了，黄秋雨，你还想着妻妾成群吗？在这一点上，你跟罗丹差远了（我正在看他给克洛代尔写的信，当然是从你给我的那本书里看到的），我感觉到他的身体就像火一样在燃烧！不像你，你一涉及到实际问题就会茫然。

好了，不说了。现在我的任务是到邮电局发这封信，下个星期一谈。希望你没白交我这个朋友，希望你能从我身上获得一些启示，虽然现在我一文不名！

现在我想好了一个艺名，我不想叫粟小姐，文绉绉的我不喜欢，我更喜欢叫粟小丫，一直叫到八十岁。不过，你寄信不要这样写，我会收不到。

恨你的粟小丫

1992年6月22日下午

对了，如果我寄去的作品能用，是不是7月份可以出来？

第五封

秋雨兄：

现在是深夜12点，星期一，我正在为我刚画完的《永恒的偶像》激动着，罗丹的塑造真好。你呢，你现在干什么？是在画室里工作还是在呼呼大睡？

好几天没有收到你的来信，我想你一定是躲起来了，在做你的绘画梦。真的，当你完成一幅作品的时候，它的价值不在于作品本身主题或者构思，或许它不是一幅成功之作，或许没有太高的价值，但是你投入了你的一份激情，画里有你的心血，我认为这就是最真的价值，你说呢？

直到现在我才感受到你原来有那么好的耐性，一个人当没有得到对方的丝毫回音时还执著地坚持住那份痴情是需要多么大的耐力，此时我深深地体味到了。

你写的那一封等待来信的急迫心情是你所有信件里的精品，我似乎看到了罗丹的身影。这些日子天气阴沉，我不喜欢阴沉的天气，它常常会影响人的情绪，白天的时候我喜欢光线暗淡，在本来就不太亮的屋里我还要拉上厚厚的窗帘，这时我打开桌边的台灯，让幽暗的光线洒满全室，我会感觉我已经进入到另外一个世界，和现实生活中的人已经分开两端，那时候我就躺在我的弹簧小床上做那些我喜欢的梦，我也想，你在做什么。

生活到底是什么呢？也许那些美好的、甜蜜的事情只不过是一个美丽的谎言，一份幻想。我长这么大，无论是经历多少喜悦又多少痛苦，在我此时回忆起来都觉得平淡如水，也许这就是人们所说的成熟吧。其实我宁愿不要这份淡泊的成熟，我还喜欢小时候要笑就笑得天花灿烂，要哭就哭得地动天摇的感觉。

每天晚上我都喜欢很晚的时候看书。在这之前，我会一个人绕着幽静的石灰路静静地走。我已经不是以前的那个我了，我现在总感到寂寞，就是我和我母亲在一起的时候，我也会和她保持着一段距离。我突然发现，我是一个孤独的人，这孤独会伴着我，哪怕再热闹的场合我也会感到寂寞，别人说我高傲，是的，在任何场合我都不愿伪装自己，愁也好，喜也好，我不想去适应身边的人群，所以我在人群中就显得独特。~~林老师找来92年一期《小说家》指着陈染的小说告诉我说，我很像黛二小姐，我看了，我是像她。要了解我，你找来抽空看一看吧。~~你是不是不愿意我说起他？那我就把这些话划去，算我没说。

秋雨，你活得是不是很累？来信时，我问你的问题要一一回答我。

晚安，现在凌晨一点了。

粟丫头，1992年6月28日

又：我真喜欢这些照片，你冲洗过后，把我们在雾中山顶上的合影寄来，我要保存着，哪一天放大它。

第六封

哥：

我忙了几天，现在可以安安静静地给你写信了，多好呀，这种时刻，心默默地享受着向一个值得依赖的人倾诉衷肠的滋味。

每一次你的来信都很及时，那是在我最寂寞的时候到来的。我相信我们的孤寂是相通的，当你一个人手搭在铁架上挤在众多人的公共汽车上，目光出神而专注地凝视车外，伸向那遥远的空间的时候，我就感觉到了。真正的寂寞并不意味着孤独，那是与万物合二为一的境界，与清凉的草丛、小鹿、林中空地、树木、地球、银河系合为一体的感受。

人的交往很奇怪，有的人相识了多年，可能彼此还没敲开对方的门，而我见你的第一面的时候，就想把自己全都告诉你，特别是自己的苦、自己的无奈。我想，这就是信任。我一贯是个自尊心很强的人，即使在生活中遇到再大困难和扰人的烦闷，是不太愿意告诉给别人的，但我却愿意告诉你，我愿意让你知道，愿意让你承担我的痛苦。两个同患难的人往往比两个共欢乐的人联系得更紧密。

你说，我~~对你说的一切~~对你是不是真实的？其实，真不真实，虚不虚伪也不是靠我来说的，完全靠你自己用心去体会。

读你的信我总有亲切之感，有一种疲惫的小船可以靠一靠岸休息一阵的感觉。哥，这一切的快乐都是你带来的。你的一些话常常是平淡的，但却说到了我的心坎上。“一个人活在世上能有多少人真正地关心你呢？（除了父母，而我只能除去我母亲。）所以我们活在世上应该像爱惜我们自己的眼睛一样珍惜已经获得的真情。一个人活在世上要得到另一个人的心是多么的不容易呀。”你的这句话一下子让我热泪盈眶。当时，我坐在书桌边就一直任眼泪流，直到心里稍微平静了为止。

哥，从表面看，你不是深沉和成熟的，这是我看你第一眼时的印象，你乐观、温和、朝气蓬勃，这是我眼中的你。你寄的两张相片真好，那一对目中似乎深藏着永远无法解开的谜一般深邃，我把这对眼睛深藏在自己的相册里好好地保藏着、珍爱着。

哥，在生活中你可以随遇而安，可在事业上却异常的执著。这是我从你的作品中看到的。你的那两幅画精神病人的画让我震动，我甚至想到你画画儿的地方看一看。那家精神病医院就在你们锦城吗？我把你的作品给朋友们看，他们都喜欢。能让年轻人喜欢，不简单。这让我想起了你给我讲过的那个名叫蒙克的挪威画家，想起了你给我看过的他那幅《病孩》。你知道吗？我就是蒙克笔下的病孩。前几天我看了一部保加利亚人的小说，写的也是一个精神病人怎样遭到人类的歧视，笔法和技巧都很新，而且主题深刻。我希望你的绘画能反映人类这样的精神主题，小说能，绘画也能，你的关于精神病人的那两幅作品就是，我知道你一定会成功的，蒙克不就成功了吗？那《呐喊》，啥时候看都让人揪心。别像林源，老是模仿着古人的山水，有什么出息？与你的中国画相比，我更喜欢你的油画。你计划中的有关女性的裸体画开始了吗？如果有，我真的想看，看看你画的是什么样的女人。~~这一刻，我的心酸酸的，我真的有些吃醋，我宁愿让你画我，画我一个人，永远。~~哥，当你面对一个女人的裸体的时候，你都想些什么？我是说在排除了艺术的目光之后。如果有一天（假如），我做了你的裸体模特，你会怎样看我？

林源让我画的六张素描我已经完成，我要上他的研究生呀，真的很讨厌，有时候我就讨厌自己，可是我想改变我自己目前的生活状况，我想离开那个总让我喘不过气来的家，我只好走这一步了，等我读完了研究生，我就到天边去找一份工作，离开这里，永远不再回头！

我现在正忙着办上学的手续，还很麻烦。不知道结果会怎样。如果情况真是很难，我就下决心到锦城去。反正，我拼了。

即便找不到大海

我也不息寻觅的歌声

即便脚步被风雪掩埋

我也珍惜走过的路程

无愧无悔才是人生

哥，现在很晚了，我好困。下次再写给你。你我都是真诚的人。

~~粟小丫~~　你的坏妹妹，1992年7月2日

第七封

哥哥：

今天是星期五，可是我已经等不及了要给你写信。当我的精神感到危机，心灵快要枯竭时，我好想好想给你写信。

五号的时候，我收到林源打来的电报（你看，我又给你说到了他，可是，我不能不说呀），让我9点去火车站去接他，（他这是第二次从深圳回来，要在那儿办画展，什么破画，还办画展?）即使不为上学，为了真诚我也要去，你说是不是？怕去晚，我8点半就去了，谁知车晚点到9:30才到，这之后我带他去吃饭，然后把他送回学院时已是凌晨1点，回去的时候，我一个女孩子走夜路，他连说送都没说。1点多我到家，家里把门按上了钮，不管我怎么敲、喊，就是没人应，我想可能那个人怨恨我回家晚（第一次我回家这么晚）故意不给我开门。

我索性不再敲了，扭头出了院子。大街上漆黑一片，我家住得偏，连盏路灯都没有，我一个人像孤魂似的被抛在黑暗里，越想我越气，蚊子成堆往身上咬，我无奈地带着恐慌在角落里溜来溜去，终于眼泪就流了下来。现在想起来，那一晚上我真不知道是怎么度过的，黑暗中受着蚊子的追击，带着害怕生气的心情我一边走一边流泪……你完全可以想象我当时的处境有多可怜，多狼狈。

之所以付出这许多，我不为别的，是因自己真诚。为了办理我上学的手续，接下来几天我是和林源一起度过的。几天的接触，让我认识到林源有多么世故，文人，他已经失去了文人的本来面目。你知道那天晚上我接他的时候他就不想让我走，他想占我便宜，这个老色鬼，我算看清他真正的嘴脸。他那副嘴脸，真让我恶心！尤其在说到你时强调“农村”出身，使我对他鄙视到了极点，在艺术上，他怎么能和你相比呢？他画过什么有价值的作品呢？哥，我活得真累，这些人，还算文人吗？没一点儿骨气，如此的市侩。因此，我更加觉得你的可贵了，至少你不至于为了那丁点儿名利还去钻营社会关系。哥，我真希望有一天你会成为一个举足轻重的艺术家，然后用高傲和鄙视来对待他们。

不知道为什么，今天我直言地向你吐出了这么多怨气，心里顿时好过了许多，今天下午林源要我陪着他去看一个什么人，我就不辞而别，我不想陪他了，我太累了。

坐下来的时候，我心里乱糟糟的，情不自禁提笔向你倾诉。我现在真想到锦城去呀。

哥，我忽然非常想上锦城师专了，原因有两个：一是在安阳上师范事情办得不太顺利，安阳？粟楠是安阳的，那么林源呢？就是安阳师院的了？还要我参加考试，可我不想考。如果由教育局招生办批条就可免考，可我无能为力，同时我再也不想向林源张口说。还有就是同你在一起有共同语言，咱们把物欲都看得极淡，我常想象着我们一起在野外写生的情景，也许我毕业后，还可以在你身边找一份工作，如果那样，我们就可以一生一世在一起了。不知道这是不是我的一个幻想。锦城师专好上吗？具体办法是什么？假如我托的人真没把教育局的条子拿来，我准备到锦城一趟。望你速打听，速来信。如果，我真的等不及，说不定我就会跑到车站去买票，我会突然出现在你的面前，我要给你一个惊喜！

我厌倦了身边诸多人的市侩气，互利和自私。我尽量看淡这些，心中只想着画、画！等有一天我有了成就，我一定用白眼翻他们！

楠妹，于1992年7月7日夜

第八封

哥哥：

你知道吗？当汽车开动的那一刻，当你消失在人群里的那一刻，我就突然觉得，我们已经分别了很长时间，和你待在一起的三天，就像在梦中，有些不真实。我离开你有多长时间了？这会儿，我在扳着手指头细细地算，15、16、17、18、19，从我离开你的那一刻到现在，满打满算才过了五天，可是在我的感觉里，就像是一生一世呀！

你知道吗？秋雨，在别人面前我尽量让自己呈现出成熟的面孔，只有在你面前时，我才轻松地暴露我的单纯，你还让我对你说什么甜言蜜语呢？感情的深浅不是说出来的，如果一个人对你有了信托，这就意味着已经有了感情。哥哥，当我坐在你面前，成为你的裸体模特的那一刻，就已经注定了我的一切，我会成为你手的语言吗？那被盗的十幅画中，就有以她为模特的绘画？十三年前的裸体写生画，她现在才想起来拿回去？我会像蒙娜丽莎一样，成为永恒吗？

你说，当你处在一个不适合你的环境中时，你是适应它呢还是艰难地保持你自己？现在，在离开你之后，每当日落黄昏时，我痴呆呆地看着天边慢慢被夕阳染红的云霞，看着它们在天空中拥挤、碰撞、飘浮，我就开始神想，我属于哪一朵云霞？它要移向何方？你又属于哪一朵云霞，要怎样走你的路呢？我们两朵云，什么时候才能飘到一起化成雨露呢？

我不知道自己是怎么搞的，都二十几岁的人了，还经常爱那么幻想，像是总也长不大，总也成熟不了，有时还把幻想当成真的去追求，记得曾经看过一篇小说，上面写了一个石头城里的故事，石头城古朴而美丽，有石铺的地、石垒的屋、石砌的桥，有风车，有教堂里悲壮的歌声，善良朴实的人围着篝火在欢歌起舞……十八岁看的一个故事伴着我的人生走了这几年，一直想着那就是自己的归宿。

我不知道在离开我之后你的日子是怎么度过的，想必和我也差不了多少。如果我在你身边，我还会像我们经历的那样，我会陪着你晚上去散步，我喜欢那条颍河，我喜欢河上的那座大闸，大闸？我抬头朝窗子看一眼，可是，从天花板上垂落下来的墨绿色的窗帘，挡住了我的视线，那座沉落在夜色里的大闸。这会儿，有人站在大闸东侧的河岸边，在朝我处的画室里观望吗？我站起身来，走到窗前拉开墨绿色的窗帘。被灯光照亮的大闸出现在我的眼前，那个站在河对岸的人，能看到现在我所处的六楼画室窗口里的身影吗？他一定能看到。可是，我却无法看清那里。现在，那里被夜色所笼罩。那个人是谁呢？粟楠吗？我重新回到沙发前坐下来，但我没有合上那墨绿色的窗帘。尽管透明的窗子给人一种寒冷的感觉。那个人，会是谁呢？有一天，当案情大白的时候，我一定要问问他。在夜间，你有没有站在大闸东边的河岸边，往黄秋雨画室的窗子里观望？我一定要问问他！到哪儿了？这儿，我喜欢我们手拉着手穿过的那片幽静的林子，还有挂在树梢上的那轮弯月，我们就那样走，慢慢地，轻轻地，赏着月，说着话儿，锦城的一切是那样的好。哥哥，现在我正在设想着我们将来的生活，到那个时候，我会把自己打扮成一个调皮的小男孩，同你勾肩搭背去逛大街，夜很静，也许人们都睡去了，只有我们两个像幽灵，偶尔身边掠过一对相依的情人，看着他们逐渐远去，我会破开喉咙大喊：妹妹你大胆地追呀，不要放过情哥哥……你别以为这样的事儿我没有干过。表面上我似乎是个规矩的人，其实我跟男孩子干过架，住别人家被撵出来过，当然我丝毫不在乎，我曾经那么无所顾忌地潇洒过，但是现在我不了，环境！环境压得我喘不过气。

所以我在努力去争取一个能够让我的性格放肆一点，透点气的环境，我想享受一点自己应该享受的特权。

哥哥，为了保险，我又报了另外一个老师的研究生，他姓罗，是河大美术系毕业的，你见过他。开始我以为是林源帮了我多少忙，事实上有他没有他都一样。他看占不上我的便宜，就找个理由把我给推到姓罗的这里来了，当初他说得多好呀，到现在我心里还没个把握。林源也许是个好人，但是这个世界上又有谁是绝对的好和坏呢？我认为林有文人的世俗，他靠着会几笔山水发迹了，然后又靠着名誉去谋取他所需要的。中央一台播过他的专辑，又怎么样呢？我眼中的他不会因此而提高多少身价。

哥哥，你给我出出主意，假如我真的能读研究生，毕业后靠什么途径可以不回原单位，找个专业对口的职业？现在我还没有接到通知，心里七上八下空落落的没个谱。如果我去读，我不会辜负这两年的光阴。假如真的入不了学，我只好再次到锦城去求助你了。

秋雨，是不是有希望几年以后，我们能到郑州定居？

前两天，因为一些事情，我简直无法支撑自己，如果你在身边，也许可以找个人哭一场，不过现在挺过来了，心情也好多了。我借了一本书，奥地利人写的《迷惘》，作者获过诺贝尔奖，我喜欢人物性格鲜明，而思想内容深邃的书，它正好符合我的口味。借到一本好书，能让我兴奋得几天难以入睡。以后我还要告诉你我跟书的一些缘分，妈叫我书痴，这个绰号不是没缘由的。

吻你！

1992年7月19日，丫头

第九封

秋雨：

你的耳根子发不发热？我在心里不知道骂你多少句了。

我去了三封信，可一封还不见你的，我真感觉你消失了一样，我做了种种猜测，就像夜很深了，妈下班后还没回家一样，我在心里胡思乱想，信半途丢了？送信的人压下我的信件？哥哥生气了，不理我了？当时的想法很可笑，乱七八糟的什么都有。

哥，没想到那天我告诉你那一夜难熬的时光，你那么难过，真是和我的心相连的哥呀，就像在神农山上时，你一句“小楠”喊得我的心猛地一震。说真的，只有我母亲以及和我最亲近的人才那么称呼我，当时你是怎么想出来的？我一直在这么问自己，你秋雨是怎么想出来的。一句“小楠”把我的心也牵去了，一下子，缩短了我对你的距离，我感觉你好亲好亲。我告诉林源说，我已经几天没回家了，他只是轻描淡写地说了句“是吗?”当时，我心里很难受还硬装着笑脸，没有相似的心境也不会有相同的语言，谁又会无缘无故替你担心，为你着想呢?假如有一个人在我困难的时候助我一下，我一生不会忘，就是走到海角天涯，我心里也有秋雨。也许没有真正感情的人才会嫉妒真有感情的人，也许我说黄秋雨太多太多的好话给他们，他们才故意轻视你，来打消我的气焰。在我的眼里，从来没有权势、金钱、名利，有的只是人、真诚的人，他才能拿走我的心。真诚的人，我才尊敬他。

人生得一知己足矣!我不需要很多人评价我好，说我好，只要有一个懂我、知我，比要一大堆泛泛之交要幸福，这是我的感受。一个人可以认识很多人，但是能真正得到一个人的心很难、很难。

哥，我在心里一直替你很自信，哪怕对我自己都没有过的自信，我很清楚你的前途是什么，对我来说，你就是力量，那是从内心迸发出来的不可抗拒的东西，能够真正找到本我的东西，人有几个我，本我、自我、超我，我们应该有信心超我。

经过了一阵子的动荡，前一阵子我真的很难过，天气热极了，我常躺在床上，很懒，对着窗外一直发呆，不想吃饭，不过，我总算还有调节自己的能力，现在母亲在跟前，不至于感到自己太孤独，还是让内心平静一些好。我尽量上安师（可能性很大)，其实，想上锦城很多原因是为了你，因为你能给我信心和力量，你个子虽矮，可在我面前一直是座大山，大山永远不会倒的，人亦老，山难老。不过，我总不能一直靠别人呀。你能靠自己站起来，我也能。

你说，说心里话我很希望你来锦城上学，那样我的身边又多了一个好妹妹。你是这样对我说的，当时我就想问你，难道你有好多的妹妹，宝玉哥哥?可是这话，我当时没有说出口，你现在能回答我吗?

你有很多林妹妹吗？

现在12：30，不用看你的照片，我也可以想出你的样子，只要稍稍闭上眼睛，傻秋雨就会出现。

10月份的笔会，只要你请我，再忙我也去。鸡公山，我还没去过呢。鸡公山？黄秋雨《手的十种语言》里那个成了骨骼的记者，不就死在鸡公山吗？那个下次再谈，臭秋雨。

你的丫头1992年7月28日，夜

第十封

臭秋雨：

今天约了朋友出去逛街，走在静静的街上，微风轻吹发梢，已感觉凉意。走了一路和友人谈了一路的黄秋雨，怎样与他相识，怎样与他沟通，怎样到了锦城，还有那条河、那座闸，然后又说了许多我眼中的秋雨的与众不同。友人说，这样的人可交，好好珍惜。

由于心情不好，我一直在外边逛到凌晨4点半才回家，屋里静悄悄的，家人都已入睡。我到厨房翻箱倒柜，找了一些吃的填肚子，~~那个人起来上厕所，光着膀子伸头往厨房里看，红着一双眼睛像梦游一样对我说，有本事别回来呀！说完转身走进厕所，撒尿时连厕所的门都不关，恶心，真恶心！（真的不想让你知道这些！）~~我回到自己房间里，怎么也睡不着，忍不住要写信给秋雨。那个叫粟小丫的常常会做怪事，只有她的挂号信才会走那么长时间。经常有亲戚责怪我，怎么收到信的日期总和寄信的日期差误很大？这只能说明我懒，常把信写好封好，又懒得跑远路寄出去。

秋雨，上学的事一直没结果，这是我心情不好的原因。秋雨，你还说你压力大，真正感到压力大的是我，这些天夜里常常失眠，我的眼睛都快成了熊猫眼了，黎明的时候我刚睡着，又被那个人起床的声音弄醒了。我恨不得起来拿刀砍了他！秋雨，你知道吗？我真的想逃离这个家，逃走，逃得远远的，可是我又没有一个地方去。世界这么大，却没有一个我可以去的地方，秋雨，你是我的归宿吗？秋雨，你能收留我吗？

写到这儿吧，天快亮了，我试着看看能不能睡着。如果今天我睡着了那个人再把我吵醒，我非提刀杀了他不可！

想你的小楠

1992年8月13日凌晨

第十一封

好秋雨：

不敢再喊臭秋雨了，喊了没几次，你竟然陶醉地感起冒来，所以为了哄哄你，喊一声“好秋雨”。

“为了活下去不得不去医院打了一针”——为了活下去？没这么严重吧。如果我在你的身边，一定掀开捂得严实的被子下面的你，照肩膀上就是一掌，“起来，懒鬼……”我会这么喊一句，然后说：“跟我出去跑一圈。”累得你如牛样的喘气，再逼你喝下一碗姜汤，第二天你就又活蹦乱跳了。

秋雨，你是一个人住在锦城，没有和你的妻子在一起？在锦城的时候，当我和你谈起你的家庭，你总是避开不说。但是我能看得出，你有太多的苦恼，有太多的痛苦，如果你婚姻不如意，为什么还要强求呢？你为什么就不能重新开始你的生活呢？我从你的现状判断，你没有和家人住在一起，难免你时常感到孤独，你来信中很少提到你个人的生活以及现状，不过我也能猜到一二。我生活上倒没有什么，有我妈，饿一点、冷一点她都心疼得跟什么似的，我只感到的是心灵的无所依和孤独，我不知道人活着到底是为什么，想觅的难觅到，不想要的现状又活生生地摆在你的面前。

假如我有一个你那么轻闲的工作，我一定会生活得很好，如果今后的日子我们能在一起，我们就好好地挣钱，等有足够的钱以后我们就出去旅游，我们一去就是几个月，在世界各地居住，到沙漠，到草原，到一切我们梦寐以求的地方。真是个生活在幻想中的女孩。现在我只想努力找一个较轻闲的职业，比如编辑，或在文联，然后自由地安排我的生活，只要有吃有穿，我什么都无所求。看看书，下下棋，环游各地，我的想法很多，一想到我的设想和前景，我还能有点儿活着的信心，至少这些希望是让人愉快的。可是我的生活总是那么不顺心。

上个星期我已参加完师院的考试，专业课还凑合，可英语考得差极了，我只好耐心地等通知。那一段考试前复习我确实还忙乎过一段，今天是9月5日，刚刚闲下来就想起给你写信，不知道现在你干些什么，虽然离得很远，但我并不感觉你陌生，我在家里无论干什么事情，就会突然想起你，秋雨现在在干什么呢？是不是和我一样正在想念呢？

有件事儿我得告诉你，我的月经已经过了十多天还没来，我时常想吐，我怀疑……我想过两天去找我的一个女友，她在安阳市人民医院上班，我想让她带我去检查一下，如果我有了，你能答应我把我们的孩子生下来吗？果真是这样！有收获！这事儿谭渔是怎样对金婉说的？你咋就敢肯定她就没把孩子生下来？谭渔肯定知道事情的真相，可是，他为什么就没有说出来呢？他为什么只是对金婉做了暗示呢？

如果这个孩子真的存在，那么，这些年来，他们母子的日子是怎样度过的？黄秋雨又是怎样处理这件事情呢？这又和黄秋雨的命案构成什么样的关系呢？我该怎样着手调查这件事儿？看看她还说些什么。

秋雨，我消沉的时候，就会一下子感到世界的末日到了，活着毫无意义。不过这消沉只是暂时的，我知道这消沉只能让人成为弱者，所以有时我尽量调节自己的心理。当我自信的时候，我会感到一切都是光明和充满希望的，人就是这么怪，你也是这样吗？作为你和我这样的，最应该做的是努力改造自己的生活环境，尽量让自己生活得愉快，努力去寻找适合自己的生存环境。

写到这儿吧，秋雨，留下话下次信中再说。

你的小楠

1992年9月5日

第十二封

黄秋雨：

这几天我真的不知道自己是怎样活过来的。

9月18日是开学的日子，可是我却没有接到通知。我不相信这是真的，我跑到学院去问林源，他黑虎着脸带理不理的，我的心里像揣着一盆冰。我又跑去问那个姓罗的，他告诉我说我落榜了，他安慰我说明年再考吧，到时你直接来找我。你不知道我当时的心情有多么灰暗，我不知道自己是怎样走出校门的，我也不知道自己会走到哪里去。我就那样一直走一直走，天黑了我没有停下来，一切都像是我在梦境中遇到的景象，我仿佛看到自己在月朗星稀的夜晚，穿着黑色的长裙，带着一身神秘下一个没有尽头的长坡，街口嚷嚷着烤羊肉串的声音，人很多，不少是看电影的成群成双簇拥而过，我就那么走着从人群中穿过，如同走过一片荒凉的沙漠。我在沙漠里走呀走呀，我在黑暗里看到了一簇昏黄的光亮，我渐渐地接近那光亮，看到有一个人正蹲在那灯光下翻看书信，听到我的脚步他停了下来，是那个我讨厌的人，我看到他正在灯光下偷看那些我藏在箱子底下的一封封你写给我的信，这个无耻的人，他竟趁着我不在家的时候偷看我的信，我胸中无法排泄的情绪一下子被火点燃了，熊熊燃烧的大火使我无法控制自己，我伸手从枕头下摸出了那把我不知道偷偷地握过多少次的剪刀朝他刺去，那些我想象中把剪刀刺进他身体里的幻想终于变成了现实，他嚎叫着从我身边逃出去，我无力地在床边坐下来，看着我手中的剪刀往下滴着鲜血，鲜血滴落在撒在地上的信纸上，那一刻我突然清醒过来，剪刀从我的手里脱落下来，我无力地瘫坐在地上……

秋雨，你知道我是在哪儿给你写信吗？我是在医院里，在精神病医院里。在精神病医院里？事情果真是这样？家里人说我精神有病，就连我妈也相信他们的说法，我被他们强迫着送到这里来，一个我从来都没有听说过的医院里，我现在只知道自己是在医院里，可是这个医院在什么地方我一点儿都不知道。这些天我一直睡不着，我闹着要离开这里，可是医院里的医生不让，我不知道那些身体高大的人是从哪里来的，他们根本不是医生，他们肯定是医院雇来的打手。你想，我一个瘦弱的女孩子哪是这些人的对手？他们强迫我吃药，那些我不知道名的药，他们要我吃药，他们要害我腹中的胎儿，我们的孩子！我不吃，我坚决不吃，可是他们就拿筷子撬我的嘴，他们把我的牙都撬出血来了，我不睡觉他们就让我吃安定，安定？这样会影响胎儿的，如果……我不知道他们昨天让我吃了多少安定，今天到现在我才醒过来，天阴沉沉的，我不知道现在是上午还是下午。

现在我呆呆地坐在窗前，透过窗子遥望着灰暗的天空。在我之外那遥远的地方到底是什么模样？那个瑰丽的梦时常久久地缭绕着我。我似乎看到了那也许是汹涌的，也许是涓涓细流的颍河在流淌，大闸上走过一个穿黄汗衫身体健壮的西藏来的马贩子，他深沉地缓缓地穿过大桥，在他那安详恬静的外表下，隐藏着一颗跳动着真挚和脆弱的心。我的哥哥，这就是我梦中的你，赶快骑着你的高头大马来救我吧！

哥哥，现在我不和医院里硬抗了，我知道这样我不是他们的对手，我给他们来软的，我时刻都在计划着从这里逃出去，我要逃出去，到锦城去，到你的身边去。

我已经说通了一个给我送药的小护士，我让她帮我偷偷地把这封信给你寄过去。等你接到这封信，从邮戳上就能得到我确切的地址。哥哥，快来吧，快来救救你的小妹吧。快来救救我腹中你的孩子吧，我又想吐了。哥哥，我的亲人，快来救救我吧，不然，我就会死到这里的！

你的小楠

1992年9月25日

不可能没有了，肯定还有。黄秋雨，接下来的书信你放在哪儿了？我推断，你和这个名叫粟楠的女孩之间的爱情远远没有结束，爱情？我认可了你们的感情了吗？可是，下面的书信你放在哪里了，找到那些书信，或许对你的命案有帮助，黄秋雨，你一定要帮助我。现在，我真的已经有些同情你，同情那个被人送到精神病医院里去的粟楠，可是……我放下手中的书信，回头朝那排书柜观望，远远地不止这些，黄秋雨，你把接下来的那些书信，放在哪一本书籍里了？黄秋雨，你又有多少秘密，隐藏在这些书籍里呢？

我来到那排高大的书柜前，黄秋雨，你说，现在我应该从哪儿开始寻找你的秘密呢？我要从头开始，一本也不能放过吗？这三千册图书，我要一本一本地查看？是的，我要从头开始，从左边的第一个书柜开始，从上面第一格的第一本书开始。我要一本不落地查看，直到，我认为你再也没有秘密为止！

黄秋雨随手写在书籍上的文字

这是一本什么书呢？《新世纪·万年历》，一本由秦钢主编的实用知识手册，海南出版社2001年11月出版。在这本书前面的环衬上，我看到了黄秋雨的签名，那个签名的下面，有“2002年8月15日，购于郑州三联书店”的字样，这肯定是黄秋雨购买这本书的时间和地点。我没有从那本万年历里看到我需要的东西，就把那本书放回去。然后再抽下来一本。《新世纪·河南省地图册》，这本书的环衬上，在我接下来看到的所有书籍的环衬上，我都希望有黄秋雨留下的签名和购书的时间与地点。如果这样那就太好了，果然如我猜测，在接下来我查看的书籍的环衬上，我都如愿了。这样就好！我在第一格里最后拿下来的是一本名叫《瓦尔登湖》的书，作者戴维·梭罗，美国人，译者名叫徐迟，上海译文出版社，1997年7月的版本。我在这本书的环衬里，找到了一张纸条：

迎春：

好，如约寄上梭罗，请收。

不赘。

黄秋雨，6月17日

迎春？迎春是谁？那个拥有画室钥匙的女人？或许是，或许不是。《手的十种语言》，如果你真的计划要用十个女性的裸体来表现你的语言，那么，还会有元春、探春、惜春出现吗？可是，为什么就没有寄出去呢？是寄出去以后，他又去拿回来的呢，还是这个迎春给他送回来的？或者，压根儿就没有寄出去？我翻着这本书，意外地在内文的第142页的空白处，我看到了黄秋雨随手写在上面的文字。

不知道为什么，你老来到我的思想里，是这样，你就像我枕边的那个闹钟里的秒针，在夜深人静的时候，就那样在我的耳边，在我的感觉里嚓嚓作响，似乎永远没有停息的时候，那秒针就像你说话的声音，伴随着我在不知不觉中入睡，是这样，可是你需要我来给你上满你的发条，上发条？那么一定是一只机械钟了，现在都是石英钟，有谁还用机械钟呢？我回头朝画室里观望，在明亮的灯光里，我的目光扫过茶几、画架边的小桌，还有那个宽大的画案，没有，我压根儿都没有看到过有这样一只闹钟。你知道，那发条我是怎样给你上满的吗？那就是我的思念，在我空闲下来的一时一刻不停的思念。你的话语就这样不停地，在我的人生的旅途中沙沙作响，我想我会永远去给你上满发条，使闹钟永远不停地走下去，或许那发条终有一天会停下来，那时候，我想就是我离开人世的那一刻。你现在如果在我的身边，你一定会用你的小手来堵住我的嘴，不想让我把话说下去，你会装着很生气的样子，沉着脸对我说，我不要你说这样的话，我永远都会在你的耳边这样沙沙地走下去，一直走，一直走，走到日落西山，走到冬去春来，走到天长地久……

这是写给谁的呢？迎春？粟楠？米慧？黄秋雨，你真的是个情种，这些话，你到底是说给谁的呢？黄秋雨，你给每个女孩子都说这样的话吗？你对每一个女孩都这样说，那你不成了骗子了吗？你就这样在书里写下这些没头没尾的文字吗？在这些书里，你到底写下了多少这样没头没尾的文字？我从书柜里一本一本地都抽下图书来，仔细地寻找着，像在无边的大海里寻找一片载着食粮的帆船，像在无边的沙漠里寻找一只驮水的骆驼。一本又一本，黄秋雨的签名。不同的时间和不同购买的地点。每一个手写的文字都不能放过，这是我们在勘察时的工作原则。

《二十世纪书法经典·吴昌硕卷》。在这本书的第10与12页之间的空白页上，我终于又看到了黄秋雨留在那里的没头没尾的文字。

实在睡不着，就起来给你说话，现在我已经来到你临时居住和学习的省城，但我却不知道省委党校在哪里。文化路与红专路交叉口南边？尽管窗外还是被陌生的灯光遮盖着的夜，可我已经听到有陌生而杂乱的声音，从楼外不远的街道里传来，我等待着天亮。天亮之后，我就要走出这座名叫河南饭店的地方，河南饭店？紫金山立交桥西北角，那儿离省厅只有一站路。打上一辆出租车，到一条名叫文化路上去找你了，果然不错。我不想让别人通知你，我想突然间出现在你的面前，尽早地，我已经不能再忍受了。

妹，我是昨天夜间（大约10点左右，我乘坐的是锦城6点开往郑州的最后一班客车，可是由于高速公路上的一起车祸延误了时间）走出汽车站的，在熙熙攘攘的人群中，我是多么渴望突然看到你的身影，看到你穿一件果绿色的大衣，立在灯光里朝人群里企盼，你站在昏黄的灯光里，身影是那样的单薄，你是在等待着你哥哥的到来吗？我想找到你给我讲述过的那家旅社，那家你在童年时，跟着父亲曾经住过的红旗旅社。在那里，我企图想象起你童年的身影，可是当我找到那家东方红影院的时候，一个卖油茶的老人告诉我，那家旅社早已名存实亡，他朝一座高楼指了指，就去应付别的食客去了。那家红旗旅馆早已被拆除，听说就连你曾经看过电影的那家东方红影院，在不久的将来也要拆除。你在学校学习的这半个月，来过这里吗？我在路边一棵梧桐树前坐下来，我就那样傻傻地坐着，等待着你到这里来怀旧。我看到你沿着街道慢慢地走过来，一边走一边寻找，就那一刻你看到了坐在那里等你的我。我站了起来，我们不需要说一句话，只用眼睛互相看一眼，就已经足够了。只用眼睛。然后我们拥抱在一起。妹，你看，这就是我坐在北来的客车上的幻想。我明明知道，你这个时候不可能来到这里怀旧，可我仍然固执地等你。我知道，在我之前，你肯定也来这里，在这里感到迷茫，因为你已经找不到你童年的记忆。那一刻，我和你一起迷失在河水一样涌动的人流里。妹，我的桂舒，桂舒？哪个桂舒？林桂舒？我们市委陆浦岩书记的爱人？不会吧？现在窗外已经发亮，我就要去了，请你祝愿我很顺利地到达文化路的省委党校，你知道，我生来没有方向感，每次我们一起出游，你都是我的向导。请你请求上帝保佑我，保佑我顺利地找到你，上帝不会把我们相见的时间推得那么久，让我们那样焦渴地思念，上帝也不忍心……

黄秋雨说的这个桂舒是陆浦岩的妻子林桂舒？不大可能，但是看黄秋雨的文字，他们的关系肯定已经超出了一般男女的关系。如果是这样，那就是黄秋雨给陆浦岩戴顶绿帽子？这个黄秋雨，也真是吃了豹子胆了，你谁的女人都敢碰？不不不，我不能这样确定，这个桂舒，未必就是那个桂舒，天底下叫桂舒的人多了，说不定是王桂舒，或者是张桂舒。可是，这些没头没尾，也没有具体时间的文字是什么时候写的呢？《二十世纪书法经典·吴昌硕卷》，河北教育出版社，1996年2月版。1996年，这肯定是写于1996年之后，那个时候，陆浦岩在哪儿？好像还在商丘任副市长，这人进步真快呀。那个时候，黄秋雨在哪儿？他已经从国外回来了。哎，他最早一次在郑州举办画展是哪一年？1998年，8月份，不错，那次画展的消息就是林桂舒给他写的，难道，那个时候他们的关系就不一般？这不能乱想，或许不是。这本书是什么时候购买的？1996年5月，哦，在那次画展之前。这可不好说，什么样的可能都会有。我翻着那本用纸十分讲究的画册，一种淡淡的颜色灰黄的纸，在纸面上，好像是在造纸的时候就留下了一些金黄色的草星。这是一种什么样的工艺纸呢？黄秋雨，你真会找地方，你用钢笔书写上去的文字，给人一种特殊的感觉。是这种纸，给了你书写的愿望吗？老黄，你真是个天才，除去这些文字的内容不说，你留在这画册的文字，真的可以当成书法作品来欣赏。

我一页一页地翻看着，我希望能从这些书的其他空白处，找到黄秋雨留下的文字，但是，再也没有。我只好把那本书和那本《瓦尔登湖》放在一起。接下来，我在一本《中国民间美术全集·演具卷》的书籍里，意外地发现了一叠中国邮政汇款收据，那是黄秋雨在不同年份里通过邮局汇出的，收款人是粟楠，我数了数，总共二十五张。

二十五张汇款收据

我把那二十五张汇款收据摆在茶几上，按照汇款的具体年份依次排列。那些汇款是从1992年的12月开始的，最后一次是2004年的12月，然后，我一张一张地拿起，重新查看。

第一张收据：

汇票号码：410010694000008787

汇款金额：5000.00

汇费：50.00

汇款种类：投单汇款

手续费：3.00

金额合计：5053.00

收款人姓名：栗楠

收款人地址：安阳市文明大道火柴厂家属院5号楼2单元201室

汇款人姓名：黄秋雨

汇款人地址：锦城市七一路东段锦城师专

操作员：0007胡秋萍

收汇日戳：锦城·1992.12.28.18·大庆路1号

在汇款收据后面的“用户须知”的空白处，我看到了黄秋雨用钢笔写下的两行文字：

一件事情的开端

一个无休无止的责任的开始

一件事情的开端？一个无休无止的责任的开始？这还有什么可疑问的，这5000元的汇款就是给粟楠和她腹中婴儿的。他们最后一次待在一起是什么时候？1992年7月15日，到这一年的12月，已经过去了半年时间，10月怀胎，都六个月了，怀孩子的事儿肯定是定了，一个无休无止的责任的开始？是呀，无休无止的责任，要不然汇五千块钱干什么？1992年5000元可不是个小数。安阳市文明大道火柴厂家属院，这肯定是粟楠住的地方了，火柴厂？她继父或者她母亲，很有可能就在火柴厂工作。安阳火柴，很有名的，我从小在家用的都是这种火柴，上小学的时候，我还收集过火柴盒，各种各样的火柴盒，安阳火柴、铁塔火柴……

第二张收据的时间是1993年的6月，金额5000元，收款人粟楠，收款人的地址仍然没变，在接下来的从1993年12月到1998年12月的十一张的汇款收据单上显示，汇款的金额都是5000元，收款人和收款地址都没有发生变化。这前十三张汇款单据，除去1992年的那一张，其余都是一年两次，特点是时间都集中在这一年的6月和12月。每年两次，每次5000元，他们母女的生活费吗？她生下的是个女孩还是男孩呢？

我把看过的那些单据往左边推了推，当新的一张收据接近我视线的时候，我的眼睛一亮，谭渔？在第十四张汇款收据上，我意外地看到，汇款人由黄秋雨变成了谭渔。谭渔？我把那张汇款收据凑近茶几边的落地灯，不错，在汇款人姓名一栏里写着的，就是谭渔。1999年6月28日，安阳市文明大道东风小区3号楼1单元102室，汇款金额6000元，尽管这张汇款收据上的收款人的地址和金额都发生了变化，但是收款人仍然是粟楠。粟楠？原来粟楠和黄秋雨的事情谭渔是知道的，可是，他为什么不直接告诉金婉，而且打了一个粟楠会把那个孩子生下来的比方呢？他什么目的？

在接下来的一张汇款收据上，也就是1999年的12月，汇款人又恢复成了黄秋雨，而且在接下来的从2000年6月的一次汇款，到2004年12月的最后一次的总共十笔汇款，除去汇款邮所和汇款操作员发生了变化，金额从6000元上升到8000元外，其余收款人的姓名和地址都再也没有变，汇款的时间仍然集中在每年的6月和12月，这些年，黄秋雨一共汇给粟楠多少钱呢？5000元十三笔，65000元；6000元，谭渔一笔，黄秋雨五笔，30000元；2002年到2003年四笔7000元，四七两万八千元；剩余两次16000；65000、30000、28000、16000，总共是139000元。二十五笔139000元，除去谭渔帮他汇去的6000元，都是黄秋雨亲手给粟楠汇去的。为什么要突然委托谭渔呢？他不在锦城？就是在北京、在上海也照样能汇款呀？除非是他出国。肯定是在他没办法办理的时候，才委托给谭渔办理的，要不然，汇款收据也不会在黄秋雨的手里。既然委托别人办理，一是信得过，二是被委托办理的人，也一定知道汇款的原因和目的。既然谭渔知道事实的真相，可是，谭渔为什么要瞒着金婉，并暗示她会威胁到她对黄秋雨遗产的继承呢？

画室的门被推开了，小莫搓着手走进来，这天，冷呀。小莫看到我仍然在沙发前坐着，就朝手腕上的表指了指说，凌点26分，还得会儿吗？

走。我一边说一边把桌子上的汇款收据一一收起来。

明天，小莫说，我们什么时候出发？

不慌，明天我们还要先去找一个人，等完了再去颍河镇。我一边往门边走一边想，要先把这二十五笔汇款搞清楚。

米村——颍河镇

第二天，也就是3月7日的8点10分，当我们到锦城文联来找谭渔时，才知道他昨天已经离开了锦城。

颍河镇？看着那个从办公室里走出来的将军肚，我说，什么时候？

6点多，他到主席那儿请假的时候，都快下班了。哎，你们是干什么的？

我们？可能是对那人疑问的反感，小莫的口气有些异样，公安局的。

公安局？他咋了？将军肚可能是觉得小莫的语气不太友好，就又把目光转向了我，出了什么事儿？

没出什么事儿，找他了解一些情况。

那还不是出事了？你们咋不找我来了解？将军肚伸手理了一下艺术家特有的发型说，我们这个谭作家，可不是瓤茬，不好缠，你看……将军肚提了一下挂在肚子下的裤子，指了指对面办公室的门说，门上不是挂着办公室的牌子吗？可他搬进去一住就是几年，赖着不走。叫我？这事做不来。

我的目光从那块白底红字的牌子上收回来，看着将军肚说，你有他电话吗？

有呀，恁等着。将军肚走到门口停下来，看着我们说，我们是多年的伙计了，到一块儿没正话，都是打哈哈。

看将军肚走进屋里，小莫摇了摇头压低声音说，这人，说坏话不扭脸……

等我们开车上路，小莫和我议论起将军肚这种人来。因为小莫的一个表叔在市委宣传部工作，他不但对刚才那个将军肚有所耳闻，而且知道一些他的事情。原来那个将军肚是个书法家，最初借着文联的牌子，搞全国范围内的书法绘画作品大赛，然后编书，等兜里有了一些钱，又结识了一些像黄秋雨在《大师》的故事里说到的那些喜欢书画的官员之后，就起了野心。可等做了副主席后仍然不满足，就和新来的文联主席争起权力来，结果弄得两败俱伤，事情被《南方周末》报道后，他也因为行贿的事儿，给抓起来判了刑，等从监狱里出来，新上任的文联主席看他是个做生意的材料，就又把他聘回来。到了最后小莫说，相比起来，我倒喜欢黄秋雨这样的人，不管他在个人生活上怎么样，但在做人上，他更纯粹。

他和黄秋雨有冲突吗？

这我倒没听说过，但是我知道，黄秋雨压根儿就看不上他这种人。

我明白，这个将军肚，也就是黄秋雨故事里说的那些收藏家。从《大师》的故事里，显然能看出黄秋雨对这种人的态度，或者说，是谭渔的态度。那个将军肚和黄秋雨的命案有没有关系呢？我知道，这只能是我惯性思维中的无数个设问中的一个，目前我还看不出他有作案的动机。我们的车子先由西往东，从锦城到了陈州境内的106国道，又改向由北往南。等到了颍河镇，在下车打听黄秋雨老家的时候，由于前往米村的那条乡村公路通畅，我临时改变了行程，决定先去米村。可是，等到了米村我们才得知，那个传说中的青铜器仿造者，前两天已经离开了米村，前往深圳，去寻找他的女儿米慧。

深圳？站在那个到处堆着用来提炼青铜，一种我们叫不出名字来的矿渣的院子里，我感到了黄秋雨命案的复杂化。他为什么这个时候离开米村？他是真的去寻找米慧，还是想躲避黄秋雨命案的调查？由于米慧，他当然有动机作案，如果……我看了一眼身边站着的满脸横肉的郑广会说，你昨天来的时候，为什么没有查清？

你看，他转身看了一眼走进屋里去的刚刚和我们说话的中年女人，展开双手无奈地对我说，她男人不是伪造文物吗？我们来这儿不知道查过多少回了，人家有了戒心，走走走，我们走……

郑广会一边说一边拉着我们离开，我说，要查一查，米食堂在3月3日前后在干什么。

在这儿能查出来？郑广会回头朝院子里看一眼小声说，得暗访，你放心吧，这事交给我。走，我们先走。

因为他的言行，他满脸的横肉也没有让我感到不舒服。由于他，接下来我们的工作变得顺利起来。等回到颍河镇前往黄秋雨故居的路上，他告诉我们说，黄家兄弟正在操办他哥的丧事。

操办丧事？

对，在院子里搭了灵棚，还请了唢呐。

这真让我感到意外。黄秋雨还在刑侦支队解剖室里躺着，案子还没有一点儿头绪，他家乡的兄弟已经给他操办起丧事来。果真如郑广会所说，我们的车子刚从镇政府门前的丁字路口拐上东街，就听到了从远处传来的唢呐声。等我们来到黄秋雨家，在院子里果然见到了谭渔，因为在这之前，我给他发了一条短信。我是想用这个短信来试探他，我要根据他的行为，再次确定他和黄秋雨命案的关系。如果他有意回避，那么，我就有理由把他划入犯罪嫌疑人之中，如果他不回避，我就要把他先前对我隐瞒的事实，做出合理的回答。等我们在黄秋雨家老宅一处相对安静的角落坐下来之后，我就直接切入了关键的话题。我说，如果我没说错的话，年前黄秋雨去米村，你是陪他一块儿去的。

谭渔看了我一眼，但是他没有说话，而是挪开了目光。阳光从冬天的枝条里穿过来，他脸上的皮肤似乎比我昨天看到的更青了。可是……我说，昨天我们谈起这件事情，你却说没有去。你为什么不告诉我真相?

谭渔把目光从忙着黄秋雨丧事的人群里收回来，看着我。我看到他咽喉上的皮肤滑动了一下，我为什么要告诉你?

他的敌对情绪让我吃惊。在我的刑侦生涯中，很少碰到持这种态度对我说话的人，到底是个作家，一个有个性的人。我说，你应该明白，作为一个公民，你有义务协助公安机关……

有法律规定?谭渔打断了我的话，他有些激动。他从坐着的长凳上站起来，对我打着手势说，我可以协助你们抓凶手，可是，我却对你们的能力表示怀疑……

小莫也从凳子上站起来，很显然，他对谭渔有些不满，但我伸手拦住了他。

两年前黄秋雨的车祸，不是明显的谋杀?案子你们破了吗?没有呀。在我觉得，作为国家机器，如果你们只管一些不痛不痒的琐事……

这叫琐事?小莫终于忍不住，又从凳子上站了起来。

我说你也未必懂。谭渔看了小莫一眼，又把目光转向我，黄秋雨的历史故事，你不是看过吗?不说别的，一个“信阳事件”就死了那么多人，可是谁出来管了?谁出来承担了?我们犯下了多少这样的错误?这是我们所处的社会出了问题。鲁迅当年为什么弃医从文?那就是他觉得我们这个民族出了问题！庄子讲过一个故事，叫相忘于江湖，如果我们全力去解救一个人为的灾难，无论你做得有多好，可是你想过没有，这样的灾难，它能压根儿就不发生吗？

谭渔停顿下来。眼前这个年近五十的男人，怎么看，都有些像一个还没扎胡子的愤青。他刚才说什么？“信阳事件”？对，他说的这个“信阳事件”肯定是黄秋雨那十个关于历史和死亡故事里的一个，是《记者》还是《护士》？谭渔稳定了一下自己的情绪说，我这样说，并不是有意否认你们所做的工作……

我承认，谭渔的直率感染了我，我说，我理解你的意思，但是，这些具体的工作，总得有人来做呀，比如黄秋雨的命案……

我也理解你的意思……仍在激愤之中的谭渔，再次打断了我的话，他说，也不是我不告诉你，今天我把话给你明说。首先，我是不愿意接受你和我谈话的语气，你应该明白，你是在向我了解情况，而不是审讯。我知道，你们可能已经习惯了这种说话的方式，但是，如果是一个人持着强势态度面对另一个人说话，我是不能接受的。我这样说，你可能不愿意接受，但事实就是这样。

尽管谭渔的话让我感到不舒服，但我承认他说的是事实，而且这事实，多年以来都被我们所忽视。他说的不错，昨天我和他说话的时候，就是那样一种心态……

这是一，谭渔说；第二，我觉得米慧和黄秋雨之间的事，与黄秋雨的命案关系不大。既然我认为关系不大，那我就不如干脆避开这个话题。不过，如果你真的觉得这事儿和黄秋雨的命案有关，你现在需要什么，我可以告诉你，但前提是我要知道。

米慧现在到底在哪里？

年前她在和黄秋雨分手之后，就去了深圳，她有一个同学在那里。

这事黄秋雨不知道？

不知道。

那你是怎么知道的?

看看，又来了，审讯的口气。本来我可以不告诉你，但是，我有言在先。我也是昨天刚从米慧她母亲那儿得到的消息，我认为这事关重大，所以昨天我从锦城回来，就直接去了米村，没想米慧的父亲已经去了深圳。他去深圳，就是去找米慧。米慧是春节前离开锦城的，而且在她离开之后，就再也没有和黄秋雨联系过。黄秋雨命案是什么时候？春节过后，这前后相隔一个多月，有没有关系，这你们自己来断定。

面前的这个人，话语里不但充满了火药味，而且过于武断。即便是米慧离开锦城有一个多月，但是我们仍然不能排除她与这个案件的关系，因为还有罗旗，还有米食堂，他们对黄秋雨的仇恨都是因为她而发生，怎么说没有关系？但我知道，现在不是和他理论的时候。我从兜里掏出钱夹，又从钱夹里掏出了他经手的那张汇款收据，递给了他。

谭渔先看我一眼，然后才接过那张汇款收据。我看到他拿着单据的手哆嗦了一下，他青色的面容上，呈现出了痛苦的表情。他从那张纸条上抬起目光，但是他像刚才在我提起米慧时一样，没有看我，而是把目光转向那群为黄秋雨的丧事忙碌的人。

我说，这张汇款收据……

没等我说完，谭渔转过脸来，那些痛苦仍然存留在他的眼神里，他说，不错，款是我汇的。

这钱，是给他孩子的抚养费?

你想错了，那钱是汇给粟楠她母亲的。这次，谭渔没有避开我的目光，他说，这些年来，粟楠一直躺在床上，她成了植物人。

植物人？

对，1992年，也就是粟楠怀了黄秋雨孩子的那一年，11月，粟楠出了车祸。从此，她再也没有从床上起来，成了植物人，这些年来，她一直由她母亲照顾着。

这确实出乎我的意料，一个植物人？

粟楠的车祸和黄秋雨没有丝毫的关系，但他没有逃避，每年黄秋雨把钱给她母亲汇过去。可是我知道，这根本无法排除他的痛苦，这痛苦对一个人的折磨，我们这些事外的人，根本无法理解和想象。所以……谭渔直直地看着我说，这些事，我真的不想提起，我觉得……谭渔停顿了一下说，现在，黄秋雨的命案，破，或者不破，对于已经离开尘世的黄秋雨来说，对于已经摆脱了痛苦的黄秋雨来说，意义已经不是太大……

那你肯定知道粟楠和黄秋雨孩子的事了？

孩子？谭渔苦笑了一下说，哪儿来的孩子，那一年粟楠离开锦城的时候，就流掉了。

那你昨天，为什么还提醒金婉……

提醒？那就是我的态度！昨天是谁在解剖书上签的字？是我！我是在帮助你们，你这就不明白？你们知道吗？现在全颍河镇的人都知道你们来到这里调查，黄家所有的人，都希望你们早些把案子破了……

小莫说，你刚才怎么说的？破与不破……

看看，我刚才怎么说的？我说你未必能理解。你的破和我说的就不是一个层面的话题。可能很多人都知道黄秋雨是一个花心的人，传说中他生活里有无数个女人，可是又有谁知道他是为艺术而献身？其实，从这个意义上，黄秋雨就是个殉道者。殉道者希腊语怎么说，那就是见证的意思。他就是人间苦难的见证者和经历者。现在他去世了，我们还有什么可说的？我所遗憾的是，在他生前，我为他所做的事情太少，这个社会，太缺少对他的理解和尊重，对他的绘画艺术太缺少理解和认识。我想……

谭渔的目光再次转向那些正在为黄秋雨丧事忙碌的人们，等回过头来，他的眼睛里已经有些潮湿，他说，在他身后，我尽量为他做一些事情吧，比如现在，我们所选择的这种情感表达方式，这就是民间对一个生命的尊重。是一个生命离开这个世界的仪式。我还想着，把我那篇关于他的文章打印一下，作为他的祭文。

你那文章，能否给我看一下？

应该没问题吧……

谭渔对黄秋雨发自内心的情感深深地触动了我，但是，这仍然不能排除我对他在黄秋雨命案上的嫌疑，我怎么才能相信他呢？什么叫破与不破意义不大？对于我们来说，对命案的侦破，才是对逝者的在天之灵最大的安慰，如果黄秋雨，真的是因为某种原因而被人谋害的话，那么我们就更有责任，不然，对于素昧平生的黄秋雨来说，我们凭什么为他负责？那是因为我们共同拥有的法律。我相信，不但是我，我们每一个人都会承认，历史是给了我们太多的伤痛，但是，就我们现实的社会环境来说，逐渐健全的法律，毕竟是我们平民百姓生命安全的保障，不然，我们还在这儿忙活什么？

在返回锦城的路上，我意外地收到了谭渔发给我的短信，他说，方支队长，如果你对我写的关于黄秋雨的回忆文章感兴趣，就麻烦把你的电子信箱给我。我突然觉得，其实谭渔是一个挺可爱的人，他的与众不同给我留下了深刻的印象，或许，抛开黄秋雨的命案不说，在今后的日子里，我们会成为不错的朋友。

我和小莫从颍河镇回来路过关帝庙，有意在金婉家的金记胡辣汤馆停下来，可是在我们进餐的时候，我既没有看到金婉，也没有见到金婉给我描述过的她的父亲。在我们喝汤的时候，我从那几个头戴伊斯兰帽、衣领有些油腻的出出进进忙生意的人的身上，没有看出他们和黄秋雨的命案有什么联系。

中午12点37分，等我回到刑侦支队办公室，谭渔的那篇文章已经打印好放在了我的办公桌上。《哭秋雨》，他说些什么呢？他的这些文字，能不能为黄秋雨命案的侦破，提供一些线索呢？

谭渔回忆黄秋雨的文章

《哭秋雨》

现在我坐在桌前，想写一些有关黄秋雨的文字。可是当面对电脑屏幕的时候，我头脑里有关黄秋雨的那些乱糟糟的往事又不知从何说起。

秋雨兄，尽管我和你一样是一个常常产生奇思妙想的人，是一个常常把死亡这两个字挂在嘴上的人，可当今天晚上我得到你离开人世的消息时，我却显得有些惊慌失措。你要知道，死者是你黄秋雨呀！秋雨兄，咱们不但在同一天在同一个产房里出生，同一天在同一个产房里出生？会这么巧？不但从小一块儿光屁股长大，而且我还管你的母亲叫娘，我是你母亲的干儿子。秋雨兄，在过去的岁月里，我和你情同手足，我熟悉你如同熟悉我的手指和牙齿。可是，从此你再也不会对我微笑，再也不会把你那散发着松节油气息的手指抬到空中给我打一个比方。你说，我能受得了吗？秋雨兄，你总是爱打比方。你说，我是一只在天空中飞翔的小鸟。可是，我再也看不到你那忧郁的面容，我再也看不到你那痛苦的神情，我再也不能和你对面坐在餐桌上，相互注视着对方的眼睛举起手中的酒杯。从此，关于黄秋雨的一切，我都不会再有。你说，这让我怎能承受得了呢？

秋雨兄，窗外那些飘扬的雪花就是我眼泪的结晶吗？那些雪花从没有根基的天空中夹在风中不停地飘落下来。落在红色或灰色的屋顶上，落在黄色的土地上，摇动着颍河两岸连绵不断的树木的枝条，在灰暗的光线里发出抑制不住的哭泣声。你看，连坚硬的墙壁也都泪汪汪的，连灰色的街道也泪汪汪的。可是，那些表情冷漠的陌生人却开着各式的汽车把马路的眼泪轧得四处飞溅。马路的哭泣声使我忍不住地颤抖起来。秋雨兄，你为什么要离开呢？秋雨兄，你在拒绝我吗？你觉得我这不是在写你吗？你曾经嘲笑我说，你那还叫写作吗？是的，我这已经不叫写作了，我这叫敲打。我知道，你拒绝使用电脑，你说过，电脑这东西，起码在形式上就已经消解了人的个性，这种写作对小说家，尤其对诗人来说是有害的。是的，我也承认这一点。有些时候我在提笔写字的时候，由于长期使用电脑的缘故，我不但提笔忘字，就连思维也变得迟钝了，写出来的文字也变得生涩。你还说过：当我们接到朋友的亲笔来信时，远比那些用电脑打出来的书信亲切。这就是米慧常常给他写信的缘故？是的，没有。那些在键盘上敲打出来的语言只能让我们感觉到嚓嚓声，而那些用钢笔写下来的文字，才让我们感受到人的气息。是这样，怨不得现在我在电脑前坐了这么长时间，屏幕上只出现了一些如同履历表上所填写的东西：

黄秋雨，1958年10月10日出生在颍河镇；2005年3月5日卒于锦城。3月5日？不准确，应该是3月3日。

我自己也不能满意这些文字，通过这些文字，我能向那些阅读我这篇文章的人表明什么呢？它只能表明一个人的开始和结束。我突然觉得，当我们熟悉了一个人的开始和结束之后，世间的一切（一切都包括什么呢？那就是一切。世上所有的一切！我是一个对生活绝望的人吗？）对于我们每一个人都显得不那么重要了。现在我深刻地认识到，人生命重要的是过程，不是开始，也不是结束。开始和结束都属于别人，只有过程，才属于我们自己，才属于你，才属于我。可是，生命的过程在黄秋雨这里已经消失，被结束所代替。可怕的结束！我们的生命只要过程。上帝呀，如果有可能，你就让我们回到黄秋雨曾经拥有过的生命过程里去吧！

黄秋雨的生命是怎样的一个过程呢？他又是怎样走完漫长的四十七年的时光呢？现在，恐怕已经很少有人知道这一切了，但是，这对于黄秋雨是多么的重要呀。是的，现在我们只能从他的档案里查出一些诸如在校表现，或者一些在学校结业时的成绩表、年终总结之类的东西，但是，这些缺乏感情色彩的东西又怎么能向我们说明黄秋雨的生命过程呢？它只能向我们说明世间曾经有这么一个人存在过，那只是由一些文字组成的一个人的生命符号而已。遗憾的是，即便是这样一些简单的生命符号，又有谁愿意去触摸一下那个用牛皮纸做成的被深藏在某个充满着霉变气息的大柜里的档案呢？没有，几乎已经没有人再去动它一下了。我们这些每天都在忙碌的人！

难道，我们能逃脱像黄秋雨一样的命运吗？也包括我吗？是的，包括。这将是我们世间所有人共有的命运。

突然冒出来的想法使我产生了一种悲伤的情绪。我从椅子上站起来，想象着将来不久我和他同样的结局……秋雨兄，现在我终于明白了你曾经对我说的那句话：生命的过程太重要了。可是，你的生命过程又在哪里呢？黄秋雨，我的兄长，你生命的过程都被淹没在无边无际、流失得一点儿也寻不见的时光里了！四十七年，对于一个曾经存在过的生命是多么的漫长呀！可是，站在充满寒冷的阳台上我在想，你那四十七年的生命过程对于我来说就像在天空的雪花一样飞过了吗？你那四十七年漫长的时光，只存在于我的思想里，只存在于我这一瞬间的思维里吗？不，你太多的时光停留在了你的绘画里，留在了你的文字里。

我回到屋里，拉开抽屉，拿出你那本整理好的要我给写序的诗集。我打开封面，重新审视着从你的思想里流淌出来的文字，就像那一天我在你的画室巡视着那里的一切。黄秋雨的诗集？那肯定有我昨天看过的《最后的午餐》和《重塑花瓶》。真是个才气横溢的人，还写诗。在暗淡的光线里，我的目光最后落在你那张摆放在画案一侧的写字台上。写字台？摆放在画案一侧，我怎么没有注意到？那张写字台已经显得十分破旧，我知道这张写字台是你多年前用三十九块钱买来的。那张写字台随你搬来搬去，我曾经劝你换掉它，可是你却没有理睬我。我知道，你对自己所有用过的东西常常抱着一种特殊的感情。秋雨兄，你还记得吗？那天我走到那张写字台前拉开中间的那只抽屉，就看到了那些大小不等的纸片。那些纸片有的颜色已经发黄，里面还夹杂着一些烟盒纸，我知道那些烟盒来自遥远的日子。但是使我感到吃惊的是，那些大大小小的纸片上全是你的诗稿。那些零乱叠放着的诗稿，真的让我大吃一惊。我知道你偶尔会提起笔来写上一两首，可是我从来没有想到你会写这么多。那些纷乱的诗稿引起了我的兴趣，可我却一时无法集中纷乱的思想去阅读那诗的内容。从那些纸的形状和颜色上分析，这些肯定是你沉积了多年的思想，那些诗句肯定是来自你思维的片断，来自你对某个物体观察的结果，也包括女性裸体？来自你正在构思和创作的一幅画，来自你对往事的回忆。秋雨兄，从那些不同时期留下的纸片上，你确实让我闻到了你过去一些岁月的气息。可遗憾的是，那些诗稿却都没有具体的日期。当我把诗稿拿到你的面前，你也已经无法分清它们。到底是哪一首在前，哪一首在后呢？后来你笑了，你说，这很重要吗？是的，具体的日期已经不重要，重要的是那些无法分清日期的诗稿不但存留了你的思想，而且还留有你的手印。是的，你的手印。那些手印有的是玫瑰色的，有的是蓝色的，有的是绿色的，有的是茶色的。这些手印表明写下这些诗句的时候你可能正在作画。当然还有另一种可能，那就是你常常在空闲下来的时候重新阅读这些诗稿。秋雨兄，由于你多次的阅读，后来我只有把这些无法分清写作时间的诗稿，按我从你写字台里取出来时的秩序排列先后。

现在，我可以任意把你的诗稿拿出来一首切入你失去的生命过程，然后进入回忆，是的，任意一首。我想，即便是你现在坐在我的面前，也会同意我的这个观点。你说，我们童年时一起走在那条通向颍河镇小学的道路上的情景，和你四十七岁时我们坐在你画室里交谈的情景，现在对于我来说，还有太大的区别吗？没有，是这样的。秋雨兄，1958年和2005年这两个不同的时间数字，现在对于我已经没有太大的区别。或许，这和你以往的思考和观察生活的方法有些不太对路，但事实确实是这样。

在已逝的乡村生活里，你是那样热爱大自然。你每天总是天不亮就起身到颍河边体验早晨光线的变化，体验在早晨光线笼罩下的被露水湿润的田野，观察河流的颜色由银灰色变成玫瑰色又变成金黄色的过程。黎明前，你常常看到有劳作的农人走向田野。你不停地感受着黎明和黄昏里的曙光和霞光的节奏感，沉浸在一些清新的意境里……

你从来没有考虑过有关时间的问题吗？你想过。在你以往给我讲述过的那些有关你过去的往事里，你已经涉及了时间的问题。在我们空闲下来的时候，我们常常回忆起我们一起学习绘画的经历，常常回忆起我们的启蒙老师张夫仲。你说，很久都没有他的消息了。是的，我们很久没有他的消息了。现在，他去了新疆一个名叫石河子的地方。你说，有空了我们去省城看看西玉吧。好，我们去看他。你说，如果西玉能从轮椅上下来，我们就一起去新疆看老师。可遗憾的是，吴西玉永远没法从轮椅上下来。黄秋雨书架上有吴西玉的书，他们什么关系？在我们回忆起我们小学生活的时候，你总是流露出一种在孩子的眼睛里才有的天真无邪的目光。是的，从你的眼睛里常常流露出那种可爱的目光。是的，我们从小学五年级就开始跟着张夫仲老师学习绘画，在绘画的门类里，我们的那位语文老师最喜欢的是油画，这或许是你后来成为一个油画家的根本原因。秋雨兄，你还记得吗？我们就是从张夫仲老师那儿才知道吴昌硕、齐白石、徐悲鸿、黄胄、潘天寿的，哦，弘一法师的学生，他在《大师》里写过他。也是从他那里开始接触列宾、达·芬奇、米开朗基罗、拉斐尔、梵高、莫奈这些大师的作品的。我们老师的书柜里不但藏有很多画册，而且还有许多绘画工具和颜料。秋雨兄，这对于我们来说那是一个多么神奇的世界呀！我们的星期天和假期几乎都是在老师家的那个用黄土垛成的院子里度过的。农忙的时候，你，我，还有吴西玉我们哥儿仨就去帮老师下地干活，哦，原来吴西玉也是颍河镇的。劳动的时候老师让我们一边干活一边观察劳动者的动作，让我们观察田野的色彩，观察道路伸向天际的透视关系。在空闲下来的时候，老师就教我们画素描，画水彩画和水粉画，带我们出去写生，到颍河边练习速写，那个时候，我们是老师最忠实的信徒。那是哪一年？1967年。1967年？这一年正好我出生。那正是“文革”烽火四起的日子，外边正在翻江倒海，可我们却不闻不问，一心沉溺到另外一个世界里。在接下来的日子里，我们小小的年纪就跟着张夫仲老师不停地到各地去画毛主席像，去画那些具有明显时代痕迹的画作：

《毛主席去安源》、《星星之火可以燎原》、《毛主席是我们心中最红最红的红太阳》、《东方红太阳升》。

我们在伟大统帅的身上练习色彩的变化，我们从领袖的身上掌握人体的比例。后来你对我说，这真是不可思议。接下来的岁月，是一个出画刊庆祝各种节日的特殊历史阶段。那个细雨濛濛的日子，在你的画室里，你细眯着眼睛坐在小马扎上扳着手指对我说，几乎所有的节日都要出画刊，三八妇女节、五一劳动节、五四青年节、六一儿童节、七一建党节、八一建军节、十一国庆节、元旦节、春节，每一个节日学校里都要出画刊。这成了“文革”时期的惯例。等我们到了初中，整天都忙得不可开交，画刊从头到尾都是我们去完成，我们在一所空荡荡的教室里把十六张新闻纸用图钉钉满整个墙壁，然后我们就开始爬高下低地作画，我们画工人，画农民，画解放军，画知识分子，画学生，画医生。在春暖花开的日子里，在烈日炎炎的日子里，在寒风呼啸的日子里，你领着我们一群同学抬着桌子扛着梯子提着糨糊桶走上大街，在不同的墙壁上贴着由我们亲手设计的画刊。贴画刊你已经贴出经验来了，你用一把笤帚蘸糨糊用一把干笤帚来延长你的手臂，你贴画刊的技术几乎达到了炉火纯青的地步。

那个时候，我们同日出生的三兄弟就已经是颍河镇上小有名气的人物了，哦，原来他们三个是一天出生的。那个时候我们还是初中生呀。

在初中的两年里，我们几乎没有去上过课，我们的时光都变成了画刊一期又一期地给贴到墙壁上去了。在那些年月里，在我们颍河镇大街的墙壁上，到处都是我们留下来的笔触，上一期刚刚被风雨吹得有些褪色，下一期又贴了上去。在不出画刊的时候，我们就被各班的老师请去出各种批判内容的壁刊。批《水浒传》，我们就画梁山水泊，画宋江、卢俊义等人的丑恶嘴脸，画武松、李逵、鲁智深等人反招安的英雄形象；批林批孔，我们就画诸如管仲、李悝、商鞅、韩非子等等法家代表人物，我们还画孔子孔老二，去画孟轲、董仲舒等等这些儒家的代表人物……

秋雨兄，或许正是那些大大小小的接连不断的运动，才使我和吴西玉一起考上了陈州师范艺术专业，才使你考上了河大艺术系，才造就了你的绘画天才，成全了你后来的梦想。有时你会摇着头对我说，真是不可思议。你说，那个时候什么也没想，也没有什么要求，只要给我纸，让我画画就中。那个时候，你几乎成了一个画痴。你的这种生命状态一直延续下来，你高中毕业后的那两年，你背着画具几乎走遍了颍河镇所有的村庄，走遍了颍河镇每一个村子里的角落，还有米村，这事他自己说过。去给他们画安全用电宣传画。你对我说，我讨厌安全用电宣传画上的那些画面和用色，我根据文字的意思把画面的构图和色调全都改变了，那些画面几乎成了我最初的创作。你对我说，我就是从那时起，开始注意对结构、物体和空间的处理，注意层次、笔触、光和影、色彩变化的运用。你对我说，有一天傍晚，我正在一个墙壁上作画，突然从不远的田野里传来了优美的笛声，那笛声使你丢掉了画笔，那笛声牢牢地吸引着你。你寻着那笛声而去，你在那笛声的引诱下来到了颍河边，使你吃惊和意外的是，那个吹笛的竟是一个留着长辫子的姑娘，米慧吗？当然不是，黄秋雨哪一年高中毕业？那个时候米慧还没有出生。五彩的霞光映照在水里，映托着那姑娘的身影和她身边白色的羊群。秋雨兄，就是从那一刻起，你开始意识到你的绘画里缺少生命激情的吗？就是从那一刻起，你意识到你绘画里缺少一种飞扬的声音的吗？你对我说，那个时候我就想，我用什么样的方法，才能把牧羊少女和映照着霞光的水面画下来呢？事过多年，当你坐在画室里，这个问题仍然在苦苦地折磨着你，不是吗，秋雨兄？当你坐在画室里一页一页地翻看着大师作品的时候，你会突然激动得不能安宁，你拍着那些画面对我说，你看看，你看看，到现在我们才见到这些伟大的作品，你看看……

至今我仍然记得，在那些充满艺术气息的日子里我们一起欣赏那些大师作品的情景：从卢邦的《从埃加拉德看到的马赛一个赶集的日子》到柯罗的《春天树下的小道》；从米勒的《葛吕希的库赞村》到高庚的《蓬-阿凡的洗衣妇》；从西斯莱的《莫雷附近的杨树林阴道》到塞尚的《阿尔克洼地一瞥》；从莫奈的《日出印象》到毕沙罗的《夕阳下的苹果树和杨树》；从雷诺阿的《塞纳河畔的尚普鲁赛》到马奈的《草地上的午餐》等等，都让我们激动不已。你说，弟弟，你再来看看柯罗的《阵风》吧。你看到这幅画的时候有什么样的感觉呢？难道你没有听到那狂风在掀动树叶时发出的哗哗声吗？秋雨兄，那一刻，你的眼睛里闪动着激动的光芒，你对我舞动着手臂说，你知道吗？柯罗快到五十岁的时候，晚上出门还要得到他父亲的许可。他画了三十年，可是却连一张画都没有卖掉过。但是，他每天早晨照样摆开画架作画，而且还画得很满意，你知道为什么吗？那是因为他有一个好父亲。虽然父亲不愿意让自己的儿子画画儿，但是，父亲还是宽容了儿子。父亲觉得一个迷恋画画儿的儿子，你要想让他去干别的是办不到的，因而他就满足了他去意大利的要求。这个法国人在意大利待了几年又回到了自己的祖国，他就在农村住下来，全心全意地热心法兰西的风景。看着他的画，我就感觉到有一股子风从树林里，或者从小河边吹拂过来。弟弟，不是这样吗？秋雨兄，你就是这样对我说的。你说，后来他就成了一个很了不起的风景画画家，他为什么会成功呢？那是因为有他父亲在那儿站着。可是我呢？你摊开双手对我说，我没有这样的父亲，你是知道我是在什么样的环境下开始学习绘画的，咱们上小学的时候，我的书杂费都得靠我自己去拾碎铁烂铜。

《天使》里那些卖血的孩子？他们有着同样的命运。说完，你又沉浸在对往事的回忆之中。

秋雨兄，从你紧锁的双眉里，我仿佛看到了你那些遗落在乡间的时光。看到你背着画夹在晨曦或者黄昏里走在乡间的小道上，四周都是渐渐稀薄的被霞光所穿透的水汽，在你的视线里，到处都是成熟的就要收获的庄稼……秋雨兄，现在我想对你说，或许，你是那个年代里最幸运的一个。在那个锁国的年代里，你起码可以自由地支配自己的生命，当你拿起画笔的时候，你是属于你自己。不是吗，秋雨兄？恰是那些轰轰烈烈的政治运动，给了你一个拿画笔练习绘画的机会，可以这样说，正是这些经历，才成就了后来作为画家的你。

秋雨兄，你还记得吗？我常常会在你坐过的马扎上坐下来，看着你画室里那些你熟悉的一切，那些白色的画布，那些用了一半或用瘪了的油彩，那些用秃了的大号小号的油画笔，那些五颜六色的调色板，那些用来洗笔的玻璃瓶子和肮脏的画布。一切的一切都还散发着你的气息。秋雨兄，我知道，你常常坐在一块空白的画布前沉思。当你的刷子在颜料中不停地调动时我不知道那画布上将会出现什么，那个时候你只单单地考虑到空间、线条、构图、色彩等等这些有规则的东西吗？不，有些时候你会突然停下笔来，走到窗前，久久地立在那里。或许那个时候你就产生了一种幻觉，那个时候，没有任何一种东西能冲淡你对人这种动物所纠缠不清的感受，纷杂的现实世界和人们丰富多变的面容，总能使你的思想受到震动，促使你用一些理性的规则去表现它。当你的眼睛离开画布，目光停留在一个投影上或者一个植物上时，或者你已经感悟到了在人的狞笑与哭泣的背后隐藏着怎样的厄运。那个时候，你就会毫不犹豫地回到你的画架前，毅然地拿起你的画笔。

秋雨兄，现在我依然记得那次你把你的绘画作品整齐地排在书架前的情景。那些油画一幅接着一幅地走进我的视线里，我看到你在那些油画的左上端都订了一片小小的布条，那片布条上写着那幅画的名称：

《纵欲者》、《堕落》、《死亡》……《手的十种语言》？他见过，他一定见过黄秋雨的关于《手的十种语言》的画，那些被盗走的画。

面对那些作品，我的灵魂受到了极大的震动。我久久地沉溺在你的作品里，那些画面所表现出的纷乱的主题，把我的大脑搅得像一盆泥浆。秋雨兄，这就是你的思想吗？我怎样才能理清你这复杂的思绪呢？

秋雨兄，你现在哪儿呢？你还站在你画室的窗前，看一河两岸那些被清洗得干干净净的树冠在雨中艰难地翻动吗？你还待在画室里，被自己的创造所陶醉吗？是的，你常常把自己激动得热泪盈眶，又常常像一位思想者在飘扬的春雨里去看那穿红着绿的女性打着雨伞或穿着样式如同蝙蝠的雨衣从你的身边走过。我知道，在过去的日子里，你总是像她们一样走得匆匆忙忙，你总是用手捋一下你的长发，像那个将军肚？在阳光下目中无人地行走，你的潇洒使那些生活在琐碎之中的人们黯然失色。可是，你现在哪儿呢？在恍惚里，我听到了一个熟悉的声音喊了我一声，是你吗秋雨兄，是你在喊我吗？在飘扬的雪花里，在遥远的天空中，我感受到有一双眼睛注视着我。我抬头看看天空，雪花落在我的脸上。秋雨兄，这是你的在天之灵洒向我的凄伤的泪水吗？秋雨，我的兄长，现在我能为你做些什么呢？我站在阳台上，看着夜色里那些被积雪覆盖的房屋和杂树林，我想，在这座城市里，我已经再也看不到你的身影，但是，你放心我的兄长，我一定会帮你完成你还没有来得及实现的宏愿，我会完整地把你的《手的十种语言》送到巴黎，如期举办画展。果然，他知道那些油画的下落！他知道！可是，他为什么避开不说呢？为什么？秋雨兄，你是不是已经走得很累了，需要躺下来好好地休息休息？

就是这一刻，我突然意识到，其实你的性格、你的思想、你的生活习惯是和这个社会格格不入的。在这个看重金钱、看重权势的社会里，在这个世风日下的社会里，你仍然坚持着那些从乡村里带来的习性，就注定了你该遭受的孤独和悲哀。在这个社会里，只需要媚俗而不需要艺术；在这个社会里，只需要婊子而不需要爱情。秋雨兄，你的身体太单薄了，你所坚守的你那间画室，难道就能改变社会的冷酷和贫乏吗？秋雨兄，你太傻了，或许这不是我们要待的地方。面对仿佛一夜间崛起的城市，面对被污染的空气和流水，我只能对你说，秋雨兄，回到你的乡村里去吧。

秋雨兄，现在你已经开始启程了吗？请放心你留下的绘画吧，我会替你好好地保护着，不让任何人掠夺去。请放心你留下的绘画吧，他是在对我暗示吗？他肯定知道那些画的下落！可他为什么不对我直说？谁也不让。我不让任何人冲淡你独立的精神，让你的绘画永远飘荡着你的话语，让我们的空气里永远散发着那种你喜欢的松节油气味。

秋雨兄，我知道，现在你已经走在了乡间那些你曾经丈量过的道路上了，我知道，只有在那里，你的灵魂才能得到安息。

但是，秋雨兄，你使我感到不可理解的是，至今你仍然相信爱情。爱情在哪里？这个世界上已经没有爱情，爱情要么还没有到来，要么已经消失……

他知道那些画的下落，这才是问题的关键！可是，为什么给我暗示，就不能直说？我得见他，立刻。我拿起手机，翻到谭渔的电话，不，这个电话不能打，我要立刻见到他本人。立刻回颍河镇？不，那不是说话的地方。画室？黄秋雨的画室，那里是最合适的地方。打电话给陈州公安局，请他们以最快的速度……不，不合适，谭渔这样一个有个性的人，在还没有弄清这些绘画的下落时，还是要以礼相待。还是先给他打个电话，说说他的《哭秋雨》，随机确定一下，他现在是已经回到了锦城，还是仍然在颍河镇。呼叫转移，他为什么关机？有意躲避我吗？不行，我要尽快见到他！在前往颍河大闸管理处的路上，我让小莫及时和颍河镇派出所的郑广会联系，要以最快的速度找到谭渔，如果有必要，我会立刻重新赶去颍河镇。

3月7日13点50分，黄秋雨那我已经熟悉的画室，再次出现在我的视线里。我果然在那张宽大的画案的右边，看到了谭渔说过的写字台，可能是由于那张写字台上堆放着的几刀宣纸，也有可能那张写字台和画案相比显得太小，当时被我忽视了。我伸手抚摸着那张陈旧的写字台，一边站着的董延吉有些不解地看着我，我回头看着黄秋雨生前收藏字画的柜子说，我们看看他的藏品吧。

在阴冷的画室里

接下来有一个小时，我一边耐心地等待着有关谭渔的消息，一边查看着黄秋雨生前的藏品。黄秋雨大柜里存放的绘画作品，只是他收藏的一小部分，而更多的绘画存放在他那个宽大的画案下面的三个木箱里，由于画案上垂落下来的毡毯，最后才被董延吉发现。在小莫进来打断我们之前，我看了不下三十位我知道的或者不知道名字的画家的作品，当然这其中最多的还是黄秋雨自己的。可是，这其中并没有他关于《手的十种语言》的绘画。现在，小莫带来的关于谭渔的消息，更坚信了我对那些绘画下落的断定。

他去哪儿了？

郑州。

确定吗？

是郑广会亲自过去问的。

这么慢？都一个小时了……

他中午喝了点酒，我一直给他打电话。

这些人……我再次拨打谭渔的电话时，仍然处在呼叫转移状态。我看着小莫说，就是去郑州，也没有必要关机呀？

他开车时不开机，这是他的习惯。

哦……我对小莫说，每隔20分钟，拨打一下他的电话。

等小莫离开后，我来到沙发上坐下来，清理着自己有些纷乱的思想。黄秋雨，你真的是自杀吗？不，不可能，那么……现在我要静下心来，好好地清理一下有关黄秋雨命案的所有线索。金婉？米食堂？罗旗？还有大闸宾馆那个替他女人上班的秃顶男人陆军，那个长了胎痣的女人，这些人似乎都可以排除嫌疑，还有米慧，还有那个粟楠。还有谁呢？乔冠西？对，乔冠西！他还没回来吗？这个自从黄秋雨命案浮出水面后，一直没有出现的关键人物一下来到了我的思想里，郑州？谭渔也去了郑州，难道他们是同谋？如果他们是同谋，这个时候见面要商谈什么呢？看来，我要有耐心等待谭渔的消息。除去这些，还有谁呢？那个拥有画室钥匙的女人？她是谁呢？桂舒？那个不知姓氏只知道名字的女人？我站起身来，再次来到黄秋雨那排高大的书柜前，你就隐藏在这里面吗？我要找到你！在第二个书柜前，我从第二格里，抽出一本厚厚的书籍来，我要接着昨天查下去，一本都不放过。

那确实是一本很厚的书，《藏地牛皮书——背上包就走的感觉》，拿在手上却不太重。轻型纸。书的封面很别致，土黄色的封面四周是黑色的边框，我翻看着，在开篇《旅行中，偶然和必然》一文里，有许多句子被黄秋雨用黑色的圆珠笔画了横线，黄秋雨？不，现在我还不能确定，这些横线就是黄秋雨画下的。我翻看着，这是一本关于青藏地区的旅游手册，书中的《藏区公路示意图》是作者手绘的，接下来是几张我从来没有见到过的图片。

1999年6月，青海玉树境内长江源头各拉丹冬雪峰；

2000年7月，拉萨大昭寺门前广场磕长头的信徒；

2000年8月，邻近圣湖的马攸木拉山口上阿里最壮观的经幡和玛尼堆；

2000年8月，西藏雅鲁藏布江边肩扛牛皮筏的船工；

2000年9月，徒步墨脱途中为我们背行李的门巴族背夫扎西次力，背景是著名的德兴藤索桥。

这些图片确实让我开了眼界，但是我并没有在这些图片上留恋，我想看到的，是黄秋雨留在书页上的文字。按照他的习惯，如果这本书是他的，他又有关于藏区的绘画，这么一本随身携带的书，很有可能会在上面留下一些文字。不出所料，在目录页过后的第一章《进藏敲门砖》一页的空白处，我果然看到了黄秋雨的字迹，而且是写给那个名叫桂舒的女人的一封信。

桂舒：昨天我感冒，本来已经好了，谁知又发了一夜的烧，我一个人孤零零地躺在宾馆潮湿的床上，好像过去了一般，我躺在银萨宾馆靠南的房间里，看着夜色里被灯光照耀着的、白天我刚刚画过的布达拉宫，我想，过去就过去了吧，随他便。第二天醒来，窗外的被阳光照耀着的布达拉宫，已然耸立在我的眼前，我依然是我，只是有些头痛。你知道，桂舒，在西藏这地方，我们内地来的人最怕的就是发烧，等天亮和我一同来写生的朋友得知我感冒，二话没说就把我送到了拉萨市人民医院，先是挂号……

我把这一页翻过去，又在一个男子推着一辆自行车的插图下面的空白处，看到了黄秋雨的文字。

然后是一个名叫扎多的藏族医生给我看的病，等我住进病房一边吸氧一边打点滴的时候，我就想到了你。我的舒，我的枫丹白露，枫丹白露？他称她枫丹白露？他有一幅画不就是《枫丹白露的阳光》吗？关于人体的绘画，也有这个桂舒的？她在那篇新闻报道里写过。那让巴黎的画家们流连忘返的森林，如果可能，我就把自己化成一滴水，融入你那生长了茂密的植物的土壤里，我就化成空气，让你的枝叶吸进你的身体里，想到你，我就看到了你那被阳光穿透的绿色枝叶在向我招手，妹子，妹子？如果今天夜里我还发热，哪怕是再痛苦，再难忍受，我也不会轻易地让自己到另外一个世界里去了。如果我真的去了另外一个世界，谁给我孤独的小妹写信呢？不，我不能就这样轻易地走去。小妹，你知道这会儿我想到了什么？我突然想到了鸡公山，想到了鸡公山光线朦胧的夜晚，我们手拉手走在寂静的山路上，习习的山风吹拂着你的长发，吹拂着你果绿色的长裙，你还记得吗？我把你抱起来在空中旋转，最后我们一起倒在草地上。现在我躺在拉萨的医院里，仍然能听到你的笑声像鸟鸣一样在松涛里飞翔……

还会有，会有……我往下翻找着，果然，在61页第2章《青海篇》的空白处，我又找到了黄秋雨的文字。

时光过得多么快呀，桂舒，你还记得那个没有阳光的早晨，我们一起坐在月湖上面的杉树林里的情景吗？你蹲在湖边的空地上，在摘黄色的金鸡菊，在我把一朵金鸡菊花，插入你耳边的头发里的时候，那从花枝里渗出的液体，染了我白色的衬衣。在那个满山长满了露水的早晨，我们一起把你手中的金鸡菊种在山坡上，我们都清楚地知道那朵花不能成活，可我们还是把它栽在那里。我知道这对我是一个暗示，小妹，我知道，我的心肝，或许我这一辈子也不能娶你为妻，但我爱你的这颗心就像那满山的金鸡菊花一样，再也除不了根。小妹，我的桂舒，我们还会重返鸡公山吗？小妹，如果不是我们一起去追忆那梦境一样的往事，那个时候，我想我的泪水就会盈满我的眼眶。你看到了吗？桂舒，别说那是现在，就现在我想一想那孤独的情景，我的眼睛就湿润了。小妹，现在我躺在异乡的病房里，仍然渴望着我能听到你的脚步声，从外边的走廊里一直响过来……

仍然是因为书页空白的缘故，文字又一次中断，在117页第3章《西藏篇》的空白处，黄秋雨的笔迹再次出现。

我知道那不可能，但是我仍然这样想……丫头，他用粟楠用过的名字称呼她？我真的已经没有勇气再写下去了，没有，一点勇气也没有了，在这离太阳最近的高原，我仍然觉得寒冷，我需要你温暖的怀抱。小妹，你看我的临床，那个四十七岁的藏族母亲，她像我一样在打点滴。她的女儿，那个在两年前，生下了一个8斤1两重男孩的藏族姑娘，那个脸颊被紫外线染得很重的藏族姑娘，守在母亲的身边，我深切地感受到了人间的亲情。小妹，我的桂舒，看着她们，我真的无法忍受对你的思念。我很累，小妹，请你原谅。本来，我还有像拉萨河流淌的河水一样多的话要给你说，可是我太累了，我只好就这样放下我手中的笔……你的秋雨，8月17日。

这封写在书籍上的信，在一张页面被设计成了土黄色书页上结束了，那些写在土黄色纸面上的墨迹，有一种脱俗的感觉。8月17日？哪一年的8月17日呢？

我翻找到这本书的版权页，这本由中国青年出版社出版的书，第一版的印刷时间是2002年1月，如果按照这个时间推测，这个8月17日，最早也是2002年的8月。如果结合黄秋雨写在《二十世纪书法经典·吴昌硕卷》上给这个桂舒的信来判断，黄秋雨和这个名叫桂舒的女子的恋爱关系，至少已经从1998年，持续到2002年的8月。可是，这个桂舒，到底是不是陆浦岩的妻子呢？我继续翻找着，可是在这本《藏地牛皮书》里，我再也没有找到黄秋雨留下的文字。没有足够的证据，我还不敢确定她就是陆浦岩的妻子，如果她真是陆浦岩的妻子，我应该怎样来处理呢？是把黄秋雨这些写在书页里的信拿给江明友，还是我暂时收藏起来呢？如果……

有脚步朝我走过来，我回头看到了小范。

小范来到我身边停下来说，还没有开机。

那就继续。哎，我说，还有乔冠西，如果捕捉到他的信息，立刻告诉我。

等小莫离开后，我的目光再次落在长长的书架上，我有一种预感，那个关于黄秋雨死亡的线索，就隐藏在这些书籍里，那线索在等待我慢慢地寻找。

我的心肝儿！实在睡不着，就起来给你说话，我躺下的时候已经是凌晨一点钟，现在窗外还是一片漆黑。我不知道现在的具体时间，时间对我已经丧失了意义。当你离开我的那一刻起，当你离开我的那一刻起？我就一下子进入了混沌的没有边际的时间隧道。我就像一个游泳者，一个游了很长时间的游泳者，我已经筋疲力尽，可是在我的面前，仍然是一望无际的蓝色水域。痛苦的水浪击打着我，我已经忍受不住了，我就要沉下去了，桂舒，我的枫丹白露，枫丹白露？你在哪儿？你快来呀，快来救救我呀，我盼望你像一条船出现在我的视线里，激烈的风，掀扬着你白色的帆篷发出声响，我说快来呀，桂舒，不然我就要沉下去了，那只帆船却突然消失了……我知道，桂，现在我们分别最多不过五个小时，可是我已经不能再忍受了，我被思念残忍地抛进了分离的痛苦里，就像窗外大闸那从闸门上跌身而下的水花，就是在这儿写的，他们也是在这儿分开的。我回头环视了一下整个画室，又把目光收回来。我被抛进深深的痛苦的水潭里，我从痛苦的水浪里挣扎出来，看着在海面上空飞翔的海鸥，我朝那只飞翔的鸟儿呼喊，鸟儿呀鸟儿，请你赶快飞到远方那只张着帆篷的船上去，请你传递我的呼喊……

上面这些文字，分别写到《国统区黑白木刻》一书的第57页、58页、59页、60页图画下面的空白处，他为什么把这些文字，写在一本64开的几张很少空白的木刻图下面呢？这些随意的、即兴的、没有目的的文字，很可能是他随手从身边抓起的一本书上记下的。如果是这样，那么他写的这些文字，那个叫桂舒的女性能看得到吗？还有黄秋雨随手写在其他书籍上的文字，他怎么才能让她看到这些表达情感的文字呢？这个拒绝使用电脑的人，会重新在信纸上抄写一遍吗？这很难说。但无论如何，这些信已经证明了黄秋雨和这个女性之间的暧昧关系。

在一本名叫《耶路撒冷3000年·石与灵》的书籍的环衬上，我再次看到了黄秋雨的签名，购买那本书籍的日期是2003年8月。在书籍封面的回口上，我看到了签名反印上去的墨迹。可能是仓促，在签名的墨水还没有干的时候，他就把书合上了。是在什么样的情景下，使这个在艺术上一向追求完善的人，忽视了这个细节呢？我翻过环衬后页的那幅手绘的“耶路撒冷地图”，在扉页前面的那页土黄色的空白纸上，是黄秋雨留下的文字。

桂舒：你知道吗？往往是黄昏的时候，我就突然有一种想见到你的渴望。那种渴望使我焦躁，每到这个时候，我就会放下手里的画笔，不顾一切地走出画室，沿着颍河往东走，然后再穿过朦胧的街道，穿过陌生的人群来到你家的楼下，市委家属院？看着你家已经亮起的灯光，我久久地站在黑暗里，渴望着能从窗口看到你的身影。风从我的耳边滑过，我在越来越亮的灯光里，越来越孤独，我在越来越深的夜色里，变得越来越矮小，我就那样固执地站在黑夜里思念你，一直看着你家的窗子一个一个地暗下去，我才慢慢地转身离开。我重新回到颍河边，沿着河岸无目的地行走，有时候，我在河边一坐就到深夜。有时候，我就会来到桥上，是大闸的桥上，还是中州路的桥上？我扶着桥栏杆站在那里，望着桥下流淌的河水，思念的痛苦折磨着我，我的手抓住桥栏杆一下一下地用力，我用脚踢打下面的栏杆，小妹，我刻骨地想你，想得没办法，有时候，我就想从这桥上翻身跳下去，永远解脱。他真的有过自杀的念头？小妹，如果有一天我真的被人从河里打捞上来，你可别怪我，我真的难以忍受。有一天我真的被人从河里打捞上来？他真的会自杀？我知道，人的一生有着太多的遗憾，人，尤其是我，要含着热泪来面对这遗憾

不可能就这样结束了，因为他还没有写完这张土黄色的书纸，没有标点符号，怎么就完了呢？这么一个处在痛苦中的人，如果有话要说，纸还没有用完呀，为什么就不写了？

我往下翻找着。因为这本书里，有大量的关于耶路撒冷的历史图片，所以，书面竖排的三分之二，都被留下来专门用来排印图的说明文字，这样在没有图片说明的页码处，就留下了空白。我希望能在那

些空白处，再次看到黄秋雨那些痛苦的文字。可意外的是，我却在第174页、175页，还有178页的那三分之一的空白处，看到了黄秋雨的一首诗：

你，或许我
是一棵树
请把你的根
扎进我的土壤里
有水和空气
把我们的骨肉连在一起
从此不要分离

你洁白的花
在我的头顶
如你的眼睛
钟情地闪来闪去
可我却不能拥抱你
只有花残飘落的时刻
我才能暗暗地哭泣

请不要再给我空气
即使给我
我也拒绝呼吸
请不要给我水分
即使给我

我也拒绝吸取
请你让我死去

只有死
我才能被埋进土壤里
你，或许我
是一棵树
让你或我的尸体
在你的根系里腐化
变成营养进入你的身体

从诗的内容上来看，这首诗应该是承接黄秋雨写在环衬页前面文字的，在第174页，我看到黄秋雨把一些文字用曲线画住了：

哭墙（或“所罗门之墙”）：

哭墙又称西墙，是耶路撒冷旧城古代犹太国第二圣殿护墙的一段，也是第二圣殿护墙的仅存遗址，长约五十米，高约十八米，由大石块筑成。犹太教把该墙看做是第一圣地，教徒至该墙例须哀哭，以表示对古神庙的哀悼并期待其恢复。千百年来，流落在世界各个角落的犹太人回到圣城耶路撒冷时，便会来到这面石墙前低声祷告，哭诉流亡之苦，所以被称为“哭墙”。

这段文字和黄秋雨那一刻的痛苦有关吗？我不知道，但有一点可以肯定，正是这道哭墙，使黄秋雨在这里停留下来，写了上面这首诗。上面这些文字，突然使我感到了寒冷。可能是外边的世界里的冰雪正在融化，或者是时光已近傍晚，16点10分。在已经融化的河岸边，许局长他们的勘察有没有进展？还有，王钰的案子，有没有进展？是呀，他们相隔一百二十公里，在不同的河岸边做着同样的工作，而我，却待在这阴冷的画室里，翻找着黄秋雨随意在某一本书的某一页上，写下的文字。这就是我们的工作吗？用谭渔的话说，这就是我们生命的意义所在吗？因为我们在经历，生命的意义就是生命的过程，现在，我生命的意义，就在这些我从来没有翻看过的图书里？我操！我骂人了？我终于忍不住骂人了？我操！看看这个狗日的黄秋雨还写些什么！这个世界上的人，都是让别人去理解他，他娘的怎么就没有人理解我们？我们整天都在干这样窝心的事儿，谁又理解我们？黄秋雨，你理解我们吗？你也不理解，要不，你个狗日的胡乱地写什么？看看，又来了，在这本书最后一页的空白处，黄秋雨的文字又出现了。

舒，你恨我吗？有时候我自己也恨我自己，恨我的软弱，米慧恨的就是你这个！恨我的无能，如果我真的爱你，为什么，为什么我就不能抛弃一切和你结合呢？我真的没这勇气吗？如果我真的不顾一切走向你，你能接受我吗？我不敢想下去，我知道这不会有答案。答案在哪儿，想得我的头疼。这个折磨人的世界，你就让我从大桥上跳下去吧，或许答案就在桥下那奔流的河水里……

这是他写下的遗书吗？当然不是。2003年8月，我又翻到环衬页，看着黄秋雨购买图书的日期，按这个日期来推算，这些文字应该是在2003年8月之后写的，也就是说，黄秋雨和桂舒之间的情人关系还没有完全结束，或者说，正在发生裂变。如果结合米慧写给黄秋雨信件的时间来推算，黄秋雨这个时期的情感生活，正处在苦闷时期，黄秋雨和这个名叫桂舒的女人，这个时刻是怎么样的一种关系呢？在黄秋雨和米慧要死要活的爱情生活中，这个桂舒，扮演了一种什么角色呢？她是选择离开，还是选择嫉妒，最后转向报复呢？看来，这个名叫桂舒的女人，就是那个拥有画室钥匙的女人，在她和黄秋雨之间，该会发生什么样的事情呢？这个桂舒就是《锦城日报》的记者吗？如果是她，这位市委书记的太太，她会甘心接受这些吗？不，我现在不能确定，这个桂舒，就是那个林桂舒。我还要继续寻找，我就不信他不留下一丝线索！果然，在一本印刷精美名叫《印度壁画》的书籍里，在封面的环衬上，我再次看到了黄秋雨的文字。

小妹：现在我坐在阿坝县城外，郎依寺外边的阳光下，看你的来信。这真是世上最残忍的折磨，一封热切充满情感的鸿雁，从锦城飞到阿坝，竟然整整半个月！我的天呀，上帝一定是在咬牙切齿地拿着一把刀，在狠狠地割着我，他说，我要让你深切地体会到思念的滋味。是的，丫头，当到达阿坝的第一天起，我就殷切地渴望着你的来信，我在我思想的坝上，在我思想的天空里翘首遥望，等待着，那只从遥远的天际里飞来的鸿雁。我知道，它要越过千山万水，我知道，它飞累了要找片树林停下来休息一会儿。它飞呀飞呀，一直在我的感觉里，在我的渴望里飞，它飞得很累很累，飞得我的心都在颤抖，可是，我仍然在渴望着它的到来。有时候，我就下了决心，准备做一种长久的等待，如果它不飞来，我就做一生一世等待，一直等到坝上的积雪，落得像巴颜喀拉山一样高、一样厚。可是，在我刚下了等待它的决心之后，它就突然飞落在我眼前的草地上。我坐在那里静静地望着它，一只多么俊俏的鸿雁呀，我伸手捂着狂跳的胸口，我突然听到上帝在天堂里说，我要让你先浸透痛苦，然后再更深刻地体会快乐……

上帝呀，我仁慈的上帝，桂舒，我的鸽子，你知道，现在我是多么地渴望着把你拥抱在怀中，去一下下抚摸你的秀发，亲吻你那双秋水一样的眼睛吗？小妹，在我来到坝上之后，每天写生的时候我都会把你的照片放在我的胸口，等我休息的时候，我就会把你的照片掏出来放在一张白纸上，在绿色的坝上，把你的照片放在一张白纸上观看，你知道那是一种什么样的效果和感觉吗？阿舒，有时我会傻傻地坐在那里，看着你明亮的眼睛，一遍又一遍喊着你的名字，轻轻地为你歌唱：

我的歌声
如冬日的飘雪
覆盖了阿坝的草原

你的目光
如春日的阳光
弥漫了八月的天空

接着，我又在这册书封底的环衬上，看到了下面的文字。

你看你看，小妹，写着写着，眼泪就模糊了我的视线。阿舒，我常给你说，绘画是我生命的一部分，那是我生命的再现，可我知道给我这力量的，是你。你看我手下的这些画，这些天我画遍了阿坝城外所有的寺院，属于黄教的卡西寺和格尔登寺，属于笨教的多登寺和郎依寺，还有属于觉囊的塞格寺。我告诉你，我今天，就是从阿坝县城东南的塞格寺步行一个小时，到县城东北角的郎依寺的，我整整走了一个小时，浑身汗津津的。可是我心里高兴，我怀里揣着你的信来到这坡地上，在高原8月的阳光下看你的信，真是我生命里最幸福的事儿，和我的绘画一样的幸福的事儿。阿舒，你知道吗？阿坝县城周围集中了藏传佛教现有的所有派别，这包括刚才我给你说过的觉囊，还有藏族最原始的笨教。当地人总是会幽默地说，他们这里有三多：僧人多，生意人多，毛驴多。我是多么希望这一刻你坐在我的身边，看我绘画，看着画下那片建在不远处坡地上的寺院，看我把我的心血凝聚到那些画作里。不，这些画里，同样也有你的心血，我把我们的爱融入到这画面里，再过一些年，我想这些绘画作品一定会因为我们的爱，而放射出灿烂的光芒，你说，有了这些我们还需要什么呢？阿舒，在这一刻，在我坐在阿坝城外郎依寺外侧的坡地上，给你写信的这一刻，你正在干什么呢？你是正在参加一个你讨厌的学术会议，还是正在观看一个二流的画展？你是正在赶写明天的娱乐新闻，还是正在审读明天报纸的稿件？赶写明天的娱乐新闻，还是正在审读明天报纸的稿件？我的上帝呀，果真不错，就是她！难道还有另外一个在报社工作的桂舒？要慎重，慎重！万一不是《锦城日报》呢？我不知道。但是，你一定感受到了我这来自青藏高原的思念。等着我，阿舒，再有半个月，我就回到你的身边了，到那个时候，我就有足够的作品办一个你想看的展览了，还由她写新闻吗？你说，我放在哪儿办呢？是北京还是上海？到时我听你的，你可以随意去采访，果真！但是，要慎重，如果不是《锦城日报》呢？到那个时候，我们就可以整天厮守在一起了……

你的一望无际的秋水！从中原流向坝上的秋水！

要慎重，慎重！如果不是《锦城日报》的桂舒，我怎么向江局长交代？他可是陆浦岩的人，他的政治生涯可不是一个副市长就到了头的，远处还有市长等着他，还有市委书记等着他，或者还有省厅的厅长的位置等着他。我知道，他可是不允许有一星点儿的差错，特别是在陆书记这儿，如果真的是陆浦岩的妻子呢？这对江局长又有什么用呢？当然有用！肯定有用！不过，要慎重，慎重！要有百分之百的把握。我抚摸着手中这本由江西美术出版社2000年2月出版的《印度壁画》，这真是一本印刷精美的书籍，如果真是陆浦岩的爱人，对我会有什么样的帮助呢？不想这些，不想，不就一个副局长吗？谁想争谁争，我凭良心。这是什么书？《虢国墓地的发现与研究》？虢国墓？三门峡的虢国墓吗？是的，社会科学文献出版社，2000年7月出版。虢国羊肉汤，我第一次喝虢国羊肉汤是在什么地方？在安阳，中州路。安阳也有中州路？真是巧合，中州路颍河大桥，黄秋雨落水的地方，可那是粟楠的老家。2003年9月，我和小范去安阳办一个案子，就住在那家羊肉汤馆对面，我们先去喝了一次，小范说得劲。汤真的不错，清淡，味道鲜美，肉也挺多，粉条吃到嘴里爽滑筋道。那里的肉夹馍也不错，况且价格也不贵。可是三天没下来，我就流鼻血了。羊肉汤上火，看来是真的正宗。没想这虢国出在三门峡，是西周时文王两个弟弟的封地，哦，“辅车相依，唇亡齿寒”的典故，讲的就是他们。这些有用吗？没用，我现在关心的是黄秋雨留在这书上的文字，我要确定这个桂舒是否就是那个桂舒！和我在《印度壁画》里看到的一样，黄秋雨写给桂舒的文字，同样写在这本书封面和封底环衬页的正反两面上。这是一种米黄色的带压纹的纸，可能黄秋雨使用的是一支专门画速写用的笔，那些文字的线条比较粗，所以写在这上面的文字，也比我在《印度壁画》一书里的大，看上去就像一幅书法作品：

阿舒，我的心肝，今天是6月10日，三十年前的这一天，已经在我的记忆里消失，在那个遥远的日子里，我不知道我正在做什么事情，但我多么希望这个十二岁的少年，持着忧郁的面孔朝着西方沉思。正是那一天，在一个靠近颍河名叫逍遥镇的地方，有一个女婴哇哇降生到人世，逍遥镇？这不就是陆浦岩妻子林桂舒的老家吗？没错，她就是逍遥镇的！哦，我明白了，6月10日是林桂舒的生日，对，是她的生日！三十年前有一个女婴哇哇降生在人世，林桂舒是6月的生日吗？三十岁，如果没错的话，林桂舒今年应该三十四岁，或者三十五岁，这说的是她三十岁的生日？当她第一声哭啼穿过辽阔的空间，传到那个十二岁男孩身边的时候，他突然感到有一种莫名其妙的红光，把他围住了。这红光在后来漫长的二十八年里，一直把他沉陷在一种混沌的状态里，这种情景的呈现，使得他在这漫长的时光里，遗忘了对那女婴哭啼的感应，他和她在各自不同的天地里，进行着独自的生活，但有一点请你相信，阿舒，我的人，他们都在默默地，为二十八年后的相见做着准备。他们读书，他们思考，他们经历，在某种程度上，他们的心灵早已相通，他们只是等待着一个机遇。可是机遇却来得那样迟。在这之前，他们本来生活在同一个名叫锦城的城市里，他们也各自知道对方的存在，一个是锦城有名的画家，一个是《锦城日报》副刊的名编，《锦城日报》？就是她！林桂舒，毫无疑问，就是她！他们怎么会不知道对方呢？可是他们就是没有相见的机会，上帝偏偏把这相遇，安排在远离锦城的信阳，那个名叫狮河宾馆的地方，你说，这不是上帝的预谋吗？

就是她！十二岁的少年？她出生的那一年？对，她出生的那一年他十二岁，十二加三十，等于四十二，也就说，黄秋雨是在他四十二岁的那一年写下这些文字的。黄秋雨出生于1958年，五十八加上四十二，哦，这封信写于2000年。2000年，减去30，不错，林桂舒就是1970年的人……我掏出手机，查看着我事先查得的关于林桂舒的材料，1970年出生，西华逍遥镇人，1993年开始在《锦城日报》做副刊编辑，这还有错吗？没错，千真万确！这个和黄秋雨相爱的桂舒，就是陆浦岩的老婆！一个是《锦城日报》副刊的名编？不错，我所有的预感都得到了确切的证据，这个和黄秋雨相爱的女人就是陆浦岩的老婆，在后来漫长的二十八年里？二十八年后？如果这封信是2000年写的，那么，林桂舒红杏出墙的这一年，应该是二十八岁，也就是1998年。林桂舒在1998年，就在信阳给陆浦岩戴了一顶绿帽子？那一年陆浦岩在哪儿？他还在商丘任职？伙计，不讲你谋得什么样的位置，这顶绿帽子就像孙悟空头上的紧箍咒一样，只要给你戴上，你这一辈子就别再想着取下来。如果我把这帽子拿到江明友的面前，他将会怎样使用呢？如果陆浦岩早已知道了他老婆和黄秋雨之间的关系……哦……我倒吸了一口凉气……

我往后退了一步，黄秋雨的书柜，再次完整地出现在了我的视线里，在我还没有来得及查看的四个书柜里，黄秋雨还隐藏着多少这样的秘密呢？我的目光最后落在那个靠近博古架的书柜，书柜里那被人抽空的半格使我打了一个冷战，在那些日记里，黄秋雨可能会写下更多的这样的文字，像他这样一个没有遮拦的人，肯定是这样，要不然，谁会偷走他的日记？如果黄秋雨的日记里，同样记录了他和林桂舒的情感，这样的事很有可能就传到了陆浦岩的耳朵里，难道他已经修炼到不动声色的程度？不可能，对这样一个在权力场混迹多年的人，想一想，如果他老婆和黄秋雨的关系传出去，他会是一种什么样的心态？他肯定咽不下这口气，难道……两年前黄秋雨的那场有预谋的车祸，就和这有关？不，不不，我不能这样想，这样的事情我也不能介入，但是这样重要的事情也不能瞒着，要好好地利用一样。对，要汇报给江局长。像江明友这样精明的人，他一定会很好地替他的上司，处理好这件拿不上桌面的事儿。那我呢？也不能迟疑，这是一次难得的机会，我要把这些写有黄秋雨文字的书籍，立刻送到江局长的办公桌上，亲自。

支队长。

我转身看到董延吉看着我，他朝身边的一个箱子指了指说，黄秋雨的照片。

我走过去，董延吉指了一下画案后边那个写字台说，在写字台下面的柜子里找到的，都是黄秋雨的照片。

哦……我果真在那只有一尺见方的纸箱子里，看到了许多黄秋雨存放的照片，在这些照片里，肯定有那些女人们，米慧、粟楠、迎春，当然还有林桂舒。我说，好好地清理一下。

我知道，从这些照片里，肯定会有关于黄秋雨命案的线索，但现在我不能停下来，我要尽快把黄秋雨写给林桂舒的文字送到江局长的手上。这对他很重要。同时，对我也很重要。当我站在黄秋雨画室门口准备离开的时候，我的目光从正在清理照片的董延吉身上移开，又回头查看了一眼整个画室，目光最后落在了那排还隐藏着许多秘密的书柜上。有了这些，已经足够了。况且，像这样的事儿，江局长肯定不希望有第三个人知道，我太了解他了！

谋杀者

3月7日，18时，在黄秋雨命案案发四十八小时之后，我又一次来到了江局长的办公室。但是，江局长在看完黄秋雨写在那些书籍上的文字后的冷静，让我出乎意外。姜到底是老的辣。那一刻，我深刻意识到了自己的幼稚。江局长从宽大的写字台前转过身来，他一边从烟盒里摸出一支烟来一边对我说，官会镇那边的案子，有了重大的进展，你今天再辛苦一趟。

现在？

江局长没有说话，他只是看了我一眼，走到沙发前，在我的对面坐了下来。

那……我说，这边呢？

正常进行嘛。江局长往茶几上的烟灰缸里弹了一下说，你记住……

我看到他手里刚燃着的那支香烟，压根儿还没有烟灰可弹，江局长停顿了一下又接着说，那边完了之后，立刻赶回来。

我心里太清楚不过了，就是因为那些黄秋雨写在书籍上的文字，江局长才让我暂时回避黄秋雨的案子，他先要把这个棘手的事情处理一下。在前往官会镇的路上，我无法解除自己的烦恼，或许，那些证据，已经切入了黄秋雨命案的核心？我心里清楚，是我自己走错了一步棋，我太过于轻率，我应该把黄秋雨写在书籍上的那些文字，放在最后，也就是最关键的时候出手。

21时整，我到达官会镇胡村的时候，正是两天前我走进颍河大闸管理处办公室的时间。现在，我又回到了“2·23”命案的现场，但是案子的进展，使我认识到，其实，我这次官会之行是多余的，王钰他们已经刚刚审讯完那个名叫胡中德的四十多岁的中年男人，已经供认了自己的作案经过。春节前，胡中德从天津打工回来，怀疑受害者强奸了他老婆，他想找这个邻居理论，可是受害者躲到他女儿家，就是不给他面见。2月23日这天夜晚，受害者悄悄地回到河套的房子里拿东西，结果被胡中德用刀砍死，然后焚烧了尸体。当受害人的尸体在颍河河套里的房屋燃烧起来的时候，胡中德扶着颍河大堤边的一棵大树，哆嗦着身子洒了一泡巨尿。在撒尿的时候，他还随口吐了一口痰，那口痰落在了他身边的另外一棵大树上。他没有想到，正是那口从他嘴角通过的，带有受害者血液的被寒冷冻住的痰迹，成了“2·23”命案侦破的转折点。

就在这个时候，我接到了一个电话，电话是小范打进来的，正是这个电话，使黄秋雨的命案像胡中德的那口痰一样，有了关键性的转折。黄秋雨的手机信号出现了！

小范从电话里传来的声音，使我拿电话的手哆嗦了一下，我知道，我应该马不停蹄地赶回锦城，立刻。意外的是，在赶回锦城的路上，我又接到了谭渔的电话。谭渔说，我刚开机，没想到有那么多的电话打进来，有什么事儿？

由于黄秋雨那部失踪的手机的出现，我突然觉得，谭渔对黄秋雨的命案，已经显得不那么重要，我说，你什么时候回来？

明天一早。

哦，我说，那我们就明天上午见……我迟疑了一下又说，在黄秋雨的画室。

现在，我强烈地预感到，由于黄秋雨手机的出现，在这之前我所有的勘察，都显得不那么重要了，即便是谭渔想告诉我，黄秋雨的那些被盗的油画的下落，我也没有心情去听，在这之前我思考的所有与命案相关的线索，都可能推迟到明天再清理。不过我突然意识到，在这之前，谭渔让我看林桂舒写的关于黄秋雨画展的新闻报道，目的就是为了暗示我？很有可能！

等我匆匆忙忙赶回锦城，那个使用黄秋雨的手机的人，已经被抓捕，而且当晚的整个行动，都是由江局长亲自坐镇指挥。使我没想到的是，那个使用黄秋雨手机的人，竟然是一个名叫陆荣的读高三的学生。当小范他们，在锦城第三中学的操场上抓到他的时候，他正在使用黄秋雨的那部手机，给他同班的女同学发短信。经过审讯，我们得知，那部手机，是他昨天从他父亲的抽屉里找到的，他没有经过他的父亲的同意就偷偷地拿了出来。而他的父亲，却是我在颍河管理处宾馆服务台前已经见过的，那个名叫陆军的秃顶男人。陆军……

直到我坐进江局长的车里，在我们对陆军实施抓捕行动时，我才突然有些醒悟过来，陆军？他和我们市委书记陆浦岩，是一个姓氏呀，他们，是否有血缘关系？如果……

我甚至没敢往下想。23点22分，我把目光从手机的屏幕上，转向身边的江局长。我说，这个时间，他应该在宾馆里值班。

我知道，已经有人监视他。

在从车窗外不时地闪进来的路灯的光亮里，江局长的面目有些恍惚。我的目光迅速地从江局长那儿移到车窗外，我们的车子并没有向大闸方向前进，而是反方向。但是，从江局长的语气里，我已经感受到，下面的一切，都已经在他的计划和掌控之中了。等我们的车子进到位于大闸南路的颍河管理处的家属院时，我才明白过来，我们对陆军的抓捕，是从陆军的住宅开始的。在我们进入管理处家属院的2号楼5层左边的房门之前，江局长特别强调说，要证据！

在那套两室一厅的居室里，我们进行了仔细的搜查，像我们对那个为我们开门的女人的调查一样，我们没有一丁点儿的收获。在陆军的住所，我们没有找到一点儿和黄秋雨命案有关的证据，既没有找到黄秋雨被盗的日记，也没有见到黄秋雨被盗的油画作品。

那个仍然惺忪着眼睛的女人说，他从来不往家里拿东西，就那个穷单位，有啥东西往家里拿呀？他有啥本事？他就会在电脑上偷菜！

江局长把黄秋雨丢失的手机放在了她的面前，这部电话，是不是他拿回来的？

是呀。他拿回来的时候说，不知道是谁忘在服务台上的。说如果有人找，还要还给人家。

在我们往大闸开进的时候，那个身着军大衣，坐在宾馆服务台电脑前偷菜的秃顶男人，在我的眼前晃动了一下。就在这个时候，江局长的手机响了，喂……江局长一边接听，他的目光一边扫着车外不停地闪过的空无一人的街道，说。

江局长通话的风格，历来都是这样简短，他说，什么？被车撞了？……人呢？……我马上就到！

江局长在收掉电话的同时说，麻烦来了。

这是江局长在接到命案时，常用的一句口头语。在射进车内时明时暗的路灯的光亮里，江局长看了我一眼，但是他没有再说话。当我们的车子鸣着警笛，在大闸南边的管理处大门前停下来的时候，那里已经停下了一辆警车。在明亮的车灯的照耀下，我们看到，在管理处大门北边约有五十米的水泥路上，横躺着一个身穿军大衣，面容血肉模糊的人，但是，从他那秃秃的头顶上，我一下就认出那个人是陆军，我们正在抓捕的人。

怎么回事？江局长看着一边的董延吉说。

我们一直在监视他，他也一直坐在电脑前打游戏，就在15分钟前，他桌上的电话突然响了起来，在监视器里，我看他拿起电话说了几句，然后放下电话就往外走。等我们从二楼追出来，看到他正小跑着往大门口去，他一边跑还一边往后慌里慌张地看着，我们远远地看着他跑出管理处的大门，就有一辆轿车亮着灯飞快地开过来，他站在路边朝那辆开过来的轿车打着手势，可是谁也没想到，那辆轿车朝他撞过去，我们就听咚地一声响，等我们从大门里跑过来的时候，他就躺在地上，那辆撞人的轿车，在逃走的时候，车轮是从他的身上轧过去的。

是什么车？

好像是一辆黑色的轿车，等我追过来的时候，那辆肇事轿车已经开到闸桥的中央，没法看清。

哦……江局长朝被路灯照亮的闸桥看一眼，又把目光收回来，就在这时，从我们刚才驶来的方向，响起了120救护车有节奏的笛鸣。

我伸手卡了卡脑门，转过身来，颍河大闸管理处那幢六层灰色建筑的身影，出现在了我的视线里，可遗憾的是，从我现在站立的角度，无法看到黄秋雨那在六楼上画室的窗子。

3月8日，凌晨1点40分，当我再次来到颍河管理处宾馆大厅里的时候，服务台里空无一人。我推开服务台的门挡走进去，在那个秃顶男人半个小时前坐过的椅子上，坐了下来。可能是匆忙，那部刚才被他使用过的电话，没有压好。我拿起话筒看了一眼，隐约还能听到从话筒里传来的有节奏的蜂鸣。就在我放下话筒的时候，我碰到了电脑边上的那盘黄铜钥匙。我回头朝空荡的宾馆大厅看了一眼，手却摸到了电脑键盘边上的鼠标。我晃了一下，处在待机状态的电脑屏幕，又亮了。在电脑的桌面上，我看到的是，那个秃顶男人突然间停止下来的偷菜游戏。

这个时候，谁打来的电话？是小范。小范在电话里告诉我，那个名叫陆军的秃顶男人，在前往锦城人民医院急救的路上，不治身亡。

我收住电话，伸手从桌子上拿起那盘黄铜钥匙，那串黄铜钥匙在寂静而寒冷的冬夜里，发出了一阵刺耳的声响。他接到的是谁打进来的电话？他为什么朝那辆黑色的肇事车招手？是他们事先有约？有预约可能就是熟人，可是，那辆黑色的轿车为什么要撞他？很显然，这个秃顶男人死于谋杀。谋杀？为什么要谋杀？这谋杀和黄秋雨画室里丢失的东西有关？是那些日记？一切都显现出蓄谋的迹象。是蓄谋。这个想法随着那串黄铜钥匙刺耳的声响，再次从我的脑海里蹦出来。一切都显现出蓄谋的迹象。如果打到黄秋雨电话里的人是陆军的话，那么，打给陆军电话的这个人，又是谁呢？这个谋杀者，他是谁呢？

黄秋雨，黄秋雨……你知道吗？这一切都可能是有蓄谋的，或许，这蓄谋从两年前的那场车祸就已经开始了。我拿起手机，我要给小范一个电话，我要让他准备提取陆军的DNA，我必须这样做，我强烈的预感到，从两年前的那场车祸，一直到刚刚发生的车祸，这所有的一切，都是有预谋的……

欲望之手

夜里，我失眠了。一个又一个与黄秋雨命案有关的线索从我的脑海里闪过，胡中德？胡中德……难道，这两个案子有着相同的因素？陆浦岩？不能确定，要有证据，证据！这事可不敢胡思乱想，直到凌晨6点的时候，我才迷糊起来。等小莫把我叫醒的时候，时间已经到了上午8点46分。小莫说，江局长刚才打来电话，让你立刻到他办公室里去。

立刻？案子有了新的进展？就我的经验，江局长对这个案子，是不会再撒手不管了。我到卫生间里洗了一把脸，就匆匆地赶到了江局长的办公室。那个时候，江局长已经坐在沙发上等我，等我在他对面坐下来之后，他看了我一眼说，来，先听听这个。

江局长说完，就打开了录音笔，然后把身子靠在沙发上，他身后半遮着的深红色的窗帘，使他的面容有些灰暗。从录音笔里偶尔传来了沙沙的声响，是什么声音？录音笔里传来了一声咳嗽声，我听出来，那是江局长在清洗自己的嗓子，他开始准备说话了，果然，接下来，录音笔里响起了他的说话声，他写的这些东西……

录音笔里的江局长停顿了一下，可能是那个坐在他对面的人视线，从桌面上抬起来看着他，江局长又接着说，你以前看过吗？

没有。这是一个女性，声音不大，充满了温柔，是她！我一下就捕捉到了，肯定是林桂舒。他们这是在哪儿说话？就在这儿吗？就像现在我们这样面对面坐着吗？

接下来，录音笔里是寂静。寂静里只有翻动纸张的声音，她看的是什么？哦，是黄秋雨写在书籍里的文字，不错，肯定是那些文字。

我们以前……

她好像是合上了面前的书籍。她仍然用她温柔的声音说，曾经是很不错的朋友，我们常常在一起讨论一些问题。我很欣赏他的才华，从他那里，我接触了一些以前我不知道的知识。比如绘画。我说的是西方的绘画，像蒙克、夏加尔、达利，还有像波洛克这样的画家，我以前从来没有听说过。还有音乐剧，像《猫》，像《剧院魅影》，特别是《钟楼怪人》。我第一次在他那儿看《钟楼怪人》的时候，我都震惊了。真的很美。再一个，就是电影，像塔可夫斯基，他导演的《乡愁》、《牺牲》，还有安哲罗普罗斯导演的电影，我都是从他那儿看到的，像《雾中风景》，像《养蜂人》。我以前从来没有看过这么好的电影。但是……后来，我们就不再来往了。

为什么？

这是私人之间的事情，有必要说吗？

那你们……是从什么时候开始的？

这很重要吗？

哦……那你们，是从什么时候，不再来往的？

2003年秋天。

你们最后一次见面，是什么时候？

前几天。

能记起具体的时间吗？

上个周四的晚上。

周四？那就是3月3日，什么时候？

晚上9点。我在报社签过付印之后，走到八中的门口，给他打了一个电话。

用手机吗？

不，是IP卡电话。

为什么要用IP卡？

方便呀，我们报社用的就是IP卡电话。怎么，不能用吗？

当然能用，我想你会使用手机，那不更方便？

我不想用手机。

为什么？

我不想让他知道我现在的电话。

哦……那天，你们约好见面的地点是哪儿？

河北，大闸东边的河坡上。

为什么要在那儿见面？

因为……她在录音笔里停顿了一下，然后说，以前我们常常在那儿散步。每次我们夜间散步的时候，能看到他画室里亮着灯光的窗子。我有些怀念，想着是最后一次见面，就去那儿吧。

为什么说，是最后一次？

他计划今天6月，去巴黎举办画展，他一直希望我能以记者的身份，和他同去。但是，这你知道，我不能。我再不能和他来往。前几天，他还把电话打到我的办公室，希望我能去办理护照。我不想在办公室说这些事儿，所以，就想当面把这事给他说清。我们见面的那天，他的情绪很低落。我让他回去，可是他就坐在河坡上不走。天已经很晚了，又冷，家里又打电话询问我在哪儿。所以，我不能再陪他，就提前离开了。等走到河岸上，我就又折了回来，我还是有些不放心他。可是等我回到那里，他人已经不见了。从大闸上照过来的灯光里，我只能听着从大闸上传来哗哗的流水声，却没法看清接近大闸那边的河道，我想，他可能是已经沿着河坡往回走了，没想……

录音笔里，她说话的声音越来越轻，轻到最后，几乎都有些听不到了。

你是什么时候，知道他出的事儿？

昨天下午。因为我母亲前几天摔了一跤，和他见过面的第二天早起，我就回逍遥镇了，直到星期一下午，我到了报社之后，有位同事才告诉我的。知道他的事后，我一直处在矛盾中，本想着……昨天就过来给你说一声，又担心给你找麻烦，没想你会打电话过来……

江局长伸手把他面前的录音笔关掉了，他看着我说，我们谈话的时候，许局长也在……

我明白他的意思，像他这样的刑侦专家，当然知道如何使自己的证据，获得应有的价值，况且像这样的录音，有着事先预谋的嫌疑。可是由于许局长的在场，使我刚刚听到的证词获得了不可怀疑的真实性，并成为我们来判断黄秋雨命案的重要证据。江局长说着，又把放在他面前的一份材料，推到了我面前。

那分别是两份关于黄秋雨疾病的报告，一份是公安部关于黄秋雨服用药物的回复，一份是黄秋雨尸体的检查报告。两份报告都显示，黄秋雨患有脑神经胶质瘤，肿瘤位于小脑内，由于癌细胞的扩散，病症已经到了后期。问题是……

可能是我皱起的眉头，没能逃过江局长的眼睛，他说，报告是我让丁声树送过来的。这和乔学海得到的证据是相同的。黄秋雨确实是癌症晚期，他生前曾经到省肿瘤医院做过检查。

江局长从沙发上站起来说，昨天，乔学海还专门从省厅，请了一个刑侦专家，我现在去看他。你回去准备一下，10点半，我们在颍河管理处开个会，把黄秋雨的案子清理一下。

很显然，在黄秋雨的命案里，一些重要的证据，都在显示着他自杀的可能性，或者显示着这是偶然性事件的可能性。

果然，10点30分，在颍河管理处办公室里召开的“3·5”命案的刑侦会议上，除去录音笔里的那个重要的人证外（专案指挥部出于对当事人名誉的保护，没有公开当事人的身份和姓名），许局长他们确实从颍河北岸、大闸东侧黄秋雨落水的河道里，打捞上来了黄秋雨那只丢失的老人头牌皮鞋，此外，在黄秋雨落水的从河岸通往河底的第27级水泥台阶上，还找到了几滴血迹。

陈铭宇，那个从省厅请来的刑侦专家，在分析了黄秋雨的病症检查报告后，最后得出了死者偶然落水的三种可能性。陈铭宇说，第一，是因病痛而自杀。如果一个人陷入极度的痛苦之中，很有可能产生一心寻死的念头。自杀者在实施自杀时的心理状态，是不能用常人的心理来衡量的。第二，是死者当时所处的环境所致。在开会之前……

陈铭宇停顿了一下，看了一下会场说，我和江局长特意查看了死者生前落水的地方，由于水泥台阶上的冰，一不小心就会使在上面行走的人，突然失去平衡，摔倒在地。死者脑后留下的这处钝伤，和一个人突然摔倒在地所造成的伤痕，是很吻合的。第三，就算排除偶然的摔倒，排除自杀，对于一个后期癌症患者来说，是有突然产生晕厥的可能。

这些都是我们判断这起命案性质的重要依据，江局长最后总结道，陈老师是我们国家著名的刑侦专家，他对黄秋雨命案的分析，具有科学依据。当然，对黄秋雨命案的定案，我们还要等待着在河岸边发现的血迹，与黄秋雨DNA对比的结果。

江局长的总结，基本上给黄秋雨的命案定了性。但就我所知，一个刑侦专家，如果想使命案往某个方向发展，那么对于DNA的提取的准确性，实在是小菜一碟。我之所以产生这样的想法，那是因为在黄秋雨的命案中，还有太多的疑问，没有找到准确的答案。比如陆军手机的来处，并非像他妻子所说那样简单，还有黄秋雨被盗的日记，至今仍没有下落，那才是黄秋雨命案最关键的线索。可是，如果在颍河的河道里发现的血迹，真的和黄秋雨的DNA吻合，那么黄秋雨的命案，就会被定性为偶然死亡？如果是偶然性死亡，那些被盗的日记，就变得可有可无。我不能不佩服，江局长在处理林桂舒和黄秋雨这一棘手事件上，所使用的高超手段。现在，对于黄秋雨命案的定案，由于推测出来的确凿的证据，使任何人都已经无话可说。

在会议的最后，决定成立“3·8”专案组，对陆军的命案展开调查，并由我出任“3·8”命案专案组的组长。这就是说，黄秋雨的命案至此，已经有了定案。这种结果，堵得我心里有些发闷。

3月8日，上午11点10分，会议结束后，我在二楼的楼梯口，见到了谭渔。由于黄秋雨命案的会议，我几乎忘记了和他的约定。等我们在黄秋雨画室里的沙发上坐定之后，我说，你的文章告诉我，你见到黄秋雨被盗的《手的十种语言》。

不错，我见过……谭渔朝书柜那边看一眼，然后收回目光看着我说，我不但见过，而且那些画，现在都是由我保存着。

你保存着？这真使我感到意外。

是他生前寄存在我那儿的。

寄存？那些画是他自己拿出去的？

不，每次都是由我来拿。

哦，那你最后一次来拿画，是什么时候？

3月3日晚上。

那个来黄秋雨画室拿画的人，就是你?

对。

你穿着军大衣?

对，军大衣。

还戴着口罩?

对，戴着口罩。你可能不知道，这段黄秋雨的身体一直不好，有时还会突然晕倒。

晕倒?你见过吗?

是的，我经历过。我让他去医院，但是他拒绝了。

看来，陈铭宇的分析，还是有些道理的。我说，他给你说没说过，他得了什么病?

没有，他从来不说自己身体的事。我知道他这个人，能承病，有个头疼发烧，他根本不去看医生。所以，我怕他发生什么意外，年前年后，我一有时间，就会过来陪他。3月3日那天上午，我们还在他的画室里聊天，由于中午我有个朋友从外地来，我就提前离开了。在走的时候，我们约定晚上我过来，把他那十幅关于未来的绘画拿走。他之所以这样做，一是从他自己的身体状况考虑，他担心万一有个闪失，怕别人插手他的这些作品；二是，也是重要的原因，他已经和法国巴黎塞纽齐东方博物馆，签订了展出《手的十种语言》的协议。

这和林桂舒说的相符合。我说，什么时候?

展出时间是今年的6月10日，他出国的签证，是委托我给他办理的。那天晚上我过来的时候，他画室的门开着，可是他本人却不在里面。那十幅关于未来的《手的十种语言》的作品，都已经包好，放在门口我看得见的地方。我想他肯定没有走远，就把那些画先拿了下去，放在了车上。就这个时候，我接到一个从医院里打来的电话，原来我那个从外地来的朋友住进了医院，原因是喝酒。那天晚上，我们喝完酒后，还是我把他送回到迎宾馆的，结果，后来他就顶不住了，让宾馆的服务员打了120。我来不及等黄秋雨，就给他打了一个电话。可是，他的电话关机。我就只好拉着那些画，去了医院。我在医院陪朋友一直到第二天下午，在医院的时候，我又给黄秋雨打过两个电话，但是，仍然关机。他经常这样，我知道，就没有放在心上。接下来的两天，我又忙着办一些杂事，也没去看他，结果，他就被人从河里捞了上来……

就你的了解，他有自杀的可能吗？

自杀，怎么可能呢？他有太多的创作计划还没有完成。

如果，他的不幸是意外呢？

意外？怎么个意外？

比如，像你说的，突然晕倒，然后掉到河里。

那就是上帝的安排了。最后谭渔看着我说，你们是不是已经定案了？

现在还没有，我们正在等待提取他的DNA……

哦……如果真是这样，那真是一个人的命数尽了。

我们坐在那里，沉默着。午后的阳光从北边的窗子里照进来，静静地落在黄秋雨生前曾经无数次站过的窗子前，我这才发现，原来这幢建筑面前，是偏向东南方向一些，要不然，阳光这个时候，也不会从窗子里照进来。我看了谭渔一眼说，你能不能，给我具体地描述一下他那十幅，关于未来绘画的内容？

未来的一切，都包含在欲望之中。人在欲望之中是丑陋的，因为，当人们真的进入欲望之后，就和动物没有什么区别，因为忘我，他们原形展露，他们已经看不清自己到底什么模样，记不起来自己到底是谁。谭渔停顿了一下说，我曾经看过一些他存放的西方人拍摄的影像资料……

谭渔说着指了指黄秋雨卧室的门说，他的光碟都在卧室的柜子里放着。人在做爱的时候，模样真的很丑陋。谭渔说，这也是我让你看《世界美术》上《慵懒》的用意，这也是他用那些大师的绘画为背景的原因。比如以粟楠为形象的绘画，他选择了蒙克的《病孩》为背景，裸体的粟楠，就是蒙克笔下的那个坐在床上的女孩。有一个叫迎春的女孩，在黄秋雨笔下，成了怀斯笔下的克里丝蒂娜，那个卧在草地上的克里丝蒂娜。

你见过这个迎春吗？

见过，她是乡下一个邮政所里的营业员。还有达利笔下的卡拉，莫奈笔下的睡莲，梵高笔下的向日葵，等等。

有没有枫丹白露？

有，那是柯罗笔下的枫丹白露。把十个东方的裸体女性，放在西方十位大师绘画的背景下，确实是一种创意，产生了不同的寓意。他之所以这样，就是要让人们明白，他这是对关于人类精神的探索，是要进入人的灵魂。黄秋雨可能是一个不成功的殉道者，但他肯定是欲望的见证者，我是不是在颍河镇对你说过这样的话？

看我对他点了点头，谭渔接着说，还有跟着你的那个小莫。我当时怎么说的？他未必能懂。我说他未必能懂，根据就在这里。现在，我们之所以坐在一起说这些，那是因为你对黄秋雨已经有些了解，比如你看过他的那十个历史故事，那是艺术，而不是别的。这也就是我事先没有告诉你，我知道那些绘画下落的原因，我是真的不想让别人去误解他。你知道，这样的事儿，很可能就会被误解。因为人们看到的，只是事情的表面……

12点50分，这个时候，谁打来的电话。哦，丁声树。我说，你说。

陆军的DNA出来了。

你对比了吗？

吻合。

吻合？我的追问显得有些迫切。

对，吻合。

丁声树刚刚获得的陆军的DNA，同两年前我们从黄秋雨车祸里获得的头发里提取的DNA，正好吻合。这也就说，两年前开车谋杀黄秋雨的那个人，就是陆军。这真是一个意外的收获。

那天上午，我拒绝了谭渔共进午餐的邀请，这个时候，我不能离开这里。

我们沿着黄秋雨曾经无数次走过的楼梯往下走。毫无疑问，两年前的那次谋杀，正是陆军昨天死亡的原因。由于DNA的吻合，黄秋雨在两年前遭遇的那场车祸，已经有了结果，可是我们掌握的唯一的犯罪嫌疑人陆军，却死于昨天的另外一场车祸。死无对证。

在送走谭渔之后，当我一个人站在颍河管理处大厅里的时候，我突然意识到，那个站在黄秋雨命案幕后的人，他出的招数就像《真相》里的那个粮食局长一样。

站在空荡荡的宾馆大厅里，我突然感觉到了从内心深处发出的寒冷。那个胎痣女人不知在哪里忙乎，她刚刚用过的饭盒，还放在服务台上，没有来得及刷洗，她使用过的拖把倒在了大厅里的圆柱边。那个拖把，刚才肯定是依靠着圆柱放着的，可是，为什么就倒了呢？不知为什么，我走过去弯腰拾起那个拖把。就在这时，我看到了自己映在圆柱上的身影，在圆柱里，我整个身子都变了形，我的头颅、我的脸、我的五官、我的脖子，还有我的身子，都变得细长，像一个从外星球上来的人。我放下拖把，伸出手来，我的手飞快地长得像我的身子一样细长，上帝呀，这不就是黄秋雨的《手的十种语言》吗？在我面前的圆柱上，我尽量做出与黄秋雨绘画上相同的手势。我一边比划，一边在心里回想着黄秋雨写在那些图形下面的文字。

黄秋雨，这是欺骗之手吗？这是嫉妒之手吗？这是罪恶之手吗？这是欲望之手吗？……

我突然明白过来，黄秋雨的那些关于手的绘画，肯定是在这圆柱里得到的启示！黄秋雨，那一刻，你是怎么想的呢？我回身朝楼梯口看一眼，是谁从楼上走下来了？是你吗？我突然产生了想握一握他的手的愿望。黄秋雨，你那带着个人体温的手。黄秋雨，你让我看到了事情的另一面，这像哈哈镜一样的圆柱让我明白，任何事情都有它的另一面，就像我在电梯的镜子里看到过的“2”和“5”正好相反一样，我们看到的所有东西，都有虚假的一面，就像明天将要出现在《锦城日报》上的关于黄秋雨命案的消息一样：黄秋雨不幸溺水身亡。但是，那并不是黄秋雨命案的真相。我心里清楚，这案子并没有真正结束。但我同时也明白，这个案子就像江明友说的，是一个具有挑战性的案子。这就像黄秋雨在《大师》故事里说的那句话，死是生的开始。同时，这也是我常常说的一句话。

我走出宾馆大厅来到院子里，由于高大的楼体遮住了午后的阳光，或许是化雪的日子，我所处的环境里四处丛生着寒气。冷不了几天了。我知道惊蛰已过，万物都已经开始复苏。我抬头看天，雪后的天空已经透出春天里的几分湛蓝。

后 记

在连绵不断的秋雨里，我最终完成了“欲望三部曲”的写作。

《欲望》中的红卷写于1992年11月至1999年5月之间，黄卷写于2000年前后，而等完成最后的蓝卷，时间已经到了2011年的秋季。在这十九年间，因为《欲望》的写作，我走过太多的地方，断断续续，长路漫漫，终于，在今天，将结束于这寂静的山林。

我说的是寂静，而不是寂寞。尽管，山上避暑的人早在8月底都已经下山，现在已经到了9月的中旬。每天早餐后，我就在别墅的窗前面对森林坐下来，开始写作。从2011年的6月开始，一直到9月中旬，我都在做着结束这漫长的写作的工作。从《裸奔的年代》到《欲望与恐惧》，从《欲望与恐惧》到《手的十种语言》，《欲望》确实耗去了我人生太多的心血。

《欲望》里所讲述的故事是从20世纪最后两个年代开始，直到进入21世纪的第一个年代的中期结束，时间跨度三十年，在精神的承接上、在物理时间与历史背景上都构成了延续的关系。《欲望》里所呈现的这个时期，“蜕变”这个词最能体现我们这个民族精神上的进程。在刚刚过去的世纪更替的年代里，由无数人离乡背井所构成的巨大运动，就是对“蜕变”这个词的最好注解。在我们身边，在中国版图上大大小小的城市，每一片可以生存的空间都漂泊着来自异乡的身影和陌生的声音，我们能从他们身上折射出来的向往和梦想、幸福和痛苦、希望和无奈、欢乐和尴尬、情爱和仇恨里感受到，这一切，都和我们的形与质的改变有着密切的关联。“蜕变”的过程是痛苦波折的，“蜕变”的结果是触目惊心的，而我们精神上发生的所有“蜕变”的动力，都源自欲望。

欲望的力量是强大的。对金钱的欲望，对权力的欲望，对肉体的欲望，对生存的欲望，欲望像洪水一样冲击着我们，欲望的海洋淹没了人间无数的生命，有的人直到被欲望窒息的那一刻，自我和独立的精神都没有觉醒；而有的人则从“欲望”的海洋里挣脱出来，看到了由人的尊严生长出来的绿色丛林。我称这种因欲望而产生的蜕变为精神重建，或者叫做精神成长。西班牙哲学家和小说家乔治·桑塔雅那（1863—1952）曾经告诫我们：“即使全世界都获解放，但一个人的灵魂不得自由，又有何益？”一个连尊严都没有的人，何谈灵魂的自由？应该说，人的尊严是我写作《欲望》时思考最多的一个问题，这个问题伴随着我走过了漫漫长夜，等到了2011年炎热的夏季，我下决心结束我这梦境一样的旅程。可转眼，天气已经变得阴冷起来，似乎连日的阴雨都拥挤到我现在所居住的空间里。

无风雾起的时辰，我像待在不见天日的海底世界。除去风，除去落叶，除去鸟鸣，整个寂寥的空间里，出出进进只有我一个人。除去农历单日的早晨，我早起去南街赶一次山里的露水集，从山民手上买来维持生命的食物外，其余的时间就是创作。日子清苦而寂静。我说的是寂静，而不是寂寞。我不寂寞，那是因为我常常想起我旧日的朋友，谭渔、吴西玉；我不寂寞，因为我每天所要面对的都是一些我熟悉的人物：米慧、金婉、林桂舒、栗楠、方立言……当然，还有黄秋雨，一个我所熟悉的画家。

当我面对黄秋雨留下的文字时，我就像看到了一个精神病患者，一个神秘幻想者，一个精神流浪者，一个现实生活的梦游者，一个癌症病患者，而更多的时候，他是一个有着痛苦的灵魂、有着非凡创造力的艺术家。我从他泥沙俱下的文字里，在他寻找失去的爱情的路途中，我深刻地体会到了他对生命的热爱与无奈，他孤独的内心世界和庸俗的社会现实构成了巨大的冲突。我清楚地看到，一个人内心的巨大的痛苦，是怎样被我们这些麻木的灵魂所忽视，世界到了黄秋雨这里，彻底呈现出了无限的冷漠。而我，却是用了这冷漠，来充实我这孤独的写作生活。其实，在这漫长而孤独的创造里，我的内心有着无处不在的寂寞和孤独，只是我不愿意承认而已。我之所以不愿意承认这寂寞和孤独，更多的时候是因为我的朋友谭渔、吴西玉和黄秋雨，这同一天出生的三兄弟，痛苦与压抑、焦虑与迷茫、欲望与恐惧、挣扎与绝望等等这些渗透了他们的精神世界。他们各自不同的生命体验和个体存在构成了一幅复杂的精神图像。

在无人走过我房前那长长的石台阶的时候，我就把我的朋友方立言拉出来坐在廊台上，面对远处的山岗一起阅读在《手的十种语言》里出现的文献，那些写在不同书籍上的隐藏在书柜里的文字，那些女孩写给黄秋雨的书信，那些新闻资料，那些历史故事，那些回忆录，那些绘画，那些充满情欲的诗歌，那些充满理性的诗歌评论，甚至是一张很久以前的汇款收据……在我们一起阅读那些关于黄秋雨的文献时，一些潜在的意识在阅读的时候会突然冒出来，我们会因思考而停顿，我们会因某些可疑的事件发出自己的声音。在这个过程中，两个不同的“我”会在同一行文字里出现，这种双重的第一个人称和视角，真是一次奇妙的叙事实践。“个人的自我是理解美学价值的唯一方法和全部标准”（哈罗德·布鲁姆语），我心里清楚，整部《欲望》

都是一次纯美学的追求，我已经完全抛开了谭渔、吴西玉和黄秋雨他们所处的社会背景，迷失在了具体的文本语境之中。这就是我坚持我只有寂静而没有寂寞的原因，我觉得，我的生命完全和出现在我小说里的人物融为了一体，我成了他们蓄谋的一部分。

连绵的阴雨使时光仿佛蹒跚地行走到了深秋。从山坡下通向我门前的长长的石台阶上，再也看不到一个游人。晚饭后，我撇下我的朋友在别墅里，独自打着雨伞去散步。我所居住的18栋别墅后面的那些山路上，确实显现出凄凉来，满眼被秋雨打湿的黄叶紧贴在石壁上，那些隐藏在树林里的别墅古老的门上，是前些日子被年轻的女护士离开时贴上去的盖着红色印章的封条。在那些要等到明年才能开启的房门后面，已经是深不可测的灰暗，就像躺在手术台上等待被人解剖的黄秋雨，他已经关闭了自己的房门，让我们再也无法走进他那复杂而神秘的房间。是的，谁也无法启开那幢世界上独一无二建筑的房门，我们只能通过他身边那些貌似熟悉他的人的口述，或者一些与他相关的文字来了解他。其实，我们所有过世和在世的人，都是另外一个黄秋雨，都是另外一个吴西玉，都是另外一个谭渔。有些时候，我们就是那些被贴了封条无法进入的房间。不可理解的是，我们这些人，我们这些平庸的人，面对身边一个身处痛苦的生灵，往往是视而不见。可是，当他离开人世后我们却又总是想违规撕下那房门的封条，企图进入房间的内部，去窥视寻找他们的隐私，以供我们酒前茶后取乐的谈资。这就是我们所处的世界。

《欲望》里的文字，都以长篇小说或者中篇小说的形式分别刊登在《收获》、《花城》、《十月》、《芙蓉》、《江南》等不同年份的文学期刊上，现在，她们终于以一部完整的长篇小说出版。在写作《欲望》断断续续的时光里，正是我人生的路途中最为茫然的时期，痛苦忧郁和孤独，都是我对生命最为真切的体验。是的，在秋雨飘摇的山路上，我再也看不到一个人影，但是却能听到幽灵在山间低语。所有的静默，都归还给了那些隐藏在树林间的一幢接一幢古老的别墅，那些由西方人在一百多年前留下的，现在被年轻的女护士贴上封条的别墅。当然，幽灵的低语仍然没有终止，那幽灵附身于秋雨里时而飘落的黄叶，或者那些躲藏在别墅廊台上鸣叫的不知其名的鸟类。

2011年9月13日，鸡公山，

广东军区疗养院，北岗18栋

图书在版编目（CIP）数据

手的十种语言/墨白著. －北京：作家出版社，2012.4
ISBN 978－7－5063－6309－9

Ⅰ.①手… Ⅱ.①墨… Ⅲ.①长篇小说－中国－当代
Ⅳ.①I247.5

中国版本图书馆 CIP 数据核字（2012）第 028709 号

手的十种语言

作　　者： 墨　白
责任编辑： 雷　容　田小爽
装帧设计： 达文天下
出版发行： 作家出版社
社址： 北京农展馆南里 10 号　　**邮编：** 100125
电话传真： 86－10－65930756（出版发行部）
86－10－65004079（总编室）
86－10－65015116（邮购部）
E－mail： **zuojia@zuojia.net.cn**
http://www.haozuojia.com（作家在线）
印刷： 三河市北燕印装有限公司
成品尺寸： 152×230
字数： 220 千
印张： 17.75
版次： 2012 年 4 月第 1 版
印次： 2012 年 4 月第 1 次印刷
ISBN 978－7－5063－6309－9
定价： 26.00 元